전부 저 때문에
벌어진 일이에요

전부 저 때문에 벌어진 일이에요

Everyone in This Room Will Someday Be Dead

에밀리 오스틴 장편소설
나연수 옮김

작가와 편집자가 함께 선정한 플레이리스트입니다.
심리 상담 전단에 이끌려 성당에 위장 취업을 하고 만 길다.
생각이 많은 친구 길다의 좌충우돌 생존기를 함께해주세요.

일러두기

- 장 제목은 각각 가톨릭의 절기를 뜻합니다.
- 모든 주석은 옮긴이주입니다.
- 단행본은 『 』로, TV 프로그램·공연·영화·음악은 〈 〉로 표시했습니다.

크리스티나와 매튜에게

추천의 말

만약 당신이 세상과 너무 낯을 가려서 이상하게 차분해지는 부류의 사람이라면 이 소설의 주인공에게 공감할 거라고 믿는다. 교통사고로 팔이 부러져 응급실에 가야 할 때조차 구급차에 타고 싶지 않아서 부러지지 않은 나머지 팔로 자신의 자동차를 운전하고, 도착한 병원에서 그를 향해 쏟아지는 "괜찮아요?" 세례에 잠시 고민하다가 거듭 "괜찮아요"라고 대답하는 주인공 길다에게 말이다.

길다에게는 세상이, 삶이, 죽음이 너무 어렵다. 좋아하는 여자친구에게 제때 할 말을 하는 일이, 음식을 사고 집세를 내기 위해 한 일자리를 오래 지키는 일이, 죽음에 대해 생각하지 않는 일이 어렵다. 불안장애와 공황발작에 시달리는 그는 늘 마음이 바쁘고 호흡이 가쁘지만, 그것을 주변 사람들에게 제대로 설명할 기운이나 의지가 없다. 그는 괜찮다고 말한다. 혹은 다 나 때문이라고, 나를 뺀 나머지는 다 괜찮다고 말한다. 나는 길다를 보며, 세상과 낯을 가리고 삶을 야무지게 갈무리하지 못하는 사람에게는 의외로 타인과 세상을 향한 존경과 애정이 다른 사람들보다 크게 자리 잡고 있는 게 아닐까 하는 생각을 했다. 그는 고지서를 오븐에 넣어두고, 설거지거리를 쌓아두고, 제대로 씻는 일을 버거워하지만, 동시에 얼굴도 모르는 사람이 슬퍼할까 친구인 척 다정한 메일을 보낼 줄 아는 사람이다. 내가 죽을까 두려워하는 만큼 타인의 죽음이 배려받기를 바라는 사람이다. 양쪽 모두 잘하는 사람이 이 세상 어딘가에는 있겠지만, 우리는 대체로 한쪽만 잘 해내기도 벅차다. 길다나 우리나 별다를 게 없다는 소리다.

나는 길다의 전전긍긍과 안달복달과 그 끝에 속수무책 흐르는 눈물을 알 것만 같다. 나는 이미 내가 세상살이에 꽝이란 걸 아는데, 그럼에도 사는 게 좋길 바라는 내가 너무 한심해서 흘리는 눈물이라면 말이다. 이 소설은 나를 다그치는 나의 목소리 때문에, 나를 못살게 구는 나의 심장박동 때문에 웅크린 적 있는 모두의 곁에 조용히 있어주는 친구 같은 소설이다(아, 조용히 있지는 않을 수도 있다…).

— 김화진(소설가)

"우주여, 나는 행복해질 준비가 되었어."

니들만 행복하냐? 나도 좀 행복해지자.

이 소설은 캐나다에서 온 불안한 청춘의 비망록이다. 또한 세상과의 불화 속에서 찌질한 삶을 살아가는 우리에게 던져진 가장 골 때리는 위로다. 잘 살고 싶지만 잘 사는 게 무엇인지 도통 감이 오지 않는다면 이 작품을 읽어보라. 뭔 헛소리야? 하다가도 더듬더듬 행복의 얼굴을 쓰다듬고 있을 것이다. 비로소 마지막 장에 다다르면 길다처럼 외치게 된다. 나, "살아 있었구나!" 청춘, 나아가 삶이라는 건 이토록 불안하기에 결국은 찬란할 수밖에 없다.

— 청예(소설가)

이 소설은 거대하고 귀여운 드럼 세탁기 같다. 책에 몰입하는 동안은 내가 푹 젖은 수건인 것만 같은데 다 읽고 나면 햇볕을 기다리는 보송한 빨래였다는 것을 알게 되니까. 빙글빙글 돌아가는 놀이공원의 회전컵처럼, 살짝 미스터리하지만 결국은 미소 짓게 만드는 이 이야기를 함께 읽고 싶다. 그리고 말해주고 싶다. 모두 당신 때문인 것은 아니에요. 우울하고 무기력한 이는 물론이고, 기묘한 사랑과 안락하지 않은 미래에 대해 깊이 고민하는 이들에게 말이다.

— 유선혜(시인)

빛나는 소설, 유머, 지혜, 그리고 부드러움이 모든 페이지에서 반짝인다. 완벽하게 알맞은 가벼움, 삶과 죽음에 대한 균형 잡힌 인식, 그리고 소리 내어 웃게 만드는 장면들로 이루어진 작품이다. 착한 마음을 지녔지만 병적인 불안에 시달리고, 스스로의 자의식 때문에 이상한 곤경에 빠지고 마는 이상한 주인공 길다에게 나는 완전히 매료되었다. 사람들과 어울리기 위해, 모두를 기쁘게 하기 위해 스스로 곤란한 상황에 뛰어들고 마는 길다의 모습은 우리가 모두 공감할 만한 것이다. 머리와 마음을 모두 사로잡는, 이 재미있는 페이지터너에 나는 푹 빠져버렸다.

— 사라 헤이우드(소설가)

여기 나오는 모든 인물이 당신의 마음을 건드릴 것이다. 오스틴의 글쓰기는 담백하면서도 흥미롭다. 모든 페이지가 삶의 덧없는 본질과, 그럼에도 주변에 계속 영향을 미치는 우리의 심오한 능력에 대한 예리한 관찰로 빛을 낸다. 다음 작품이 벌써 기대된다.

— 스티븐 롤리(소설가)

길다는 내게 필요한지 미처 알지 못했던 불안해하는 퀴어 영웅이다. 길다는 언젠가 우리가 먼지로 변한다는 사실을, 기쁘게도 희한한 방식으로 상기시켜준다. 그렇다. 그것은 우울한 사실이지만, 우리 삶을 아름답게 만들어주는 사실이기도 하다. 하고 싶은 말을 하고, 하고 싶은 일을 하고, 우리의 비뚤어진 마음이 허락하는 한 최선을 다해 사랑하는 것이 중요한 이유이기도 하다. 눈에 흙이 들어가는 그날까지 오스틴이 써내는 모든 것을 읽고 말겠다.

— 진경 프레지어(소설가)

실수투성이에 불안에 가득 차 있고 별수 없이 다정한 이 주인공은 우리 모두에게 지금 당장 필요한 존재다. 길다가 얻어걸린 가톨릭 신자, 무기력한 레즈비언, 무능한 접수원일지는 몰라도, 다가오는 죽음을 유쾌하고 따듯하게 이해할 수 있도록 돕는 데에는 무척이나 탁월한 존재임이 분명하다.

— 코트니 몸(소설가)

사랑과 종교, 정신 건강과 그 사이에 있는 모든 것을 탐구하는 길다를 응원하지 않기란 불가능하다. 이 책은 용기를 새롭게 정의하고, 위대한 마거릿 애트우드의 말을 빌리자면 '실망만 안겨주는 악당들로 가득한' 세상에서 힘겹게 싸우는, 길다처럼 다정한 사람들에게 위로를 건넨다. 이 사랑스러운 데뷔작은 어느 페이지를 펼쳐도 기쁨의 쓰나미로 독자를 반길 것이다.

— 앤드루 데이비드 맥도날드(소설가)

불안해하고 죽음에 집착하는 레즈비언들 주목! 죽음에 대한 잡념과 인간의 조건에 대한 부조리에 시달리는 길다의 여정을 따라가는 동안, 꽥꽥 웃으며 이불을 뻥뻥 찼다. 에밀리 오스틴은 독특하고 엉뚱하다. 이 데뷔작은 유쾌하면서도 심오한, 실패할 수 없는 조합이다.

— 실리아 래스키(소설가)

맙소사. 이 책은 말 그대로 쾅 소리와 함께 시작해 우리 마음의 불안을 관통하고, 공포에 질린 사람들과 함께 사는 세상 속에서 공포에 질린 인간으로 사는 경험을 탐구한다.

— 앰버 스파크스(소설가)

여기 이상한 마법이 있다. 진정한 따듯함과 위로를 주는 다른 누군가가 되는 것에 대한 불안을 이야기하는 책이라니? 죽음과 우울에 대해 이야기하는데 소리 내서 웃을 정도로 유쾌한 책이라니? 직설적이고 꾸밈없는데도 불구하고 완전히 색다른 책일 수가 있다고? 작가가 대체 어떻게 해내는 건지는 모르겠지만, 솔직히 몰라도 상관없다. 그저 더 읽고 싶을 뿐.

— 션 애덤스(소설가)

차례

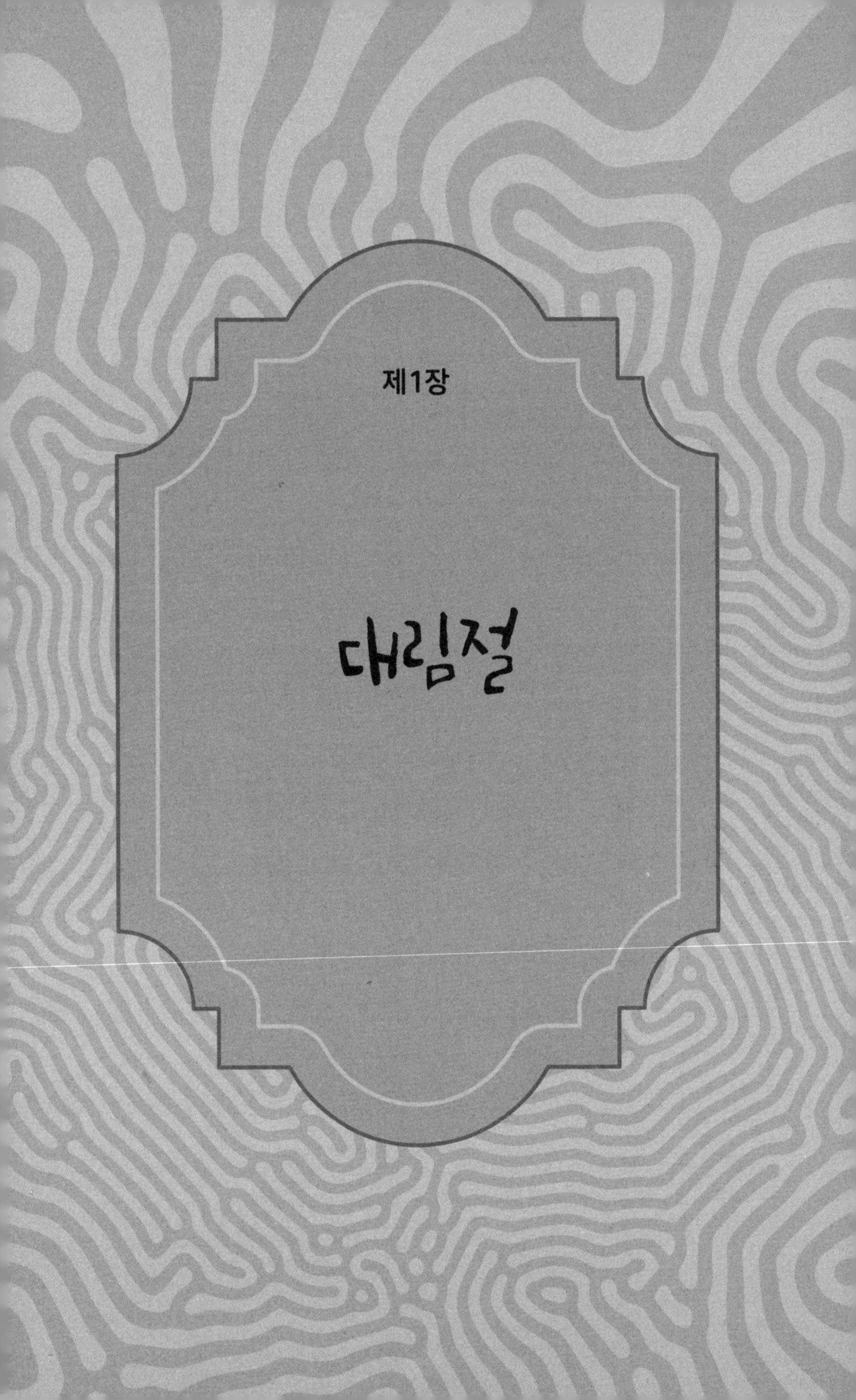

제1장

대림절

알바생이 내 이름을 외치기에 일어선다.

건네받은 건 뭐가 들어갔는지 모를 스무디다.

알바생이 내 주문을 잘못 알아들은 게 분명하지만, 그냥 받아든다.

내가 발음을 이상하게 했나 보지.

폭발이 있었던 게 틀림없다. 우웅 귓속이 울리고, 어디선가 여자의 비명이 희미하게 들린다. 주변이 온통 캄캄하다. 눈을 몇 번 깜박여본다.

안 보여, 안 보인다. 깜깜해.

한 번 더 깜박이고서야 햇빛을 본다. 바로 앞에 보이는 건 길쭉한 신호등의 실루엣이다. 녹색 불이지만, 나는 움직이지 않는다. 고개를 돌려보니 베이지색 밴이 찌그러진 후드에서 연기를 내뿜고 있다. 콘크리트 도로 위에 흩어진 유리 조각들.

이제야 기억난다. 커피를 한 모금 하려던 찰나였다. 빠앙 하는 소리에 백미러를 들여다봤고, 미니밴이 내 차 트렁크를 들이받는 순간을 목격했다. 에어백이 터졌고, 그대로 얼굴을 얻어맞았다.

나는 지금 에어백이 분출한 정체불명의 회색 먼지에 보온병이 쏟아낸 뜨거운 액체까지 뒤집어쓰고 있다. 비상등을 켜고서 다시 백미러를 들여다본다. 어떤 여자가 비명을 지르며 밴에서 뛰쳐나온다. 이쪽으로 돌진한다.

운명을 다한 커피는 자동차 시트에 얼룩으로, 내 가슴께에 화상으로 자리 잡았고, 나는 차 안에 퍼진 커피 향에 압도당한다. 햇빛이 눈을 찌르고 귓속은 여전히 웅웅거린다. 눈을 감고서 눈꺼풀 뒤의 어둠에 정신을 집중한다.

여자가 똑똑똑 다급하게 창문을 두드리지만, 눈을 뜨지 않는다. 나는 과도한 자극에 주르륵 울어버리는 경향이 있다. 눈을 감고 있으면 이 하찮은 발작을 막을 수 있을지도 모른다.

"눈을 안 뜨네!" 창문 너머로 여자의 목소리가 나지막이 들린다.

"죽은 거야?"

나는 눈을 감은 채 팔을 내저어 생존을 알린다.

"왜 눈을 감고 있어요? 아휴, 내가 사람 죽인 줄 알았네!"

이 여자는 모든 사람이 눈을 감고 죽는다고 생각하는 걸까?

"내 말 들려요?" 여자가 다시 창문을 두드린다.

공공장소에서 울지 않으려고 눈을 감고 있다고 구구절절 설명하거나 사람은 눈 뜨고 죽을 수도 있다는 으스스한 진실을 일깨워주느니, 그냥 눈을 뜨는 게 낫다.

새하얀 빛이 밀려든다.

"아유, 어떡해." 눈물방울이 코끝에서 뚝뚝 떨어지자, 여자가 어쩔 줄 몰라 한다.

"괜찮아요." 나는 거짓말한다.

열 살이었을 때, 나는 키우던 토끼의 사체를 발견했다. 사과를 나눠주려고 달려간 참이었다. 과일을 나눠 먹는 대신, 숨이 멎은 토끼의 털가죽을 마주했다. 눈을 크게 뜬 채로. 죽어버린.

"괜찮아요? 저기, 피가 나고 있어요."

얼굴을 백미러 가까이 가져가 들여다본다. 코피가 흐르고 있다. 또, 거울 속의 나는 충혈된 눈에 창백한 안색으로 울먹이고 있다. 하지만 어쩌면 사고 전부터 이 상태였을 수도 있다. 최근에는 거울을 거의 보지 않았다.

"그리고 팔도…" 여자가 내 팔을 가리킨다.

내려다보니 한쪽 팔이 비정상적으로 무릎에 얹혀 있다. 에어백의 충격이 팔을 부러뜨렸거나 탈구시킨 것 같다.

차도 팔도 망가졌지만, 응급실까지 직접 운전하기로 한다. 구경거리가 되고 싶지 않다. 요란한 구급차 안에서 내 몸 이곳

저곳을 눌러대는 구급대원들에게 둘러싸여 있느니, 다른 밴에 한 번 더 치이는 게 낫다.

가속 페달을 너무 살살 밟고 있어서, 차가 속도를 거의 내지 못한다. 쏟아져나온 장기마냥, 핸들에 에어백을 늘어뜨린 채로 천천히 도로를 기어간다. 내 차 뒤로 커다란 흰색 트럭이 바짝 붙어 있다. 계속 경적을 울려댄다. 지금 저 차에 또 치이면 충격을 막아줄 건 아무것도 없다. 정신을 바짝 차리고 핸들을 움켜쥔다.

트럭이 지나간다. 날 잡아먹으러 쫓아온 포식자를 보듯 노려본다. 핸들을 쥔 손에 힘을 주고, 내가 언젠가 죽으리라는 현실, 단지 지금 이곳에서 숨 쉬고 있는 존재일 뿐이라는 현실을 되새긴다. 부주의한 운전자가 나를 단숨에 없애버릴 수도 있다. 나는 이토록 부서지기 쉬운 몸 안에 갇혀 있으니까. 도로에서 밴에 치일 수도, 깔릴 수도 있다. 포도에 목이 막힌다든가, 벌독에 알레르기가 있을 수도 있다. 나는 정말이지 덧없는 존재로서, 데이지 꽃잎에서 뛰어오른 조그마한 벌레에 쏘여 그대로 사라질 수도 있다. 어둠 속으로. 흔적 없이.

손가락 마디 주름을 바라보며 의식적으로 숨을 쉬어본다.

나는 동물이야. 피와 뼈로 이루어진 하나의 유기체.

길가에 선 나무들을 천천히 스쳐 지나갈 때, 그것들을 주의 깊게 들여다본다. 아슬아슬한 죽음에 관한 생각들을 몰아내기 위해서.

저기 소나무가 있다.

단풍나무.

또 다른 소나무.

전나무.

내 죽음도, 내가 사랑하는 이들의 죽음도, 결코 피할 수 없겠지.

또 소나무.

접수 창구로 가서 직원의 시야 한가운데 자리 잡는다. 직원이 서류에서 고개를 들고 나를 맞이해주길 참을성 있게 기다린다. 그동안은 그의 책상 뒤편에 붙어 있는 포스터를 차례로 읽으며, 매 순간이 나를 궁극의 목적지, 즉 죽음으로 데려가고 있다는 사실로부터 주의를 돌리려 애쓴다.

어떤 포스터의 제목은 이렇다. 인유두종바이러스! 어색하게 붙은 느낌표가 눈길을 사로잡는다. 포스터 속 모델은 공격적일 정도로 활짝 웃고 있어서, 거대한 치아 하나하나를 들여다볼 수 있을 정도다. 모델의 빛나는 눈을 보고 있자니, 어떻게 해야 저만치 행복해질 수 있는지 궁금해진다. HPV 감염 위협에서 벗어나는 게 저만큼의 희열을 주는 걸까? 그렇다면, 나도 한 방 맞아야지.

"오늘은 어떤 문제로 오셨나요?" 마침내 간호사가 묻는다.

아무래도 내가 아직 HPV 백신 접종을 하지 않은 게 문제라고 말하고 싶지만, 속으로 할 말을 되뇌고 있었기에 이렇게 말한다. " 작은 교통사고를 당했어요."

"뭐라고요?" 그가 놀란 눈으로 날 올려다본다. "사고를 당했어요?"

"네."

"허, 저런. 괜찮아요?"

이상한 질문이군. 지금 여기 응급실에 환자로 와 있는 거 자체가 괜찮지 않다는 뜻 아닌가?

질문이 이상하다고 생각하면서도 나는 이렇게 말한다. "네, 괜찮아요." 아니, 잠깐. "어, 아마 팔이 부러진 것 같긴 해요. 전반적으로는 괜찮아요. 잘 지내셨어요?"

그가 일어서서 내 팔을 살펴본다. 그러고는 내 눈을 똑바로 보며 실눈을 뜬다. "오늘은 평소 오실 때보다 훨씬 차분하네요."

적절하게 받아칠 말을 찾지 못하고, 나는 더듬거리고 만다. "가, 감사합니다."

'평소 올 때는 차분하지 않음'으로부터 대화를 옮겨야 한다는 조급함에, 지금 말하기로 한다. "그리고 저, HPV 예방접종도 하고 싶은데요."

내 차례를 기다리면서, 대기실에 앉아 있는 사람들을 둘러본다. 저마다 어떤 증세로 내원했을지 상상하며 나름대로 진단을 내린다.

저 남자는 독감인 것 같고.

저 여자는 암인가.

꼬맹이는 꾀병 같은데.

대기실에 있는 모든 사람에게 진단을 내리고 나자, 저 멀리서부터 익숙한 목소리가 날아든다. "어머나, 또 오셨네요!"

간호사 한 명이 손을 흔들고 있는 모습이 시야 가장자리로 들어온다.

일단 못 본 척한다. 바닥 타일을 뚫어져라 본다.

내 마음도 몰라주고 간호사는 다시 소리친다. "여기요!"

어금니를 꽉 물고 돌아본다.

"반가워요!" 그녀가 외친다.

나는 옅게 웃어 보인다. "반가워요, 에설."

에설이 마주 웃어주는 사이, 래리라는 이름의 또 다른 간호사가 에설 쪽으로 걸어가다 고개를 돌려 나를 본다. 래리도 손을 흔든다. "또 오셨네요, 맞죠?"

내가 고개를 끄덕인다.

"여기서 일하세요?" 내 옆에 앉아 있던 환자가 묻는다.

"아뇨." 내가 대답하는 순간, 병원 청소부 프랭크가 날 가리키며 외친다. "어이, 오셨구먼!"

진료에 앞서 문진을 받는 중이다.

"복용 중인 약 있나요?"

"아뇨. 어, 최근에 비타민D를 많이 먹고 있긴 해요."

지난주 응급실을 찾았을 때 당직의는 내게 별문제가 없다면서 비타민D 보충제를 복용해보라고 했다.

"비타민D만요? 다른 약은 없고요?"

"없어요."

"심장질환 가족력이 있나요?"

"아니요."

"혹시 임신 가능성은요?"

"없어요."

간호사는 내 대답을 받아 적으며 입술을 삐죽한다. 나는 그 입 모양을 그녀가 나를 재단하고 있다는 표시로 받아들인다. 나는 어떤 약도 복용하지 않고 있다고, 다시 말해 피임약도 복용하지 않는다고 말했고, 임신했을 가능성도 없다고 대답했다. 종합해보면 내가 싱글이라고 암시한 셈이다. 하지만 아니다. 나는 레즈비언이고, 그래서 다행히 임신이라는 성가신 위험에서 벗어나 있을 뿐.

"가능성이 전혀 없어요?" 간호사가 다시 묻는다.

"전혀요." 간호사가 또 한 번 입술을 삐죽거린다.

"이거 조금 아플 거예요." 의사가 경고한다.

"괜찮아요." 나는 끄덕인다.

의사가 내 팔을 잽싸게 움직인다. 당황스럽게도 뚝 하는 소리가 난다.

옆에 있던 간호사가 놀란 듯 눈썹을 치켜올린다.

"환자분 움찔하지도 않네요. 용감하기도 해라."

"감사합니다." 내가 끄덕한다.

아프지 않았으니까 움찔하지 않은 거다. 하지만 간호사한테 용감하게 보이고 싶으니까 사실대로 말하진 않을 거다. 아팠어야만 하는데 아프지 않았다는 사실이 건강 문제의 더 큰 적신호 같기도 하고.

간호사가 나를 빤히 쳐다본다.

"괜찮으세요?" 그녀가 묻는다.

"뭐가요?" 나도 쳐다본다.

"괜찮냐고요?" 그녀가 다시 묻는다.

"아." 나는 끄덕인다. "네, 괜찮아요."

예전에 한 번 팔이 부러진 적이 있다. 4학년 때였다. 철봉에서 아슬아슬 곡예를 하다가 총 맞은 새처럼 정글짐 아래 자갈 위로 떨어졌다. 반 아이들이 나를 에워쌌고, 나는 거기 누워 애들 얼굴을 올려다보고 있었다.

언제나 주목받는 게 싫었다. 팔이 부러졌는데도, 그리고 이내 끔찍한 고통이 밀려왔는데도, 나는 아이들이 모두 흩어질 때까지 눈 하나 깜짝 않고 괜찮다고 했다.

물론 괜찮지 않았다. 팔꿈치 뼈 두 군데가 골절됐었다.

"매일 깁스 주변이 붉어지는지 봐야 해요." 의사가 지시한다.

"네." 고개를 끄덕인다.

"그리고 팔에 열감이 있거나 열이 나면 바로 응급실로 오세요. 알겠죠?"

"그럴게요." 다시 끄덕인다.

의사는 진료기록을 넘겨본다. "보니까 최근에 병원 자주 오셨네요. 가슴 통증과 호흡곤란을 호소하셨는데, 아직도 그래요?"

"네. 가슴이 자주 답답해요."

"공황발작 같은데요." 의사는 기록을 내려다보며 덧붙인다. "정신과에 소견서를 보내드릴 수 있어요."

의사들은 늘 정신과 의사한테 소견서를 보낸다. 그러고서 뭐가 어떻게 되는 건지는 들어본 적이 없다.

"그전까진 비타민D 보충제를 복용해보시겠어요?"

* * *

"수요일에 찾으러 올 수 있어요?" 처방전을 건네받은 약사가 묻는다.

"수요일이요?"

"네." 약사가 끄덕인다. "그때 괜찮으시겠어요?"

"사흘 후인데요."

약사가 찡그린다. "아뇨, 아니에요. 내일이에요."

"아아." 나는 멈칫한다. "그렇네요. 죄송해요, 최근에 잠을 제대로 못 잤거든요. 날짜가 어떻게 지나가는지 모르겠어요."

약사는 다시 찡그린다.

발가락이 움츠러든다. 내가 왜 그런 말을 했나 모르겠네.

"요즘 통 컨디션이 안 좋아서요." 재빨리 변명한다. "지독한 감기랑 싸우느라고, 엄청 많이 자고 있거든요…."

거짓말을 늘어놓는 동안 나는 이 약사가 보건 의료 전문가이고, 사람들이 꾀병을 부릴 때는 뻔히 다 꿰뚫어보리란 사실을 깨닫는다.

"어쨌든 지금은 훨씬 나아졌어요." 뒤늦게 수습해본다.

약사는 진심이 전혀 느껴지지 않는 톤으로 대꾸한다. "그렇다면 다행이고요."

"여보세요?" 깁스한 팔로 전화를 받느라고 한참 낑낑댄다.

바깥은 햇살이 환하다. 스마트폰 화면이 너무 어두워서 발신자가 안 보인다.

"나 무시하고 있는 거야?" 목소리가 몰아붙인다.

엘리노어라는 걸 알아차린다. 요즘 만나는 사람이다.

아니라고 하려는데, 혀가 제멋대로 꼬이는 바람에 알아들을 수 없는 소리만 낸다.

"여보세요? 듣고 있어?"

"응, 미안해." 서둘러 답한다.

"왜 문자에 답장이 없는 거야? 네가 읽었는지 다 보인다고. 읽씹하는 거 진짜 별로야."

"미안해." 다시 사과한다. "우리 좀 나중에 얘기할 수 있을까? 방금 작은 교통사고가 나서…."

"뭐, 사고? 괜찮아?"

"모르겠어." 솔직하게 말한다. "버스를 찾아보려던 참이야."

내 차는 지금 아파트로 견인되고 있다.

"알마 스트리트 주유소에서 우리 집까지 어떻게 가는지 알아?" 머리 위 노란색 버스 정류장 표지판을 찡그리며 올려다본다.

"94번이랑 97번 중에 뭘 타야 하지?"

"네가 괜찮은지를 모르겠다는 거야?"

"어, 응. 솔직히 진짜 잘 모르겠어. 요즘 이상하게 너무 피곤해. 자도 자도 일어날 땐 녹초가 되어 있어. 무슨 불균형 이런 증상인가 봐."

"아니." 엘리노어가 내 말을 끊는다. "너 교통사고 났다며."

"아. 응, 그건 괜찮아. 솔직히 비타민 결핍이 더 걱정이야. 칼슘이나 뭔가 부족한 것 같아. 너무 무기력하고 머리가 멍해. 넌 우유 많이 마시니?"

버스에서 나이 지긋한 어르신이 내게 자리를 양보하신다.

"괜찮아요."

"앉아요, 앉아." 노인이 고집한다.

고개를 젓는다. "괜찮아요. 정말 친절하세요. 그런데 저는 정말 괜찮거든요."

"다쳤잖아요." 노인은 내 깁스를 가리키며 말한다. "이쪽 자리는 그런 사람들 앉으라고 놔둔 거예요. 편히 가래도 그러네."

나는 좌석 위에 그려진 임산부와 지팡이 든 노인 그림을 본다. 저는 어느 쪽에도 해당이 안 되는데요. 임신 가능성이라곤 없는 스물일곱 살 여자거든요. 우선순위로는 이 버스 승객 중에 꼴찌일걸요. 팔을 좀 다치긴 했지만, 어쨌든 버스 타는 덴 문제가 없다고요.

이렇게 설명하는 대신, 마지못해 앉는다. 어르신께 감사하다고 네 번이나 인사한다.

"감사합니다."

"감사해요."

"진짜로요, 감사해요."

"정말 감사해요."

버스 운전기사가 브레이크를 밟을 때마다 노인은 비틀거린다. 그가 아예 넘어질까 불안하다. 그가 발을 헛디디며 버스 앞까지 쭉 미끄러지는 장면을 그려본다. 노인 골다공증과, 늙은 사람 뼈가 얼마나 쉽게 부서질 수 있는가를 떠올린다. 노인들은 넘어지기만 해도 죽을 수 있다. 이 영감님의 장례식에 참석하는 나를 상상한다.

나는 검은 옷을 휘감고 있다.

유족에게 고인이 나 때문에 돌아가셨다고 말하고 있다.

"전부 저 때문에 벌어진 일이에요."

나는 어르신이 다시 앉아 갈 수 있도록 두 정거장 일찍 내렸다. 버스에서 내리자마자 바로 카페 앞이었다. 곧장 집으로 걸어가지 않고, 카페로 들어갔다.

우유를 큰 컵으로 한 잔 주문하자, 알바생은 "자리에 앉아 계세요"라고 했다. 딱히 제조해야 할 음료를 주문한 것도 아닌데, 앉아 있으라니요?

굳이 되묻지 않고, 시키는 대로 앉았다.

몇 분간 그 알바생이 나한테 왜 앉아 있으라고 했을까 생각했다. 이어서 그녀가 나한테 앉아 있으라고 한 게 왜 중요한지 생각했다. 내가 왜 이유를 따지는 거지? 주변 사람들의 요청이나 행동에는 어련히 그만한 이유가 있다고 믿지 못하는 이유가 뭐야? 어째서 나는 그저 개처럼, 앉으라는 말에 군말 없이 앉지 못할까?

나를 둘러싼 주위 사람들에게로 시선을 옮긴다. 우리도 개랑 다를 바 없을지 모른다. 여기 있는 모두가 훈련된 동물처럼 각자의 음료를 기다리고 있다. 나는 내 손을 내려다보고, 주위 사람들의 손도 쳐다본다. 이것이 우리의 앞발이다. 우리도 동물이다.

다리가 안절부절못하고 떨린다.

나는 스마트폰을 꺼내 뉴스 앱을 열고 주의를 돌려본다. 기사 목록을 스크롤한다.

지난 수요일에 어떤 학교에서 총격 사건이 있었다.

몇몇 유명인들이 다른 유명인들을 성추행한 혐의로 입건됐다.

빙하가 녹고 있다.

바다거북이 멸종되고 있다.

나는 인기 기사 페이지에서 빠져나온다. 다음 기사를 클릭한다. 기상천외한 죽음들.

로티 미셸 벨크, 55세, 해변에서 강풍에 날아온 비치파라솔에 찔려 사망.

힐데가르트 화이팅, 77세, 구슬 아이스크림 배달차에 있던 드라이아이스 쿨러 네 개가 내뿜은 이산화탄소 증기에 질식사.

"팔이 왜 그래요?" 조그만 여자애 하나가 내 코트 소매를 잡아당긴다.

"작은 교통사고가 났어." 나는 어떤 남자와 장식용 라바 램프에 관한 기사에서 눈을 떼고 설명해준다. 그 남자는 램프가 작동하지 않자 스토브에 올려두고 약한 불에 가열했다. 램프 속 용액은 보글보글 끓는가 싶더니 이내 과열되며 폭발했다. 램프가 터지면서 색색의 왁스와 투명 액체, 유리 파편이 방 안을 가로질렀다. 유리 파편 하나가 남자의 가슴으로 날아가 심장에 꽂혔고, 그는 즉사했다. 기사에 달린 댓글들은 하나같이 불운한 남자가 어쩌다 이토록 어리석은 실험에 나섰는지를 지적하고 있었지만, 나도 10대 때는 순전히 호기심 탓에 전자레인지에 전구를 넣고 돌려본 적이 있다. 인간의 사고라는 건 그렇게 폭주할 수도 있다. 이 남자가 죽은 것도 비극이지만, 혼자서 재미 삼아 해본 바보 같은 실험이 그를 규정하게 된 것도 비극이다.

나의 죽음이 나를 규정하는 걸까.

"깁스에 사인해도 돼요?" 아이가 묻는다.

아이의 때가 낀 손톱을, 침으로 범벅된 분홍빛 얼굴을 본다.

"그럼." 만지지 않아준다면 고맙겠지만.

나는 이 어린이의 행복을 위한 순교자가 되어 가만히 앉아 있고, 아이는 빨간색 유성 매직으로 내 깁스를 뒤덮는다. 아이는 내 피부와 옷에까지 계속 잉크를 묻힌다.

마침내 완성. 뭘 그린 거냐고 묻자, 아이는 강아지라고 한다. 고개를 숙이고 아무리 뜯어봐도 눈이 두 개 달린 페니스로 보인다. 한숨.

알바생이 내 이름을 외치기에 일어선다.

건네받은 건 뭐가 들어갔는지 모를 스무디다. 알바생이 내 주문을 잘못 알아들은 게 분명하지만, 그냥 받아든다.

내가 발음을 이상하게 했나 보지.

스무디에 들어간 어떤 재료에 알레르기 반응이 온 것 같다. 혀가 두 배 정도 부풀어오른 느낌이다.

"제기랄." 새 깁스 가장자리로 눈을 문지르면서 나도 모르게 투덜댄다.

누군가 어깨를 톡 친다.

돌아서니 수녀복을 입은 할머니다. 수녀님을 마주칠 줄은 몰랐기 때문에 헉, 하고 놀랐다.

내가 신앙인은 아니지만 종교에 헌신하는 노인분께서 이렇게 가까이 계신 줄 알았더라면 굳이 '제기랄' 같은 말을 내뱉진 않았을 거다.

수녀님이 나를 보며 웃는다. "저런, 괜찮아요?"

"개차나요." 혀가 부풀어서 발음이 제대로 되지 않는다.

"뭔가에 잔뜩 화가 난 것 같던데." 수녀님이 말한다.

"아니에요, 개차나요." 억지 미소를 지어본다.

수녀님도 미소로 받아준다. "성당 소식지 읽어볼래요?"

그러면서 반으로 접은 노란 종이 한 장을 내민다.

침실에 먹고 난 그릇들을 쌓아둔 지 좀 됐다. 컵과 접시와 대접으로 쌓은 작은 탑 꼭대기에 오늘 아침 마신 스무디 컵을 올려둔다. 그릇을 쌓는 건 장난감 블록으로 성을 짓는 것과 같다. 하나를 더 올릴 때마다 아슬아슬해진다. 결국 언젠가는 와르르 무너지고 말 거다.

설거지할 생각을 하는 건 조깅하러 나갈 생각을 하는 것만큼이나 버겁다.

내일 해야지.

서점에서 해고되기 전, 기네스북 최근 에디션 세 판을 샀다. 다 읽고서 반품할 요량이었다. 도서관에 가기 귀찮아서 생각해 낸 꼼수였다. 하지만 이제 그 책들을 반품하려면, 나를 불성실

하고 무책임하다고 생각하는 이전 고용주를 마주해야만 한다. 책을 반품하려고 가져가면 내가 훔쳐갔다고 생각할 것 같다.

물론 나는 불량한 직원이었다. 아침에 일어나는 게 힘들어서 제때 출근한 적이 거의 없었다. 종종 교대 근무를 빼먹기도 했다. 출근 후 거기 앉아 있는다고 해서 별반 쓸모 있었던 것 같지도 않지만. 나는 확실히 고객 응대에 적합한 사람은 아니다. 한번은 어떤 손님이 내게 정말 서점 직원이 맞느냐고, 주머니쥐 세 마리가 트렌치코트를 입고 앉아 있는 거 아니냐고 물었다. 내가 당황하니까 무슨 뜻인지도 설명해줬다. 주머니쥐가 소심하고 겁이 많다는 것이었다. "그럼, 트렌치코트는요? 저는 트렌치코트를 안 입고 있잖아요. 그리고 주머니쥐는 좀 작지 않나요? 제가 트렌치코트를 입고 있었다고 해도, 대여섯 마리는 들어가 있어야 하지 않을까요?" 내가 물었다.

그 손님은 당장 고용주에게 불만을 제기했다. 사장은 나를 뒷방에 앉혀두고 좋은 고객 응대의 다섯 가지 원칙을 설교했다. 그 주제로 얼마나 열정적으로 떠들던지, 기세에 눌려 정작 그가 하는 말은 하나도 알아듣지 못했다.

기네스북 최신판을 펼친다. 매끈매끈한 페이지들을 넘긴다. 역사상 최장수 인간은 122세였다고 한다. 잔느라는 이름의 여성으로, 프랑스에서 사망했다.

떡 진 머리카락을 만지작거리며 책장을 넘기는 동안, 가장 오랫동안 샤워하지 않은 인간에 대한 기록도 있을지 궁금해진다.

* * *

여우한테 쫓기는 토끼처럼 심장이 뛴다. 화장실 세면대 앞에 서서 난 괜찮다, 괜찮다고 되뇐다.

난 괜찮아.

누군가 가슴 위에 앉아 짓누르는 것 같지만, 괜찮다.

비타민D 병을 열어 입에 두 알을 넣고 씹는다.

"이제 괜찮아질 거야." 소리 내어 말해보지만, 말도 안 된다는 걸 안다.

적어도 5분 동안은 제대로 숨을 쉬지 못했다. 뇌에 산소가 공급되지 않고 있다.

병원에 가야 할 것 같지만, 병원에 갈 때마다 의사들은 이건 그냥 불안 증세일 뿐이라고 한다.

이게 그냥 불안이라고? 진짜 심장마비면 어쩌지?

스마트폰을 집어 들고 외우고 있던 번호를 누른다.

남자 목소리가 응답한다. "원격진료 서비스입니다. 응급 상황이라면 전화를 끊고 119로 도움을 요청하십시오. 어떻게 도와드릴까요?"

"안녕하세요." 나는 숨을 헐떡이며 말한다. "지금 발작이 왔어요."

"응급실로 가세요."

"너무 자주 갔어요." 계속 헐떡이며 설명한다. "간호사들이 다 제 이름을 알아요. 이상하잖아요? 다시 갈 순 없어요."

"이미 응급실에 가서 의사를 만나보신 건가요?"

"심장마비인지 공황발작인지 어떻게 구분할 수 있죠?" 가슴을 움켜쥔다.

"자세를 바꾸면 통증이 더 심해지세요?"

"확인해볼게요."

차가운 욕실 타일 위에 누워 무릎을 가슴 쪽으로 끌어안는다.

빠르게 뛰는 내 심장에 귀를 기울인다.

쿵.

쿵.

쿵.

"그런 것 같아요."

"그렇다면 공황발작 같군요. 불안장애가 있으신가요?"

"그런가 봐요." 가슴 통증이 조금 물러나는 것 같다.

"지금 주변에 도와줄 사람이 있나요?" 얼마간의 시간이 지나고, 남자가 묻는다.

"그쪽이요."

그가 웃어버린다.

“그 오래된 서점 일은 요즘 어떠니?” 엄마가 도자기 접시에 으깬 감자를 듬뿍 퍼주며 묻는다.

“잘렸어.” 포크 한가득 감자를 떠내 입에 넣으며 마지못해 고백한다.

어디선가 인간은 감자만 먹고도 살 수 있다는 글을 읽은 적이 있다. 인간이 단백질을 만들고, 세포를 재생하고, 질병과 싸우는 데 필요한 필수 아미노산이 감자에 다 들어 있다는 것이다.

“잘렸다고?” 아빠가 사레들린다. “아니, 뭐 때문에 너를 잘라?”

하지만 권장량의 단백질을 얻으려면 하루에 감자를 대략 스물다섯 개쯤 먹어야 하는데, 그랬다간 칼슘 결핍에 시달릴 거다.

“길다? 왜 잘렸냐고?”

감자만 먹어선 건강할 수 없겠지만, 그래도 빵이나 사과만 먹는 것보다는 오래 살겠지.

“안 들리니?” 아빠가 내 얼굴 앞에서 손을 흔든다.

“뭐라고?”

“왜 해고됐냐고!” 아빠 얼굴이 약간 붉어진다.

“모르겠어.” 그냥 그렇게 대답한다. 다섯 번 연속 출근하지 않아 해고됐다는 걸 잘 알고는 있지만.

“책이나 뭘 훔치다가 걸린 거 아냐?” 남동생 일라이이가 놀린다.

“다른 데 이력서는 넣고 있고?” 일라이에게 받아치기도 전에 엄마가 물어본다.

“응.” 거짓말.

내 실직 소식에 식탁은 얼마간 조용하다.

엄마가 한숨을 쉰다. “와인 한 병 딸까?”

“안 돼.” 내가 서둘러 말한다.

“뭐?” 아빠가 쳐다본다. “왜 안 돼?”

“왜냐면,” 나는 고집을 부린다. “내가 약을 먹고 있으니까.” 부러진 팔을 들어 보인다.

“네가 약을 먹고 있어서? 사고도 별거 아니고 별로 안 다쳤다며? 많이 다친 거야?”

“아니.”

“그런데 우리 전부 다 술을 마시면 안 된다고?” 아빠가 코웃음 친다.

“응, 안 돼.” 나는 물러서지 않는다.

“다시는 이런 일 없을 겁니다.” 아빠가 교장에게 손을 내밀었다. “저희가 잘 타이르겠습니다. 감사합니다, 교장 선생님.”

열다섯 살 때 부모님이 학교로 호출됐다. 나는 이틀 동안 정학 처분을 받았다.

우리 반 현장학습 날이었다. 돌아오는 버스에서 나는 친구 잉그리드와 버스 맨 뒷자리에 앉았다. 여자애들 한 패거리가 와서는 자리에서 비키라고 했다. 나는 순순히 일어나려고 했는데, 잉그리드가 거부했다. 그 애는 내 손목을 잡고 말했다. “우린 절대 안 옮길 거야.”

자리를 뺏으려던 여자애들이 우리를 ‘레즈’라고 부르기 시작했다.

잉그리드가 레즈비언은 아니었다. 그렇지만 내 친구였고, 그 때문에 종종 오해받았다. 세상엔 언제나 그런 식의 오해들이 있다.

버스에 있던 애들 전부 우릴 쳐다봤다. 웃고 있었다. 브랜든이라는 남자애가 “레즈!”라고 외치기 시작했다.

“레즈비언이라고 놀리는 거 그만둬!” 마침내 현장 인솔 교사인 캠프 선생님이 나타났다. “그게 얼마나 나쁜 말인 줄 아니!” 여자애들은 마지못해 우리 바로 앞자리에 앉았다. 잉그리드는 잔뜩 화가 나서 그 애들 머리카락 끝에 라이터를 가져다 댔다. 화상을 입진 않았지만, 걔들 머리카락 끝이 조금 타서 버스 안에 탄내가 진동했다.

캠프 선생님은 우리만 교장실로 보냈다. 애초에 시비를 걸었던 애들은 그냥 뒀다. 잉그리드와 교장실로 걸어가면서, 캠프 선생님이 그 패거리를 달래주는 걸 봤다. 선생님은 아이들 등을 토닥이며 이렇게 말했다. “아이고, 무서웠겠구나.”

집으로 가는 차 안에서 아빠는 한바탕 설교를 늘어놨다. "이 다음에 네가 크면 말이다, 스쿨버스에서 괴롭히는 멍청한 여자애들보다 나쁜 일도 얼마든지 있을 거야. 그럴 땐 최대한 물러나 있어야 해."

"내가 불붙인 게 아니라…."

"상관없어. 끼리끼리 노는 거야. 잉그리드라고 했냐? 사람들 머리카락에 불붙일 생각하는 애랑은 어울리는 거 아니야."

"걔들이 우리한테 먼저…."

"시끄러워! 못 본 척하고 넘어갔어야지."

엄마는 입을 닫고 있었다.

밖에서 온갖 사이렌 소리가 한꺼번에 울리고 있다. 얽히고설킨, 요란하고 적대적인 하모니에 도무지 잠을 잘 수가 없다. 눈을 뜨고 천장을 응시한다.

어느 여름날, 내가 해변에서 잠들자 일라이는 내 몸을 목까지 모래에 파묻었다. 나는 꼼짝도 하지 못하는 상태에서 깨어났다. 일라이가 꺼내주지 않으면 일어날 수 없었다. 지금 딱 그런 느낌이다. 침대에 묶여 있는 듯한 느낌.

발을 마구 차 이불을 걷어낸다. 온몸 구석구석 남은 힘을 다 끌어모아 일어선다. 창틀 안쪽으로 오렌지색 불빛이 어른거린다. 다가가 내다보니, 길 건너편 집이 화염에 휩싸여 있다. 소방

차와 구급차, 경찰차 여러 대가 앞마당에 늘어선 상태였다. 창가에 서서 불타는 이웃집을 내려다본다. 불길이 2층을 집어삼켰다. 지붕을 뚫고 타오른다. 집 안에 아무도 없어야 할 텐데.

나는 창문 안쪽을 차례로 훑는다. 사람 형체가 있는지 살핀다. 위쪽 창문은 불길에 휩싸였다. 샛노랗게 타오르기만 할 뿐 그림자는 보이지 않는다. 안에 사람이 있는지 알 도리가 없다. 1층 창문은 시커먼 연기를 내뿜고 있다. 아무것도 볼 수가 없다.

나는 주먹으로 가슴을 쿵쿵 두드리며 두근거리는 심장을 진정시킨다.

소방관들이 화염에 물을 뿌리고 있지만, 불길은 맹렬하다. 곧 지붕이 무너질 것만 같다.

요란한 사이렌 소리가 다른 모든 소리를 뒤덮고 있다. 누군가 살려달라고 외치고 있는 게 아니어야 할 텐데. 공포가 파고든다. 호스가 물을 내뿜는 걸 보며 불길은 잡히고 있다고 혼잣말한다. 정말 그런지는 모르겠지만.

바깥에 있는 사람들이 소리를 지른다. 뭐라고 하는 거지? 알아들을 수가 없다. 창문을 연다. 11월 말의 밤공기는 불길 탓에 따뜻하다. 화재 현장의 매캐한 냄새가 창을 타고 넘어온다. 사람들이 뭐라고 외치는지 들어보려고 귀를 쫑긋 세운다.

"고양이는 어딨어?"

"고양이 나왔어?"

나는 차가운 유리창에 이마를 대고 사라진 고양이를 찾으려고 어둠 속을 훑는다.

집 주변을 에워싼 사람들이 시야를 가려 수색이 쉽지 않다. 사람들이 점점 더 모여든다. 잠옷 차림으로 서서 이 난리를 지켜보고 있다. 몇몇 사람들은 테이크아웃 컵을 들고 있다. 어떤 남자는 아이를 목말 태우고 있다.

썩어가는 갈매기 사체에 박힌 노란 눈이 일광욕하는 나를 바라보았다. 일라이가 나를 모래에 파묻었던 날이다. 8월 중순이었고, 나는 아홉 살이었다. 부모님이 우리를 스탠리 항구에 데려갔는데, 갈매기 사체가 바로 가까이 있는 줄 모르고 비치타월을 깔았다.

시간이 지나면서, 나는 살아 있는 갈매기들이 죽은 갈매기 사체를 찾아온다는 걸 알아차렸다. 나는 갈매기들이 죽음을 애도하러 온다고, 내가 애통하기 그지없는 갈매기 장례식을 목격하고 있는 거라고 생각했다.

한참이 지나서야 갈매기 사체를 발견한 아빠는 말했다. "역겨운 바다의 쥐새끼들이 친구가 어떻게 죽었는지 궁금한가 보구먼."

"저 건넛집 정말 안 됐죠?" 현관문을 잠그고 있는데, 옆집 여자가 다가와 말을 건다.

나는 여자를 멀뚱히 쳐다본다. 분홍색 목욕 가운 차림에 머리를 수건으로 감싸고 있다.

"그러게요." 도대체 이 여자는 왜 복도를 서성이고 있는 걸까?

"아파트에 살기가 무섭다니까요." 여자는 나를 위아래로 훑으며 말을 잇는다. "이웃들이 건조기 필터는 비우는지, 촛불은 끄는지 알 수가 있어야죠. 아, 집에 소화기는 당연히 가지고 계시죠?"

"당연하죠." 나는 거짓말한다. "어떤 무책임한 인간이 집에 소화기도 안 두고 살아요?"

내 인생의 지난 네 시간을 소화기 파는 가게를 찾는 데 쏟아부었다. 가게 세 군데를 돌고, 판매원 다섯 명에게 말을 붙인 끝에, 거의 한도에 다다른 내 신용카드로 60달러짜리 최고급 소화기를 손에 넣을 수 있었다.

이제 이 반짝이는 소화기를 집에 몰래 들여놓겠다고, 나는 절로 튀어나오는 짜증과 욕설, 때려치우고 싶은 충동을 억누르고 있다. 멀쩡한 한쪽 팔로만 이러고 있다. 혹시 옆집 여자가 이 꼴을 보고 내 거짓말을 알아채진 않을까 걱정이다. 자기 목숨을 지켜주려고 내가 얼마나 애쓰고 있는지 모르겠지.

땀범벅이 된 손아귀에서 소화기가 조금씩 미끄러진다. 그걸 떨어뜨리고야 마는 나를 상상한다. 소화기가 계단을 데굴데굴 굴러가 바닥을 뚫고 떨어진다. 우지끈, 하는 엄청난 소음. 누군가의 집 천장을 뚫고 들어가, 공중에서 곤두박질해서는, 어떤 불운하고 무고한 희생자의 머리통에 쿵, 하고 떨어지는 모습이 생생하게 그려진다. 그 순간 옆집 여자가 분홍색 목욕 가운 차림으로 튀어나와 나를, 그리고 살인 현장을 목격하고야 마는 상상.

현관문을 열려고 더듬거리다 열쇠를 두 번이나 떨어뜨린다. 마침내 집 안으로 들어서서, 나는 발을 뒤로 걷어차 문을 꽝 닫고, 23킬로그램짜리 소화기를 어질러진 침대로 내던진다. 소화기는 곧장 스프링 매트리스를 딛고 튕겨 올라 요란한 소리와 함께 바닥에 낙하한다.

심장이 쿵 내려앉는다.

달려가 피해 상황을 확인한다. 소화기는 어젯밤 바닥에 아무렇게나 던져놓은 TV 리모컨 바로 위로 떨어졌다.

손상된 리모컨을 살펴본다. 한가운데 금이 갔다. 버튼 다섯 개는 플라스틱 안쪽으로 쑥 들어가 더 이상 누를 수 없게 됐다. *괜찮아. 지금부터는 TV로 가서 채널을 바꾸면 되지.* 나는 나를 다독이며 리모컨을 다시 바닥에 던진다. 내장을 토해내듯 건전지가 튕겨 나간다.

건전지가 바닥을 굴러가는 것을 보다가 방 안을 한 바퀴 둘러본다. 이 아파트에 사는 사람들을 죽이지 않으려면 내가 또 뭘 해야 하지?

건조기의 먼지 필터를 점검한다.

집에 있던 양초 두 개를 내다 버린다.

가스레인지 전원을 뽑아버린다.

오븐 아래 달린 서랍을 열어본다. 우편물과 종이가 잔뜩 쌓여 있다. 그동안 대량의 가연성 물질을 이렇게 쌓아두고 살았다니, 내가 얼마나 위험한 존재인지가 분명해진다.

내 작은 방엔 수납공간이 넉넉지 않다. 종이로 된 것들은 다 여기에 처박아놨었다. 요리를 하지 않으니 당장 위험하진 않겠지만, 그래도.

나는 서랍 앞에 무릎을 꿇고 앉아 열어보지도 않은 우편물과 신문, 편지 뭉치들을 꺼내기 시작한다.

연체된 고지서들을 뒤적이다가 광고지를 발견한다.

이렇게 적혀 있다. 기분이 울적한가요?

네.

이야기할 사람이 필요한가요?

아마도요.

1919 피치트리 크레센트로 오세요. 무료 정신 건강 상담을 받으실 수 있습니다.

아파트 앞 전신주에 구겨진 포스터가 처량하게 붙어 있다. 고양이를 찾습니다. 미튼즈. 7세. 가장 좋아하는 창가에서 낮잠 자는 모습이 마지막으로 목격됨. 화재 발생 후 행방불명. 애교 많은 고양이로, 이름을 부르면 반응합니다. 고양이가 무사히 돌아오면 사례하겠습니다. 앞발이 하얀 잿빛 고양이. 그래서 이름이 미튼즈, 손모아장갑이라는 뜻이었다.

"미튼즈?" 어두운 덤불을 지나가며 이름을 불러본다.

"여기야, 야옹아."

울타리 너머 뒷마당을 들여다본다. 잔디에 서리가 내려앉아 있다.

"미튼즈?" 열려 있는 차고를 향해 불러본다.

"미튼즈? 거기 있어?" 누군가의 집 현관 아래 어둠 속으로도 속삭인다.

"거기 있으면 나와줘, 미튼즈."

1919 피치트리에 있는 건 고딕 양식의 거대한 성당이다. 위압적인 건물 앞 잔디밭에 서서, 나는 뒤늦게 성당 전도 광고에 속았음을 깨닫는다. 여긴 무료 상담소가 아니다. 종파가 뭐든지 간에, 사람들을 개종시키는 곳이다.

광고지를 내려다보고서야 이게 수녀님한테 받은 종이라는 걸 알아차린다.

"아름다운 건물이죠?" 뒤에서 남자 목소리가 들린다.

예상치 못한 목소리의 습격에 놀라 발을 헛디딘다.

남자는 빙그레 웃으며 내게 손을 내민다. "안녕하세요, 제프예요."

나는 숨을 돌리고 대답한다. "안녕하세요, 제프."

"만나서 반가워요. 구인 광고 보고 오셨나요?"

입을 열고 '아니요'라고 말하기 직전 멈춘다. 제프가 입은 옷의 하얀 목깃을 본다. 틀림없는 신부님이다.

나는 더듬거린다. "예… 예."

"좋아요!" 신부님이 손뼉을 친다.

"지난달에 주님께서 우리 사무실 직원을 거두어가셨어요." 사무실에 들어가 앉자, 제프 신부님이 말한다. 주님께서 누군가를 거두셨다는 말이 마치 주님이 사람들을 훔쳐간다는 말처럼 들린다.

"저런, 유감이에요." 나는 너무나 많은 예수상에 둘러싸여, 불편함을 감추려고 애쓰며 말한다. 가장 가까이 있는 조각상은 예수가 슬픈 표정으로 하늘을 올려다보는 모습을 묘사하고 있다. 그 애처로운 눈빛으로부터 고개를 돌려 방을 둘러본다. 이 사무실은 바다거북에 집착했던 아홉 살 무렵의 내 방과 흡사하다. 신부님이 집착하는 대상이 십자가라는 것만 빼고. 나는 거북이 침구 세트와 거북이 포스터, 거북이 봉제 인형을 가지고 있었다. 신부님 책상 뒤쪽으로는 나무 십자가, 금 십자가, 도자기 십자가, 그리고 십자가 사진이 담긴 액자가 뒤섞인 전시용 벽이 드리워져 있다. 내 앞에 놓인 십자가 모양 다과 접시에는 먼지가 수북한 버터 캐러멜 사탕이 담겨 있고, 그 옆에는 예수 그리스도를 그린 르네상스풍 그림이 프린트된 더러운 커피잔이 놓여 있다. 잔에 그려진 예수가 들고 있는 것은? 빙고. 십자가다.

"고맙습니다, 자매님."

예수가 다른 처형 도구로 죽임을 당한 세상을 상상해본다. 단두대 모형의 작은 도자기 장식을 떠올린다. 아이들 침대 머리맡에 걸린 미니어처 올가미. 전기의자 목걸이와 귀걸이들.

"그레이스는 이제 주님의 손에 맡겨졌지요." 그가 덧붙인다.

어떻게 반응해야 할지 몰라 그저 앞만 바라본다. 캐러멜 사탕을 하나 달라고 해야 하나?

신부님은 자기 손을, 손가락에 낀 반지를 본다.

"이건 그레이스의 반지였답니다. 그녀를 기억하려고 끼고 있어요."

무슨 말을 해야 할지 모르겠다. 반지를 본다. 그레이스는 왜 반지를 신부님에게 남겼을까?

"자, 그럼." 그가 목을 가다듬는다. "지금까지 그레이스 자리에 지원한 사람들은 모두… 음, 뭐라고 해야 하나?" 그가 잠시 말을 고른다. "어, 이렇게 말해보죠. 지원자들은 모두 데니스[1]에서 할인받을 수 있는 사람들이었어요. 이해가 되나요?"

나도 유머 감각이 있다는 걸 증명하기 위해 억지웃음을 짓는다.

"모두 수요일에는 버스를 공짜로 탈 수 있었고요, 무슨 말인지 알겠죠?"

다시 억지로 웃는다.

"남 말할 처지 아니라는 건 알아요." 신부님이 웃는다. "내가 일흔두 살이라는 게 믿어져요? 그렇게 보여요?"

대답하려고 입을 열었다.

"아, 대답하지 말아요!" 그가 다시 웃으며 말한다. "그런데 정말로요, 젊은 사람이 와줬으면 좋겠어요. 인터넷을 사용할 줄 아나요?"

"인터넷을 사용할 줄 아느냐고요?" 내가 되묻는다.

그가 끄덕인다. "네, 인터넷을 좀 다룰 줄 아는 사람을 찾고 있거든요. 익숙한가요?"

"네, 뭐…." 대답하려는 순간 그가 손뼉을 친다.

"좋아요! 좋아요, 좋아요. 아주 좋아요! 귀는 잘 들리고요?"

1 미국 전역과 전 세계 12개국에 있는 캐주얼 패밀리 레스토랑 체인.

나는 더듬거린다. "정상인 것 같아요. 지금까지 하신 말씀은 다 들은 것 같은데요…."

"자, 어린 자매님." 그가 활짝 웃는다. "당신이 바로 우리가 찾던 사람인 것 같네요! 물론 가톨릭 신자겠죠?"

"네." 나는 말한다. 무신론자 레즈비언임에도 불구하고.

신부님이 책상을 탁 하고 친다. "완벽해요!"

일곱 살 때, 여호와의증인 신도 두 명이 우리 집에 찾아와 내게 세례를 받았느냐고 물었다. 아니라고 하자 그건 우리 부모님이 무신론자이기 때문이라고 했다. 그들이 "무신론자"라고 말할 때 목소리를 깔았던 걸 기억한다. 마치 그 단어가 불경한 것처럼. 일곱 살이었던 나는 상스러운 말에 특별히 관심이 많았기 때문에 그 단어를 기억해두었다. 이후 3년 동안, 나는 그게 무슨 뜻인지도 모르고 사람들을 무신론자라고 부르며 내가 대단한 독설가라고 생각했다.

선생님이 받아쓰기 시험에서 내게 F를 줬을 땐 혼자 중얼거렸다. "망할 무신론자 같으니."

젬마 이그먼드가 내가 동성애자라는 소문을 퍼뜨렸을 때는 이렇게 받아쳤다. "그 잘난 무신론자 입 좀 닥쳐, 젬마."

엄마가 빨리 잠자리에 들라고 재촉했을 땐 계단 꼭대기에서 소리 질렀다. 나는 피도 눈물도 없는 무신론자 집안에서 살고 있다고.

범죄 현장에서 빠져나오듯 성당을 나온다. 길을 따라 종종걸음으로 내려가면서, 혹시나 신부님이 따라오나 싶어 뒤를 흘깃거린다.

나를 성당으로 낚은 광고지를 여전히 움켜쥔 채였다. 더 이상 들키지 않겠다고 안심할 만큼 멀리 와서야 그것을 펼쳐본다. 무료 상담을 제공하는 곳이 성당이라는 어떤 암시라도 있었는지 꼼꼼히 들여다본다. 뒤집어 봐도 장식용 십자가 하나 없다.

말똥말똥하다. 잠들지 못한 채로 침대에 누워 있다. 한밤중인데 잠이 오지 않는다. 성당과 종교에 대해 숙고하는 중이다. 특히 지옥이라는 개념에 대해서.

눈을 깜박인다. 불에 대해, 그리고 불에 타 죽는 것이 어떤 느낌일지에 대해 생각을 거듭한다. 맹렬하게 타오르는 불꽃을 상상한다. 뜨거운, 물집이 터지는 피부도.

마시멜로를 구울 때마다 항상 불이 붙는다. 하얗고 쫀득쫀득한 설탕과 젤라틴이 금빛으로 부풀다가 불꽃에 휩싸이지만, 불꽃이 완전히 집어삼키기 전까지는 타지도, 검게 변하지도 않는다.

이제 집에서 불이 나면 고양이의 머릿속에는 무슨 생각이 떠오를지 상상해본다. 뜨거운 불길이 털 몇 가닥에 붙기 시작하는 순간을 그려본다. 불타는 살갗과 그을린 뼈를 생각한다. 고양이들은 소심해서 쉽게 놀란다. 겁에 질리면 침대 밑이나 옷장 구석에 숨는다.

일어나 앉는다. 심장이 불규칙하게 뛰고 있다.

두근거림이 시작되는 걸까?

가슴에 손을 대본다.

심장박동이 급격히 빨라지는 걸 느낀다.

내 갈비뼈는 새장 같고, 심장은 불타는 새 같다.

응급실 앞에 서자 문이 자동으로 열리며 내가 물리적으로 실재하고 있다는 사실을 확인해준다. 사람을 안심시키는 통과 절차다.

접수 데스크 쪽으로 걸어간다. 간호사는 내가 오는 걸 보고선 지친 듯 한숨을 쉰다.

간호사는 나한테 짜증이 난 상태다. 내가 건강염려증 환자라고 생각한다. 자기 시간을 축내고 있다고.

"오늘은 뭐가 문제예요?" 그녀가 차갑게 묻는다.

"심장이 말썽인 것 같아요."

“미튼즈?” 길가에서 고양이를 불러본다.

차 밑을 보려고 무릎을 꿇는다. 시멘트 바닥이 차다.

“미튼즈?”

“거기 있어?”

“내 목소리 들리니?”

엄마가 가족사진을 정리하고 있다. 식탁 위에 우리 가족이 찍은 사진 수백 장이 펼쳐져 있다. 엄마는 사진을 연도별로 분류하고 있다.

내 예전 성적표도 식탁 위에 포개어 있다. 같은 상자 안에 보관되어 있었을 것이다. 훑어보니 6학년 전까지는 성적이 나쁘지 않았다. 그때까지 받은 성적표에는 “길다는 빨리 배우는 학생이에요”, “가르치는 게 즐거운 아이입니다” 같은 평가들이 쓰여 있다. 선생님들은 나를 “호기심 많고”, “질문을 많이 하는” 학생이라고 묘사했다. 이런 평가는 6학년 이후로 달라진다. “길다는 학교에서 위축되어 있어요”, “집중하는 데 어려움을 겪고 있습니다”. 그리고 나는 “기운이 없는” 아이가 된다. 3학년 담임 선생님은 나를 영재반에 추천했던 반면, 7학년 담임은 ‘부진아’ 반에 보낼 필요가 있다는 의견을 낸 게 특히 눈에 띈다.

“여기서 어떻게 저녁을 먹어?” 아빠가 사진과 서류 더미를 내려다보며 짜증을 낸다.

"얘들아, 너희 좀 보렴!" 엄마는 아빠 말을 무시하고 일라이와 내가 해변에 있는 사진을 들어 보인다. 일라이는 물안경을 쓰고 있고 나는 팔에 밝은 오렌지색 물놀이 튜브를 끼고 있다.

"너 정신 나간 거 같아." 일라이가 나를 보고 킥킥거린다.

엄마가 찌푸린다. "그런 말 하지 마, 일라이."

"우리 가족 모두 완벽하게 제정신이야." 아빠가 말한다.

엄마가 건넨 사진을 받아 들여다본다. 내 통통하고 앳된 얼굴과 일라이의 환한 미소를.

가끔 내가 정말 평생 같은 사람이었는지 궁금해진다. 사진을 뚫어져라 보면서 생각한다. 저게 정말 나일까? 인생의 단계마다 다른 사람이었던 것처럼 기묘한 기분이다. 그때의 나로부터 너무나 달라진 것 같다. 때로는 한 달 전의 나와도 다른 사람 같다. 하루 전, 5분 전, 그리고 바로 이 순간에도.

"왜 그딴 걸 그린 거냐, 일라이?" 아빠가 말했다.

일라이의 고등학교 미술 전시회였다. 동생 작품은 전면 복도에 전시돼 있었다.

일라이는 죽어 있는 자기 모습을 그렸다. 충격적인 유화 작품이었다. 극도로 사실적이어서, 멀리서 보고 사진인 줄 알았다. 창백한, 밀랍 같은 피부. 뜨고 있지만 생기 잃은 눈. 가슴 위에 포개어진 팔. 틀림없이 죽어 있는 모습이다.

"진짜 잘 그린 그림이야…" 내가 입을 뗐다. 디테일이 살아 있어서 모공 하나하나가 다 보였다.

"끔찍하지." 아빠가 내 말을 가로막았다.

엄마가 끼어들었다. "끔찍하지만, 좋은 작품이야. 넌 정말 재능 있어, 일라이. 다만 네가 뭔가 덜 병적인 걸 그렸으면 좋겠구나."

"네 학교 선생들도 다 보잖아." 아빠가 짜증 난 목소리로 말했다. "다들 네가 나사 풀린 애라고 생각할 거라고. 우리를 부끄럽게 하는구나. 실망이다, 얘야."

"내가 네 나이였을 땐 일주일에 40시간씩 일하면서 너희 남매 키우고 대출금까지 갚았어." 엄마가 오렌지피코 홍차가 담긴 커다란 머그잔을 건네주며 말한다.

머그잔을 감싸 쥐고서야, 너무 뜨겁다는 걸 깨닫는다. 후다닥 잔을 내려놓는다. 타는 듯한 느낌을 떨쳐내려고 손을 흔들어보지만 이미 늦었다.

"단순한 서점 알바도 못 버티면 어떻게 먹고살려고 그러니? 돈 많은 남자 만나 결혼할 생각은 아니지? 얘, 엄마는 정말이지…"

"나 레즈야." 내가 상기시킨다.

"그러니까!" 엄마가 받아친다. "거짓말까지 해야 하잖니."

"거짓말하는 거랑 백수인 거랑 뭐가 더 나빠?"

"뭐라고?" 엄마가 찌푸린다. "도대체 그게 무슨 질문이니?"

"내가 정직했으면 좋겠어, 아니면 취업했으면 좋겠어?" 다시 묻는다.

엄마가 고개를 젓는다. "내가 바라는 건 너 스스로 그런 문제를 해결하는 거야. 너도 다 큰 성인이잖니."

신용카드 한도가 20달러 남아 있다. 이제 샌드위치를 사서 남은 한도를 5달러까지 낮출 작정이다.

오늘로 해고된 지 한 달이 되었다. 냉장고엔 상한 음식뿐이다.

"이게 다예요?" 점원이 유리 계산대에 올려둔 샌드위치를 턱으로 까딱 가리키며 묻는다.

나는 고개를 끄덕이고 카드 단말기에 비밀번호를 입력하기 시작한다. 그러면서 2주 후면 월세 1,100달러를 내야 한다는 사실을 상기한다. 자동차, 공과금, 신용카드, 기름값, 인터넷, 식료품, 휴대전화 요금에 대해서도 생각한다. 지난달 한적한 주택가에 주차해놓고 5분을 초과해서 떼인 주차위반 딱지도. 차 수리비도. 바닥이 보이는 샴푸와 데오도란트. 과일과 비타민D, 그리고 이부프로펜이 필요하다는 사실도.

"고맙습니다." 한층 가난해진 채로 가게를 나서며 점원에게 인사한다.

서점에서 해고되지 않았더라면 좋았을 텐데. 출근하지 않으면 해고될 거라는 걸 알면서도 가지 않았다. 내가 왜 이러는지 모르겠다. 너무 지쳤다. 아침에 일어나 서점에 나가서 사람들을 만나보겠다는 의욕이 조금도 생기지 않는다.

어떻게 해야 쉽게 돈을 벌 수 있을까? 성 노동을 해야 하나? 레즈비언 성매매 시장은 크지 않을 것 같고, 나는 연기에는 꽝이니까 남자들 상대로 일하는 건 애초에 말이 안 된다. 내가 토하고 울어대면 남자들은 내가 거래를 전혀 즐기고 있지 않다는 걸 금세 눈치챌 거다. 물론 그래서 흥분하는 남자들도 있겠지. 그들이야말로 내가 공략해야 할 틈새시장일 거다. 슬픔에 젖은 레즈비언에게 혐오감을 주고 싶어 하는 역겨운 남자들의 시장.

아니면, 그냥 성당에서 일할 수도 있다. 성 노동을 택하는 경우와 마찬가지로 거기서도 연기를 하긴 해야겠지만, 가톨릭을 속이는 게 추잡한 남자들과 섹스하는 것보단 나을 것 같다.

TV에서 엉덩이 뽕 광고가 요란하게 흘러나온다. 리모컨이 고장 나서 TV를 켜둔 채로 잠들었는데, 너무 피곤해서 일어나 끌 수가 없었다. 일어나긴커녕 쓰고 난 컵을 더러운 접시 탑 꼭대기에 얹어두고는 잠들었다.

광고 볼륨은 이전 프로그램보다 더 크다. 진행자는 거의 소리를 지른다. "지금 전화하시면 엉뽕 패드 하나에 하나를 더 드립니다!" TV 속 여성들은 제품 착용 전후의 청바지 핏을 보여준다. 어떤 여자는 눈물을 글썽이며 이 제품이 자기 인생을 바꿨다고 말한다.

휴대폰을 본다. 동생에게서 문자가 와 있다. 러—닥.

잠시 그 문자를 찡그리고 보다가 답장한다. 괜찮아?

일라이의 답. ㅎ4갸ㅑㅑㅑㅑㅑㅑㅑㅑㅑㄱ

너 어디야? 내가 묻는다.

일라이의 눈은 죽은 토끼 눈처럼 흐릿하다. 나는 동생이 멀쩡할 때의 눈빛을 찾아보려고 그 애 얼굴을 들여다본다.

이미 자정이 지났다. 우리는 양철 천장이 있는 바의 부스에 앉아 있다. 테이블은 끈적거리고 쉰 맥주 냄새가 진동한다. 바를 휘둘러 하얀 크리스마스 조명이 걸려 있고, 벽면에는 빨간 네온사인이 빛난다. 마셔라 마셔.

일라이는 맥주를 물처럼 벌컥벌컥 들이켠다.

유리잔에 맺힌 물방울 위로 일라이의 지문 자국이 남아 있다. 그러고 보니 그 애 손톱에 칠이 다 벗겨진 매니큐어가 발라져 있는 것 같다.

"고양이들이 무슨 생각을 하는지 생각해본 적 있어?" 내가 묻는다.

일라이가 맥주를 한 모금 마신다.

"고양이도 죽음이라든가, 뭐 그런 걸 생각할까?" 또 묻는다.

"설마." 일라이는 또 한 모금 홀짝 넘긴다.

나는 거의 바닥을 드러내는 유리잔과 일라이의 흐릿한 눈을 번갈아 본다.

"너 이제 그만 마시는 게 좋을 거 같아…." 말려보려던 찰나, "누나는 다른 사람이 되고 싶었던 적 있어?" 일라이가 툭 던지고는 또 한 모금 마신다.

나는 끄덕인다. "그럼."

우리는 잠시 조용히 앉아 있다.

"내가 성당에 일하러 나가야 할까?" 내가 일라이에게 묻는다.

동생은 어이없다는 듯 웃는다. "말이 되냐?"

일라이가 일어나 화장실로 향한다. 그 애가 시야에서 사라지자마자 나는 동생 잔에 남은 맥주를, 그리고 피처 안에 남은 것까지 모조리 마셔버린다.

나는 줄타기하듯 도로 연석 위에서 균형을 잡고 있다. 자꾸 균형을 잃고 미끄러진다.

"있잖아, 엘리노어. 무슨 일이 있었게?" 혼자 중얼거린다.

도로에 차는 한 대도 없고 캄캄하다. 가로등 불빛 사이에 남은 그림자를 따라 걷고 있다.

"새 직장 구했어. 어디인지는 묻지 마." 딸꾹. "모르는 게 나을걸."

뜨거운 물을 받아놓은 욕조에 한쪽 발을 담가보듯, 나는 성당 안으로 슬며시 한 발짝 들여놓는다. 뜻밖의 채용 면접으로부터 이틀이 지났다. 성당에 완전히 들어서기 전에, 내 몸이 부글부글 끓어오르는 건 아닌지 입구에 서서 기다려본다. 신은 딱히 나를 벌할 계획이 없는 듯하고, 나는 위장 신자로서 첫날을 시작할 준비를 마치고 성당으로 들어간다.

딱 한 벌 있는 원피스를 입고 왔다.

제프 신부님 사무실을 찾기까지 좀 헤맨다. 마침내 사무실 문을 발견하고선 가볍게 두드린다.

"들어와요!"

사무실에 들어서자, 신부님이 올려다본다. 신부님은 알이 두꺼운, 커다란 안경을 코에 걸치고 빨간색 뜨개 조끼를 입고 있다. 신부님이 반긴다. "아하 이런, 왔군요."

"이런"이라니. "이런 고마울 데가", "이런 반가워라"의 의미일까? 아니면 "이런 젠장할"인가.

어색한 웃음을 지으며 분위기를 가늠할 수 있을 때까진 일단 말을 아끼기로 한다.

신부님이 일어선다. "지난번 만났을 때 제가 중요한 질문을 몇 개 빠뜨렸죠?"

나는 신부님을 빤히 쳐다본다. 드디어 뭔가 알아채셨구나.

"이를테면…" 신부님이 안경테 너머로 나를 올려다본다. "이름이 뭐죠?"

"이름이 뭐냐고요?" 내가 되묻는다.

신부님이 웃는다. "네, 미안합니다. 내가 이름도 안 물어봤지 뭡니까. 자, 우리 자매님 이름이 뭐지요?"

휴, 정체가 발각되지 않았다는 사실에 안도의 한숨을 내쉰다.

"제 이름은 길다예요."

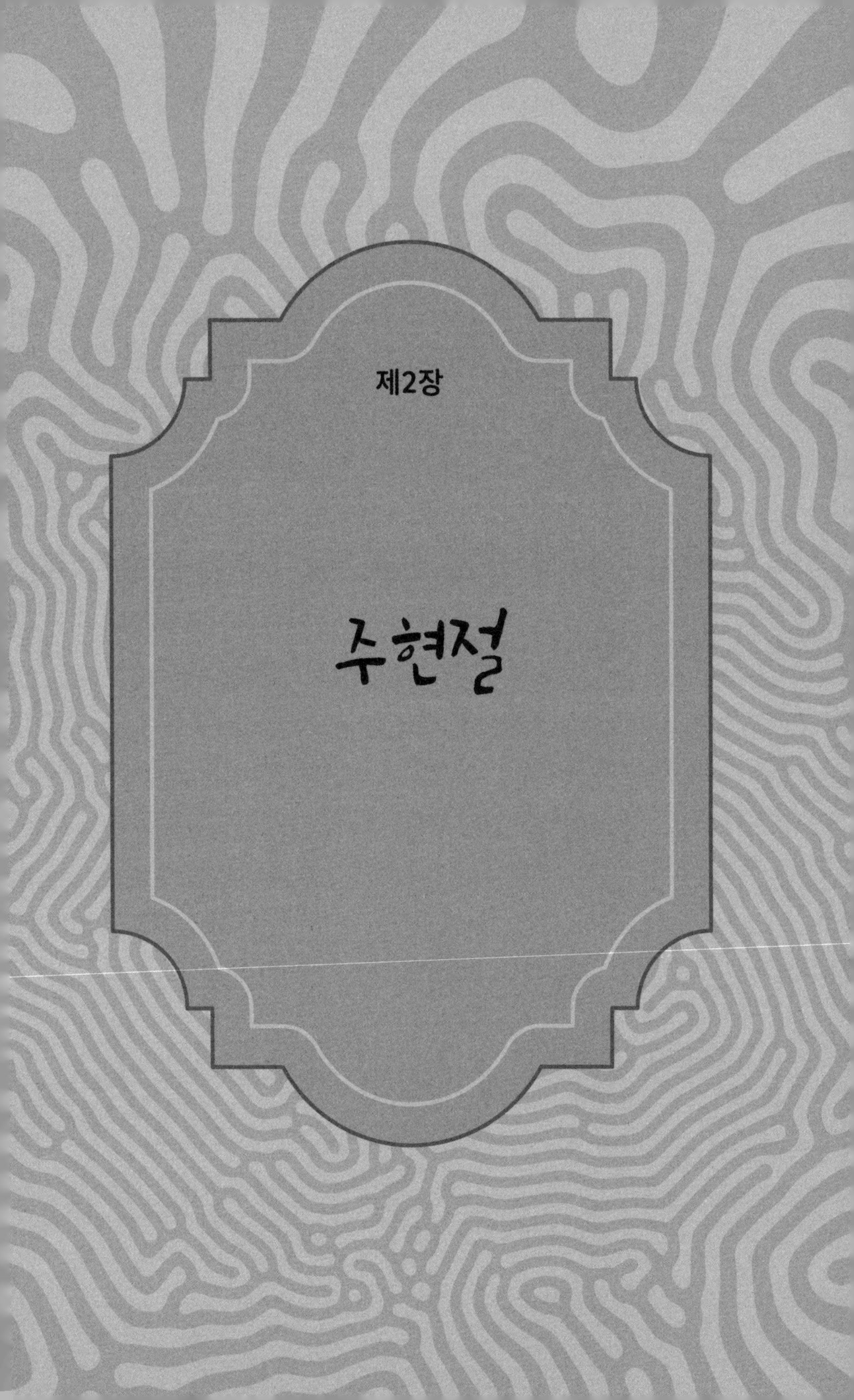

제2장

주현절

어떤 문구가 적절한지 모르겠다. 나는 한 번도 누군가에게 친구가 죽었다는 소식을 전해본 적이 없다. 내가 이런 일을 떠맡게 되리라곤 생각지도 못했다. 내가….

“여기가 컴퓨터를 두는 곳이에요.” 제프 신부님이 나를 거대한 데스크톱컴퓨터 앞으로 안내한다. 성당을 한 바퀴 돌며 근무 첫날 오리엔테이션을 마친 참이다. 신부님은 허리춤에 손을 얹고는 걱정스러운 표정으로 그 원시적인, 누렇게 변색한 기계를 내려다본다.

“어떻게 켜는지 알겠어요?” 신부님이 조심스럽게 묻는다.

톡 튀어나온 시작 버튼을 누른다. 컴퓨터는 잔디 깎는 기계에 시동 걸린 듯한 소리를 낸다.

“이야!” 신부님 얼굴이 모니터와 함께 환해진다. “벌써 터득하다니 대단하군요!”

이렇게나 쉽게 감동하는 사람이라니, 뜻밖의 안도감에 나는 또 어색하게 웃는다.

내 자리에 앉아 성당 소식지가 담긴 파일을 넘겨보고 있다. 신부님이 읽어보라고 한가득 건네준 것이다. 교구 소식과 행사들에 익숙해져야 한다고 했다.

연극 의상이라도 입고 있는 기분이다. 원피스를 입고 있단 사실을 자꾸 잊고서, 다리를 벌리고 앉아 있다. 내 이마에 '무신론자'와 '레즈비언'이라는 글씨가 찍혀 있는 것 같다.

어쩐지 가슴이 두근거리고 손바닥이 축축하다. 내가 여기에서 뭘 하고 있는 거지? 그만 나가야 해.

두근거림이 더 심해진다. 눈을 감는다.

깜깜하다.

정신을 딴 데 둬야 해.

눈을 뜨고 책상 위의 명판을 바라본다.

그레이스 모펫.

다리가 떨린다. 두근거림이 차츰 잦아든다.

그레이스 모펫.

그레이스 모펫.

그레이스 모펫.

때로 무언가를 오래 바라보고 있노라면, 점차 그것에만 신경이 집중되면서 다른 모든 감각이 무뎌지곤 한다. 그레이스의 이름은 금색으로 적혀 있다. 글자 모서리는 녹이 슬었다. ㄹ은 다른 글자들과는 다른 글꼴로 쓰인 것 같다.

"길다?" 제프 신부님의 목소리가 내 공상에 불쑥 끼어든다.

내가 올려다본다.

"이메일 쓸 줄 알아요?"

잠시 멈칫하다 대답한다. "네."

신부님이 손뼉을 친다. "정말 잘됐네요! 그레이스가 떠난 뒤로 성당 이메일에 접속할 수가 없었거든요. 이메일 좀 확인해 주겠어요?"

그레이스는 심히 무심했거나, 아니면 사려 깊고 선견지명이 있는 사람이었다. 성당 이메일 주소와 패스워드를 적은 포스트잇 메모를 남겨두고 떠난 것이다. 세인트리고버츠@세인트리고버츠.com의 비밀번호는 '비밀번호'였다.

이메일 계정에 접속해보니 읽지 않은 메일이 203통 남아 있다.

첫 번째 이메일은 비올라 블랙웰에게서 온 것이다. 호박 모양 의상을 입은 강아지 사진이 담긴 포워딩 메일이었다. 비올라는 이런 메시지도 함께 보냈다.

너무 귀여워. 세 번째 아가는 우리 복숭이 같지.

복숭이는 비올라의 개 이름이겠지.

두 번째 이메일로 넘어간다.

그레이스

통 연락이 없구나! 어떻게 지내니? 새로운 소식이라도 있어?

사랑을 담아,
로즈메리

이메일을 두 번 반복해 읽는 동안 목구멍에 개구리 한 마리가 들어앉나 싶더니, 이내 눈앞이 흐려진다. 로즈메리는 친구 그레이스가 이미 이 세상 사람이 아니란 걸 모르는 게 분명하다.

내 손이 다시 축축해진다.

머릿속에 절로 로즈메리의 이미지가 떠오른다. 작고 연약한 몸. 짧게 자른 백발의 곱슬머리. 이 할머니는 지팡이를 짚거나, 보행기를 밀거나, 아니면, 오, 하느님 아버지, 휠체어에 의지하고 계실지도.

다정하고 쇠약하고 나이 든 로즈메리에게 친구 그레이스의 사망 소식을 전해야 할까?

다시 이메일을 본다.

통 연락이 없구나!

그분은 돌아가셨으니까요.

어떻게 지내니?

죽어 계세요.

새로운 소식이라도?

그레이스에겐 새로운 소식이 없고, 앞으로도 있을 리가 없답니다.

나는 그레이스는 죽었어요라고 쓰다가 백스페이스를 연달아 누른다. 무신경한 표현이다. 너무 직설적이다.

그레이스는 더 이상 우리와 함께 있지 않아요.

아니야, 너무 모호해. 로즈메리는 그레이스가 단순히 해고됐거나 일을 그만뒀다고 생각할 것이다.

그레이스는 숨을 거뒀어요.

하직하셨습니다.

마침내 자유로워졌어요.

눈을 감으셨어요.

어떤 문구가 적절한지 모르겠다. 나는 한 번도 누군가에게 친구가 죽었다는 소식을 전해본 적이 없다. 내가 이런 일을 떠맡게 되리라곤 생각지도 못했다. 내가….

예기치 못한 압박감이 나를 쿵 짓누른다. 눈에 보이지 않는 거인이 가슴에 올라탄 것 같다. 헐떡여보지만 공기가 들어오지 않는다. 심장이 고동친다. 압도적인 공포가 나를 휘감는다.

쿵쾅.

쿵쾅.

쿵쾅.

나는 공황 상태에서 벌떡 일어난다.

이 느낌을 어떻게 떨쳐내지?

도저히 떨쳐낼 수 없을 것 같다.

불이 난 집에 갇힌 고양이가 된 느낌이다. 창문 하나 없는 방 구석에 몰린 고양이.

쿵쾅.

쿵쾅.

쿵쾅.

물속 깊이 가라앉은 느낌이다. 수면은 머리 위로 60층이나 떨어져 있다.

쿵쾅.

쿵쾅.

쿵쾅.

소리도 지를 수 없다. 입을 열 수조차 없다. 이렇게 죽는 건가?

나 죽는 거야?

헐떡인다. 목구멍을 껙껙대며 겨우 요만큼의 공기를 들여보낸다.

또 한 번 숨을 들이쉬고, 다시 요만큼의 산소를 삼킨다.

지나간다.

한 손을 가슴에 얹고 호흡에 집중한다.

괜찮아.

괜찮아.

넓은 의미에서, 나는 '괜찮다'. 숨은 쉴 수 있다. 그렇지만 아마도, 정말 괜찮은 건 아닐 것이다. 뭔가 단단히 잘못됐다. 덤벼드는 곰에게서 겨우 빠져나온 기분이다. 왜 내 몸은 멀쩡한 상황에서도 마치 포식자에게 쫓기는 것처럼 반응하는 걸까? 내가 미처 인지하지 못한 어떤 재앙이 임박했음을 몸이 알아서 감지하는 걸까? 정말 뭔가를 감지하는 걸까, 아니면 그냥 제정신이 아닌 걸까? 내 몸은 왜 이렇게 끔찍한 공포를 느끼는 걸까? 암에 걸린 걸까? 아니면 내가….

그만.

다른 생각에 집중해야 한다. 방을 둘러본다. 컴퓨터 모니터를 본다. 로즈메리에게 쓰던 답장으로 돌아간다.

그레이스는 세상을 떠났어요.

왜 내가 이걸 처리해야 하지? 나와는 상관없는 일이다. 그레이스가 죽은 것도, 로즈메리든 누구든 간에 그 소식을 전해 듣지 못한 것도 어쩔 수 없는 일이다. 내가 해줄 수 있는 게 없다. 나는 상실을 치유해주는 상담사가 아니다. 성당에 앉아 있는 사기꾼에 불과하다. 그레이스와 로즈메리에게 빚진 것도 없다. 사실 누구에게 어떤 것도 빚지지 않았다. 내 의지와는 무관하게 세상에 존재하게 된 동물이고, 살아남으려고 떠돌아다니는 중이다. 나도 내 나름의 문제가 있다. 그것도 아주 한가득. 공과금을 내야 하고, 가톨릭 신자 행세를 해야 하고. 건조기 필터도 청소해야 하고. 호흡에도 집중해야 하고.

마우스 커서를 삭제 버튼 위로 가져간다. 클릭. 삭제됨.

다리가 덜덜 떨린다. 내 신경을 다른 데로 좀 옮겨야 한다.

책상 서랍을 열어 펜과 지우개 같은 잡동사니를 꺼내 살펴본다. 다음 서랍에는 풀다 만 십자말풀이, 반쯤 남은 껌, 로맨스 소설책이 들어 있다. 나는 멈칫한다. 십자말풀이의 남은 빈칸들과 소설책 중간에 책갈피로 끼워둔 종이를 비참한 심정으로 바라본다.

"길다?"

고개를 든다. 그새 눈물이 고여 눈앞이 희뿌옇다.

제프 신부님이 갸웃한다. "괜찮아요? 무슨 일 있어요?"

눈을 깜빡이자, 눈물이 또르르 뺨을 타고 떨어진다.

"알레르기예요." 내가 둘러댄다.

"알레르기?" 신부님이 서리 내린 창문을 흘깃한다.

"먼지 알레르기가 있어요." 눈물을 훔치며 한 번 더 둘러댄다.

"아하." 신부님이 알겠다는 듯 고개를 끄덕인다. "사무실이 낡아서 아무래도 먼지투성이죠?"

"여보세요?" 책상 위에 놓인 전화기에 응답한다.

낮 12시. 첫날의 절반을 그럭저럭 버텼다. 내 예상보다는 잘 하고 있다.

"이번 주 일요일 미사가 몇 시인가요?" 어떤 노부인이 떨리는 목소리로 묻는다.

알 리가 없지.

"제프 신부님께 여쭤볼게요. 잠시만 기다려주시겠어요?"

"그럼요." 노부인이 말한다.

신부님 사무실 문을 똑똑 두드린다.

"어, 방해해서 죄송한데요, 미사 시간이 언제일까요?"

신부님이 읽던 책에서 눈을 들고 말해준다. "평일 오전 7시, 토요일 오후 8시, 그리고 일요일은 오전 9시와 11시에 있어요, 자매님."

"미사가 매일 있어요?" 내가 다시 묻는다.

신부님이 고개를 끄덕인다. "그렇죠."

나는 자리로 돌아와 전화기를 들고 그대로 전한다. "평일 오전 7시, 토요일 오후 8시, 그리고 일요일은 오전 9시와 11시에 있어요."

"알겠어요." 노부인이 대답하고는 전화를 끊는다.

"여보세요?" 다시 책상 위에 놓인 전화기를 든다.

"이번 주 일요일 미사는 몇 시인가요?" 익숙한 목소리다.

"방금 전화한 분이세요?"

"네?" 노부인이 놀란다. "아니에요."

"미사는 평일 오전 7시, 토요일 오후 8시, 그리고 일요일에는 오전 9시와 11시에 있어요."

장난 전화에 시달리기 시작한 건 아닌지 의심하며 나는 조심스럽게 대답한다.

"알겠어요." 발신자는 또 이렇게 말하고는 전화를 끊는다.

* * *

"이번 주 일요일 미사는 몇…"

"좋아요." 내가 말을 자른다. "왜 계속 전화해서 똑같은 걸 물어보시는 거예요? 이거 혹시 일종의 신고식인가요?"

"이런, 내가 이미 전화했나요? 미안해요."

그제야 노부인의 기억력 문제라는 데 생각이 미친다. 노인의 인지력 저하를 대놓고 지적하다니, 얼굴이 확 달아오른다. "아뇨, 아뇨. 죄송해요. 미사는 평일 오전 7시, 토요일 오후 8시, 그리고 일요일 오전 9시와 11시에 있어요."

"알겠어요." 노부인이 힘없이 대답한다.

성당 이메일의 75% 이상은 비올라에게서 온 포워딩 메일이었다. 그녀가 보낸 보수 계열의 정치 선전물과, 어울리지 않게 만화 캐릭터가 등장하는 동기 부여 이야기들을 읽고 삭제하는 데 오전 시간을 다 썼다.

그 끔찍한 업무를 마치자, 신부님은 모든 신자석에 전단을 놓아달라고 했다. 그걸 다 하고 나서는 전화를 받고 이메일을 살펴보는 임무를 받았다.

지난 두 시간 동안 전화나 이메일은 한 통도 오지 않았다. 그래서 오후 내내 자리에 앉아 앞을 보면서 내 폰으로 몰래 뉴스를 읽고 있었다. 일본에서 지진이 발생했다는 소식이었다. 수백 명이 사망했다고.

나는 손가락으로 계속 머리카락을 빗어 넘긴다. 다리를 떨면서. 꼼지락꼼지락.

"괜찮죠, 길다?" 신부님이 내 자리를 지나가며 묻는다.

"네." 너무 빨리 대답해버린다. 억지 미소까지 지으면서.

신부님이 괜찮냐고 물어본 게 벌써 네 번째다. 괜찮아 보이지 않는 게 분명하다.

앞에 놓인 컴퓨터 모니터의 검은 배경을 응시한다. 거기 비친 내 얼굴을.

평소에 너무 무표정한 것 같다. 의식적으로 표정을 좀 풀어야 한다. 얼굴의 긴장을 풀 수가 없다. 신부님을 안심시키려면 일부러라도 느긋한 표정을 지어야 한다.

웃자.

웃는 얼굴을 유지하자고.

부자연스러워 보이려나?

웃어봐.

미친 사람처럼 보일 것 같아.

내가 미친 사람인 건가?

"깁스하고서 자판 치기 힘들지 않아요?" 신부님이 부러진 내 팔을 가리키며 묻는다.

깁스를 내려다본다. 꼬맹이가 그려놓은 페니스….

손으로 슬쩍 가려본다. "아뇨. 음, 속도가 좀 느려지긴 했지만, 괜찮은 것 같아요."

"어쩌다 다쳤어요?"

"작은 교통사고가 나서요."

"저런." 신부님이 혀를 찬다. "큰일 날 뻔했네. 그만하길 다행이구먼."

"괜찮아요." 고개를 끄덕이며 되뇐다.

난 괜찮아.

가면 증후군은 자기 자신을 의심하는 한편 다른 사람에게 사기꾼으로 보일지도 모른다는 내면화된 두려움에 시달리는 심리적 반응 양식이다. 지난해 친구 잉그리드가 나더러 가면 증후군이라고 했다. 그때 나는 그저 서점 일이 안 맞는 것 같다고 말하고 있었다. 『1984』가 정말 좋은 책인지 모르겠고, 시집도 읽기 싫다고. 그래서 서점에서 일하는 게 잘한 선택인지 모르겠다고. 잉그리드는 말했다. "넌 전형적인 가면 증후군이야."

나는 그게 진짜 증후군인지 잘 모르겠다고 반박했다. 어쩌면 모든 사람이 가면을 쓰고 사는 것 아니냐고. 변호사에게서 잘 다린 정장을, 전업주부에게서 앞치마를 걷어내면, 다들 그저 뭘 해야 할지 모르는 아기와 다를 바 없지 않을까? 어른이라는 껍데기에 딱 맞게 자란 사람이 있기나 할까.

열여섯 살이 되고서 내가 열한 살 같다고 느꼈던 기억이 난다. '내가 어떻게 10대가 됐지?'라고 생각했었다. 고등학교를 졸업하고서는 '이제 다 큰 거야? 다 큰 기분이 이런 거야? 그냥 똑같잖아'라고 생각했다.

나는 내가 사기꾼인 거 같다. 27년 전에는 아기였다. 그전에는 세포 덩어리. 그보다 더 전에는 존재하지 않았지. 내가 어떻게 서점 직원이나 가톨릭 신자, 또는 여성, 아니, 애초에 인간일 수가 있을까? 나는 기형적인 아기의 몸에 구겨 넣어진 생명이다. 당연히 나는 사기꾼이다. 살아 있음의 심리적 무게에 짓눌리지 않고 이 몸뚱이를 끌고 살아가고 있다는 사실부터가 내가 고도의 사기꾼이라는 증거지. 우리 모두 다 그런 사기꾼

아냐?

눈을 감는다.

신부님과 교구에 내 정체를 숨기고 있지만, 괜찮다. 여기에서 일하며 나 아닌 누군가를 연기하고 있지만, 그건 어디서든 해야 하는 일이니까.

숨을 들이마신다.

월세를 내고 먹을 걸 사려면 돈을 벌어야 한다. 그래야지만 살아남을 수 있고, 그게 삶의 목적이니까.

숨을 내뱉는다.

그레이스와 로즈메리, 그리고 건망증에 걸린 노부인들을 향한 슬픔은 내 마음 깊숙한 곳에, 불난 집에 갇힌 고양이들 옆에 묻어두어야 한다. 존재한다는 건 바로 이런 거니까. 이것이 사람들이 살아내는 방식이니까.

"뭐가 그렇게 슬퍼?"

아침 8시, 성당 사무실의 내 자리에 앉아 있다.

고개를 들고 올려다본다. 덩치 큰 남자가 날 내려다보고 있다. 격자무늬 반소매 셔츠를 주머니 달린 카고바지에 넣어 입고, 이마 위로는 선글라스를 머리띠처럼 걸치고 있다.

"엄청 불행해 보이는데." 남자가 다시 말한다.

제기랄.

"불행하지 않아요." 나는 두서없이 거짓말한다. "집중하던 중이라 그래요."

"뭐에 집중하고 있었길래?"

읽고 있던 책을 들어 보인다.

그가 눈을 가늘게 뜬다. "성경?"

고개를 끄덕인다. 이전 직장에서는 짬이 나면 이것저것 읽었다. 주로 만화책이나 스릴러물 같은 거. 여기서는 독서의 선택지가 조금 더 제한적이다. 나는 성경이나 성가집, 아니면 교리서라는 책 중에서 하나를 골라야 했다.

"새로 온 비서인가?"

다시 고개를 끄덕인다.

"음, 확실히 전임자보다는 예쁘구먼!" 그가 껄껄 웃는다.

"고맙습니다." 조용히 대답한다. 그의 말에 모욕감을 느끼면서도.

이 노인네는 왜 외모 품평을 하고 난리람? 고작 말 한마디 주고받는 사이에 내 얼굴에 점수 매기고, 죽은 여자 외모 깎아내리면 내가 좋아할 줄 알고?

자기가 말해놓고 좋다고 껄껄 웃는 그를 본다. 벌게진 얼굴. 가늘게 뜬 눈. 무릎을 쳐대는 저 손. 저 아재로 살아가는 건 어떤 기분일까. 머릿속에 떠오른 멍청한 생각을 남들이 어떻게 들을지 생각해보지도 않고 떠들어대는 건. 이 멍청이가 온종일 멋대로 지껄이며 유쾌하게 살아가는 동안, 나는 여기서 억지 미소를 짓는 고된 노동을 하고 있다.

웃어.

계속 웃으라고.

내가 찡그리고 있나?

"바니랑 인사하고 있군요!" 제프 신부님이 지나가며 유쾌하게 말한다. "바니는 우리 성당 회계사예요."

바니가 한쪽 눈을 찡긋한다. "만나서 반가워요, 아가씨."

"저도요." 거짓말이다.

새 이메일 알람이 모니터 구석에 뜬다. 마침내 할 일이 생겼다는 사실에 기뻐하며 더블클릭한다.

그레이스,

진짜 맛있는 메이플 쿠키 레시피를 발견했어. 이메일에 첨부해둘게. 너는 새로운 레시피라면 사족을 못 쓰잖니. 마침내 너한테 보내줄 만한 걸 찾은 것 같아. 마음 같아선 레시피가 아니라 쿠키를 한가득 보내고 싶지만 말이야. 우리가 서로에게서 이토록 멀리 떨어져 살고 있는 건 정말 속상한 일이야. 안 그렇니?

레시피가 마음에 드는지 알려주렴. 곧 소식 전해주길 바라. 보고 싶어.

너의 친구,

로즈메리

"괜찮아요?" 제프 신부님이 묻는다. 뜨거운 눈물이 얼굴을 타고 쏟아진다.

"괜찮아요." 벌떡 일어나 신부님을 스쳐 화장실로 달려간다.

성당의 비좁은 1인용 화장실에서 양손으로 세면대를 붙잡고 서 있다. 녹슨 거울에 비친 내 얼굴을 들여다보며, 다시 자리로 돌아갈 힘을 쥐어짜본다.

정신 차려.

도대체 왜 이렇게 속상한 걸까? 그레이스가 다시는 쿠키를 먹을 수 없다는 걸, 로즈메리가 그 사실을 모른다는 걸 내가 대체 왜 신경을 쓰는 거지? 알지도 못하는 사람들인데. 이 할머니가 친구의 부고를 받지 못했다는 게 나한테 왜 중요하지? 왜 마음을 쓰는 거야? 이 세상에는 장수를 누린 할머니가 죽는 것보다 슬픈 일들이 많다고.

와, 갈수록 태산이다. 아무렴 이보다 슬픈 일은 많지. 이건 고작 한 방울의 슬픔이다. 이 세상은 온통 슬픔으로 가득해서 이따위 슬픔은 금방 묻히고 만다. 그렇다고 해서 이 슬픔이 조금이라도 작아지는 건 아니고, 이런 슬픔이 사소해질 만큼 지구는 슬픔 덩어리라는 뜻이지. 모든 게 사소해진다. 아무것도 중요하지 않다. 고양이들은 불이 난 집에서 산 채로 타들어간다. 나이 든 여자들이 죽어가고, 그 여자들의 친구들은 그 사실을 모르지만, 어쨌든 그들도 곧 죽을 것이다. 노인들은 책상에 반쯤 읽다 만 책을 두고 갈 테고, 젊은 사람들이 그걸 발견하고, 이 젊은이들도 언젠가는 죽을 테고, 순환은 반복되고, 반복되고, 반복된다. 태양이 지구를 삼킬 때까지, 핵 재앙이 벌어질 때까지, 아니면….

그만해.

거울 속의 붉어진 내 눈을 바라본다.

다른 생각 좀 해봐.

거울에 비친 내 모습에 집중한다.

원피스를 입은 내 꼴이 광대 같다. 옷깃을 잡아당긴다. 직장인처럼 보이려고 입은 거지만, 제프 신부님 눈에 어색해 보일 게 분명하다. 우스꽝스럽기 짝이 없다.

나는 거울 속의 내게 측은지심을 느끼며 안쓰러운 눈빛을 주고받는다.

"우리 좀 봐." 내게 속삭인다. "우리 여기에서 뭐 하고 있는 거야?"

내 얼굴이 낯설다. 거울이 이상한가? 살짝 휜 빈티지 거울이다. 거울 탓에 얼굴이 왜곡된 것 같다. 눈은 엄청나게 커 보이고, 입은 너무 작아 보인다. 내 이목구비 중에 입만 이렇게 작았었나? 이게 진짜 내 얼굴 맞아? 그림을 보고 있는 거 아닌가? 이게 누구야?

"뭔가 다른 생각을 해야 해." 엄마가 말했었다.

나는 부모님 침대 발치에서 울고 있었다. 한밤중이었다. 열 살 때의 일이다.

"다른 생각 좀 해봐." 엄마가 다시 말했다.

부모님이 죽는 꿈을 꿨다. 너무 생생한 꿈이었다. 진짜 벌어진 일이라고 생각하며 눈을 떴다. 엄마 아빠가 살아 있는지 보려고 안방으로 달려갔다. 방이 너무 깜깜해서 보이지 않았다. 불을 켜야 했다.

아빠가 고함을 쳤다. "무슨 일이야!"

"얘야, 괜찮니?" 엄마가 놀라서 일어나 앉았다. "무슨 일이야?"

"엄마 아빠가 죽는 꿈을 꿨어요." 가쁜 숨을 몰아쉬었다.

* * *

교회에서 크래커 한 봉지를 훔쳤다. 첫 월급은 언제쯤 들어오는지 모르겠고, 이제 먹을 거라곤 치즈 한 덩어리뿐이다. 크래커를 호주머니에 밀어 넣으면서 망설였다. 오늘 읽은 책에 따르면, 도둑질은 사람이 저지를 수 있는 열 가지 죄악 중의 하나다. 하지만 지옥이 존재할 리 없고, 만약 존재한다면 어차피 나는 이미 지옥행이 확정이므로 절도를 감행하기로 했다.

집으로 들어가려는데 옆집 여자가 붙잡는다. "뉴스 봤어요? 아파트에서 마약 공장 돌리는 부부 이야기요."

열쇠를 돌리려다 그 여자를 쳐다본다. 슬리퍼를 신고 있다. 분홍색 잠옷 바지에 조그만 마티니잔들이 그려져 있다.

"사람들이 집에서 그렇게 끔찍한 짓을 하다니." 여자가 내 깁스를 흘끗 보며 덧붙인다. "주변 사람들까지 위험에 빠뜨리잖아요." 그러고는 나를 위아래로 훑어본다.

내가 훔친 크래커는 그리스도의 성체였다. 크래커를 반 봉지 이상 먹어치우고 구글에 크래커 브랜드를 검색했다가 내가 축성으로 성변한 주님의 몸에 크래커용 치즈를 곁들여 먹었다는 사실을 알게 되었다. 애초에 크래커를 검색한 건 후기를 남기기 위해서였다. 이렇게 쓸 작정이었다. 너무나도 지루한 맛. 누가 만들었는지 몰라도 상상력의 부재임. 아무 맛도 나지 않고 밋밋하기 짝이 없음.

"일라이가 취했어요." 어떤 남자의 목소리였다.

잠결에 전화를 받았다. 눈도 제대로 떠지지 않는다.

"뭐라고요…?" 나는 중얼거린다. 창문 틈새로 휘파람 소리가 파고든다. 겨울바람이 내 방에 들어오겠다고 난리다.

"동생 말이에요." 남자가 다시 말한다. "완전 맛이 갔다고요."

"어디 있는데요?"

일라이는 시내 중심가의 벤치에 앉아서 햄버거 번을 먹고 있다. 눈발이 날리기 시작했는데 외투도 없다.

"어디서 난 거야?" 내가 햄버거 번을 가리키며 묻는다.

"주웠어."

택시를 잡아 일라이를 집으로, 그러니까 부모님 집으로 데려간다.

일라이는 택시 기사에게 사랑한다며 말을 붙인다.

"당신은 내가 만나본 택시 기사 중 최고예요."

일라이에게 물을 한 잔 마셔보라고 하지만 거부한다.

"안 마시면 후회할걸." 덜덜 떨리는 그 애 손에 물잔을 밀어 넣는다.

일라이는 성가시게 군다며 내 손을 쳐낸다. 물이 내 다리를 적시고 카펫 위로 쏟아진다.

일라이는 화장실에서 울며 토하고 있다.

자기가 못생겼다고 계속 외친다.

"넌 못생기지 않았어." 세면대에 머리를 박고 있는 동생을 위로한다.

일라이는 부모님과 산다. 2년 전 대학을 자퇴하고 집으로 돌아왔다. 미술대학에 다니고 있었고, 졸업을 앞둔 마지막 해였다. 집으로 돌아온 후로는 제대로 된 일자리를 잡지 못했다. 작년에는 아빠 친구의 목공소에서 일했지만, 곧 그만뒀다. 목공일이 싫다고 했다.

일라이가 또다시 구역질한다.

화장실은 부모님 방 옆에 붙어 있다. 일라이가 이렇게 시끄럽게 구는데도 엄마 아빠는 꿈쩍도 하지 않는다.

부모님이 이 소란을 다 듣고 있다는 걸 안다. 자는 척하는 거다. 이렇게 시끄럽게 구는데도 잘 수 있는 사람들이 아니다. 예전에 내가 여기 살 때는 침대에서 일어나 앉기만 해도 둘 중 하나는 나타나곤 했다.

"어디 가는 거냐?" 몰래 빠져나갈 생각을 하기만 해도 아빠 목소리가 어두컴컴한 복도에 울리곤 했다.

"너희 누나는 괴짜야." 맥스 하드스타크가 일라이에게 하는 말이 환풍구를 타고 내 방까지 들렸다. 방과 후였다. 나는 고등학생, 동생은 중학생이었지만 같은 버스를 탔다. 나는 맥스랑 대화하는 걸 피하려고 집에 오자마자 내 방으로 올라갔었다.

"레즈비언인 데다 괴상한 바지를 입잖아." 맥스가 우리 집 찬장에서 꺼낸 간식을 입에 한가득 집어넣고선 말했다.

내 바지가 이상하다고? 레즈비언이라고 손가락질받는 데는 익숙했지만, 바지로 트집을 잡다니. 통통배를 타고 가다 골프공에 맞은 기분이었다.

내가 입고 있던 바지를 벗고, 옷장 안에 개켜뒀던 바지도 죄다 꺼내 그렇게 이상한지 보고 있는데 일라이의 목소리가 들렸다. "시발, 너 장난하냐, 맥스? 네 바지가 더 좆같아! 우리 누나가 너한테 관심 없어 보이니까 이러는 거잖아!"

"넌 언제 커밍아웃했어?" 엘리노어가 내게 물었다. 두 번째 데이트였다.

그런 질문에는 정말이지 뭐라고 대답해야 할지 모르겠다. 내가 커밍아웃했단 생각이 들지 않으니까. 언제나 커밍아웃 중인 기분이고, 앞으로도 계속 그럴 것 같다. 누군가를 새로 만날 때마다 매번 커밍아웃해야 한다.

우리는 레스토랑에 앉아 있었다. 그 직전에 웨이트리스가 우리더러 자매냐고 물었다. 엘리노어도 나도 바로잡지 않았다. 그냥 아니라고만 했다. 그러니까 엄밀히 말해 그 식당에서는 커밍아웃하지 않은 셈이다.

언제 커밍아웃했느냐는 질문은 언제 처음으로 레즈비언이라는 걸 밝혔느냐는 뜻이니까, 이렇게 대답했다. "열한 살에."

일라이에게 처음 말했다. 내 방에서 잡지를 펼쳐놓고 거기 나온 퀴즈를 풀고 있었다. 선택지를 따라가다 보면 미래의 배우자 이름이 나온다는 거였다. 나는 케빈이라는 이름을 받았다. 로빈이나 조딘처럼 중성적인 이름이 나오길 기대하고 있었다. 그렇게 되면 일라이에게 내가 동성애자임을 고백하라는 신호로 받아들이기로 마음먹고 있었다. 잡지를 내려다보며 생각했다. *케빈이랑 결혼하느니 오늘 죽어버리는 게 낫겠어*. 그 순간 나도 모르게 내뱉고 말았다. "난 레즈비언인가 봐." 내가 말을 다 마치기도 전에 일라이가 말했다. "누난 당연히 레즈비언이지. 남자 버전으로 다시 풀어서 진짜 이름 받아봐."

"그러니까 열한 살 때 네가 동성애자라는 걸 깨달은 거야?" 엘리노어가 물었다.

"아냐. 그전부터 알고 있었던 것 같아. 인형 가지고 놀 때마다 여자 바비인형 한 쌍으로 로맨틱한 이야기를 지어내곤 했거든. 동성애자라는 단어를 알기 전에도 내가 동성애자라는 걸 알고 있었어."

"부모님은 뭐라고 하셨어?"

"받아들이신 것 같아. 아직 쫓겨나거나 하진 않았으니까."

그녀가 웃었다. "기준이 낮네."

"너희 부모님은?" 나도 물었다.

"비슷해."

데이트를 하는 동안 내 몸에서 빠져나온 기분이었다. 그때까지 1년이 넘도록 누구랑 데이트하거나 사람들과 어울리지 않고 있었다. 어색했다. 나는 계속 손톱을 물어뜯고 볼 안쪽을 씹어댔다.

"너는 언제 커밍아웃했는데?"

"스물두 살 때. 남자친구한테 제일 먼저 말했어."

"반응이 어땠어?"

"별로 안 좋았어. 내가 자기랑 헤어지려고 찾은 핑곗거리라고 생각했지. 내가 거짓말한다고 하더라. 한 달 안에 새 남자친구를 사귈 거라면서. 걔는 내가 틀렸다고, 어쨌든 나는 동성애자가 아니라고 주장했어."

웨이트리스가 음식을 내왔을 때 나는 생각했다. *엘리노어는 애초에 왜 그런 사람과 사귀었을까?*

"맛있어 보인다." 엘리노어가 케이준 소스를 뿌린 연어를 가리키며 말했다.

"그 남자랑 얼마나 오래 사귀었어?"

그녀는 포크로 연어를 찍어 한입 먹고는 입을 가리고 말했다. "3년."

"3년이나? 왜 그런 사람이랑 3년씩이나 사귀어?"

그녀가 웃었다. "그렇게 나쁜 사람은 아니었어. 그냥 좀 불안해하고, 남성성에 집착하는 게 문제였지. 그거 말고는 진짜 재미있고 똑똑한 사람이었어." 그녀가 음료를 삼키며 물었다. "넌 사귄 거 후회하는 사람 있어?"

생각해봤다.

"아마도 그 사람들이 나랑 사귄 걸 후회할걸."

엘리노어가 코웃음 쳤다. "절대 아닐걸. 난 네가 얼마나 매력적인지 벌써 알겠는데."

신자석에 삼삼오오 줄지어 앉은 노인들 사이에 껴서 앉아 있다. 바로 옆엔 바니가 앉았다. 나는 석고로 감싼 깁스를 만지작댄다.

무릎이 아프다. 이 가혹한 무릎 꿇기 고문에 고통받는 게 정녕 나뿐인가 싶어 주위를 둘러본다.

"무릎 안 아파요?" 바니에게 묻는다.

"당연히 아프지." 그가 조그맣게 대답한다. "하지만 십자가에 못 박히는 고통에 비할 바 아니잖아?"

"그렇긴 하죠." 나는 중얼거리며 내 몸무게에 짓눌린 무릎을 문지른다.

“여기 있는 사람들은 성당에 매일 오는 신자야. 말하자면 성당 단골이지.” 그가 입술을 거의 움직이지도 않고 속삭인다. “이제 너도 우리 단골 중 하나가 된 것 같은데.” 내 다리를 툭 치며 그가 덧붙인다.

이전에는 가톨릭 미사에 참석한 적이 한 번도 없다. 나는 양의 탈을 쓴 늑대다. 뭐, 어떻게 보느냐에 따라서 늑대의 탈을 쓴 양일 수도 있고.

손바닥이 축축해진다. 성당은 온통 실제 사람 크기의 천사상으로 장식되어 있고, 그 천사들이 일제히 돌 같은 눈으로 나를 응시하는 것 같다.

오르간 연주가 시작된다. 제프 신부님이, 그러니까 다른 의미의 신부처럼, 본당 가운데 통로를 따라 걷기 시작한다.

본당 앞쪽 제단에 이르자 신부님은 허리를 굽혀 절한다. 나는 바니와 주변 신자들을 흘끔거리며 지금 뭘 해야 하나 눈치를 본다.

신부님이 성호를 긋고 큰 목소리로 말한다. “성부와 성자와 성령의 이름으로.”

당황스럽게도, 나를 둘러싼 모든 사람이 한목소리로 응답한다. “아멘.”

놀라서 가슴이 쿵쾅거린다. 손을 가슴에 가져다 댄다.

대사가 있어?

신부님이 다시 한번 외친다. "주님께서 여러분과 함께!"

헐, 신자들이 또다시 모두 함께 응답한다. "또한 사제의 영과 함께!"

심장이 미친 듯이 뛴다. 끝까지 이런 식으로 진행되는 거야?

"형제자매 여러분. 구원의 신비를 합당하게 거행하기 위하여, 우리 죄를 반성합시다." 잠시 침묵.

눈치껏 응답한다. "아멘." 하지만 이번엔 아무도 소리 내지 않는다. 제기랄.

모두 조용히 서 있다. 이마에 땀이 송송 솟기 시작한다.

그러더니 느닷없이 신자들이 암송하기 시작한다. "전능하신 하느님과 형제들에게 고백하오니, 생각과 말과 행위로 죄를 많이 지었으며, 자주 의무를 소홀히 하였나이다. 제 탓이오, 제 탓이오, 저의 큰 탓이옵니다. 그러므로 간절히 바라오니, 평생 동정이신 성모 마리아와 모든 천사와 성인과 형제들은 저를 위하여 하느님께 빌어주소서."

맙소사. 입이 떡 벌어진다.

망했다. 한 명도 안 빼고 이 대사를 죄다 외우고 있다고? 내가 아무것도 모른다는 걸 바니가 알아챌 게 틀림없다.

얼굴에서 핏기가 가시고 몸이 차가워진다.

여기서 나가야겠어.

어떻게 빠져나가지?

아픈 척해야겠다.

바니에게 돌아서서 말한다. "토할 것 같아요."

그가 재빨리 길을 내주고 나는 여자 화장실로 뛰어간다.

변기에 앉아 한 시간 반을 보낸 후, 마침내 화장실 밖으로 나갈 용기를 낸다. 어렵게 한 발 내딛자마자, 돌연 오르간 파이프가 울린다. 예상치 못하게 울려 퍼진 요란한 소리에 놀라, 또 가슴을 움켜쥔다.

"신이시여." 나는 중얼거리며 쿵쾅거리는 심장을 진정시키려 애쓴다.

쿵쾅쿵쾅.

하느님의 성전에 오르간을, 누가 봐도 악마가 만든 이 악기를 설치할 생각을 대체 누가 했을까. 오르간 소리는 아기천사와 천국보다는 핼러윈과 악마를 연상시킨다. 드라큘라 영화마다 배경음악으로 깔리는 소리 맞잖아. 신자들을 겁주려는 걸까? 신을 두려워하라고?

성당을 한 바퀴 둘러본다. 뾰족한 기둥과 높이 솟은 아치형 천장. 햇빛은 스테인드글라스로 장식된 창을 통과해 온통 핏빛으로 실내를 물들인다. 정말 겁줄 작정으로 만든 공간일지도 모르겠다. 이 거대한 울림통 같은 공간에서, 나는 아주 작아지는 느낌이다. 본당 정면에 있는 십자가에 못 박힌 남자의 거대한 조각상은 말할 것도 없다. 가톨릭의 상징이라는 건 알겠는데요, 솔직히 섬뜩하잖아.

오르간이 다시 요란하게 울린다.

성당을 돌아다니며 내가 흡혈귀라고, 이 무시무시한 오르간 연주가 내 으스스한 움직임을 묘사하고 있는 거라고 상상한다.

나는 한밤의 괴물, 피를 마시러 왔도다.

나는 관 속에서 잔다.

햇빛이 나를 태우리.

"길다?"

쿵.

깜짝이야. 뒤돌아보니 신부님이다.

"성막 앞에서는 무릎 꿇는 거 잊지 말아요." 신부님이 한쪽 눈을 찡긋한다.

나는 미소 짓는다. "물론이죠."

아니, 도대체 그게 무슨 뜻이야?

엘리노어가 계속 문자를 보낸다. 신부님과 신자들이 나의 레즈비언 행위를 눈치챌 것 같아서 사무실에서 답장하기가 어렵다.

안녕?

길다?

왜 답장을 안 해?

받은 메일함에 로즈메리에게서 온 새 이메일이 시한폭탄처럼 똑딱거리고 있다. 숲에서 만난 야생동물과 눈싸움하듯 나는 한동안 제목을 노려본다. 아주 천천히, 천천히 움직인다면, 이메일은 돌아서서 가버리고, 내가 맞서 싸울 일은 없을지도 모른다.

제목은 이렇다. 기도해줘.

왜 그레이스에게 기도해달라는 거지?

아아 하느님, 로즈메리가 아픈 건가요?

기도의 힘을 믿는 건 아니지만, 이미 죽어서 기도해줄 수 없는 사람에게 기도해달라고 부탁하는 사람을 떠올리는 건 여전히 슬프다.

나는 이메일을 연다.

친애하는 그레이스,

이 소식을 네게 전하려니 마음이 찢어지는구나. 사랑하는 남편 짐이 세상을 떠났어. 우리 모두 그의 죽음을 의연하게 받아들이려고 애쓰고 있어. 사인은 뇌졸중이야. 정말 예상치 못한 이별이지만, 우리 아이들은 잘 이겨내고 있단다. 신디가 많이 힘들어하고 있지만,

너도 그 애를 알잖니.

52년을 함께 살았는데 과부가 된다는 게 얼마나 낯선지 몰라. 혼자 잠드는 게 정말 어렵구나. 크리스마스까지만이라도 함께할 수 있었다면 좋았을 텐데.

우리 가족을 위해 기도해주렴, 그레이스. 너는 나보다 잘 지내고 있기를 바라. 소식 꼭 전해줘….

너의 친구,

로즈메리

얼굴이 뜨거워지고 숨이 가쁘다. 또다시, 나는 성당 화장실 변기에 앉아 울고 있다. 머릿속엔 온통 가여운, 슬픔에 잠긴 로즈메리와 세상을 떠난 짐에 대한 생각뿐이다.

정신 차려! 살고자 하는 내 의지가 천장 위에서 내려다보며 명령한다.

숨도 제대로 쉴 수 없다.

로즈메리와 짐을 알지도 못하면서!

"그래, 알아! 나도 내가 왜 이러는지 모르겠어!" 나는 스스로에게 신경질적으로 받아친다.

바니가 코와 입을 손으로 틀어막고 내 자리로 다가온다.

"그거 옮는 거야?" 때 묻은 손 뒤에서 잔뜩 뭉개진 목소리로 묻는다.

"뭐가요?" 내가 눈썹을 찌푸린다.

"너 아픈 거 말이야." 여전히 입을 틀어막고서 그가 말한다. "바이러스인가? 나도 옮는 거야?"

"아." 기억난다. "아뇨, 그냥 먹은 게 좀 잘못된 거 같은데요. 아까 상태가 좀 안 좋아 보이는 빵을 먹었거든요." 나는 거짓말한다. "아마 그거 때문일 거예요."

"임신하거나 그런 건 아니지?"

"뭐라고요?" 나는 다시 찌푸린다.

"결혼도 안 한 성당 신입 비서가 임신했다면 엄청난 스캔들이라고." 그가 콧소리를 낸다.

그가 낄낄대는 걸 보고서야 지금 빻은 농담으로 날 놀리고 있다는 걸 알아차린다. 내가 임신했을 수도 있다고 겁주는 게 재밌는 줄 안다.

내가 임신했다면, 그야말로 성령으로 잉태하신 동정녀 마리아 콘셉트인데.

바니가 낄낄대는 동안, 나는 성당 신입 비서가 숨기고 있는 진짜 스캔들을 떠올린다.

"강도라도 당했어요?" 옆집 여자가 문틈으로 묻는다.

지난 40분 동안 미튼즈인 줄로만 알았던 어떤 동물을 쫓아다닌 탓에 온통 먼지투성이다. 눈이 녹으면서 진흙탕이 된 땅바닥 위를 무릎으로 기어다녔다. 외투 소매는 가시덤불에 찢어졌다. 북슬북슬한 엉덩이에 손이 닿을락 말락 했을 때 그제서야 내가 쫓아다닌 게 너구리였다는 걸 깨달았다. 너구리는 까만 얼굴에 뾰족한 코를 내보이며, 이 추격전이 너무나 혼란스럽다는 표정으로 나를 돌아봤다.

"정원 손질하느라고요." 진실을 말하자면 너무 길어져서 대충 둘러댄다.

"정원 손질이요?" 그녀가 눈을 가늘게 뜨며 되묻는다.

새벽 1시. 미사에서 뭐라고 읊어야 하는 건지 찾아보다가 옆길로 새서 사제들이 신에게 가기 위해 스스로 목숨을 끊었다고 설명하는 기사를 읽고 있었다.

폰 화면에 뜬 알림창이 기사를 가린다.

엘리노어다. 문자로 묻는다. 안 자?

응이라고 답장하고 기사로 돌아간다.

가톨릭이 자살은 죄악이라고 가르치는 이유가 이거겠구나. 사제들이 부족해지니까.

또다시 기사 위로 알림창이 뜬다. 안 자고 뭐 하는데?

답장한다. 미사 순서 찾아보는 중.

독실한 사람들에게는 천국이 너무나 환상적인 곳이라, 이렇게 생각할 것 같기도 하다. 이봐, 기다릴 게 뭐 있어?

엘리노어가 다시 문자를 보낸다. 뭐라고?

* * *

TV에서 지역 아침 뉴스가 흘러나온다. 리모컨이 여전히 망가진 상태라 또 TV를 켜놓고 잠들어버렸다. 한동안 잠들었다 깨기를 반복하며 비몽사몽간에 뉴스를 조각조각 주워듣는다.

이 지역 간호사 한 명이 노인 다섯 명을 살해했다고 자백했다.

나는 꿈속에서 키가 엄청나게 큰 사람이다.

피해자들은 모두 그 간호사의 환자였지만, 아무도 그녀를 의심하지 않았다.

나는 나무 꼭대기들을 내려다볼 수 있다.

간호사는 환자들에게 약물을 과다 주입했다. 자백하지 않았더라면 절대 발각되지 않았을 것이다.

새들이 내 머리카락에 자꾸 엉켜 들어온다.

"이 간호사는 제정신이 아니었습니다." 길가에서 한 남자가 보도한다.

나는 하늘 속으로 팔을 멀리 뻗는다. 손끝이 지구의 대기를 뚫고 차갑고 깜깜한 우주에 닿는다.

오늘은 유아 세례식이 있다. 아기 엄마가 본당 앞쪽에서 아기를 안고 있다. 나는 신자석 뒤쪽에 앉아 지켜본다.

어제는 온종일 성당을 크리스마스 장식으로 꾸몄다. 11월 끝자락이다. 지하 창고에서 가짜 크리스마스트리와 장식용 걸개, 촛불을 옮겨와야 했다. 꼬인 전구 줄을 푸느라 고생했지만, 풀어놓고 보니 하나도 켜지지 않았다. 전구를 하나씩 켰다 껐다 해봐야 했다.

본당을 채운 조명들을 관찰한다. 이 세례식 참석자 중 한 명이라도 이 공간의 분위기를 고조시키려고 내가 쏟아부은 노력을 알아차릴는지 궁금하다.

아기는 겹겹이 부풀린 하얀 드레스 안에 꽁꽁 갇혀 있다. 아기는 계속 울고 엄마는 계속 달랜다. "괜찮아, 괜찮아, 괜찮아."

아기로 살기도 힘들 것이다. 모든 게 엄청나게 혼란스러울 테니까.

"괜찮아, 괜찮아, 괜찮아."

아기는 왜 이렇게 불편한 옷을 입고 있어야 하는지 알지도 못한다. 오늘 제의를 입은 노인이 자기 머리를 물속에 담그리라는 것도 예상하지 못한다.

꽥꽥 울어대는 아기의 분홍빛 얼굴을 바라본다. 나를 보는 것 같다. 나처럼 불편하고 혼란스러울 테지. 내가 왜 여기 있는 거지? 나한테 왜 이러는 거예요? 왜 모두 우스꽝스러운 옷을 입고 있죠?

어찌하여 이런 수난을 겪어야만 하는지 듣는다면 아기는 기가 막힐 것이다. 누군가 당신에게 미니어처 웨딩드레스 같은 옷을 입히고서 가족들이 지켜보는 가운데 머리를 물에 집어넣은 다음, 이 모든 건 죽은 뒤에 영혼이 구름 속으로 날아갈 수 있도록 하기 위해서라고 한다면 어떨까. 내가 이 아기라면, 제일 먼저 "꺼져"라고 답해줄 거다.

세례식이 끝났다. 아기의 영혼은 구원받았다. 설령 죽더라도 우리 중 몇몇과는 달리 영원한 지옥 불에 고통받지 않을 것이다. 하느님 감사합니다. 아기는 나와 같은 운명은 피했다. 나는 지금 아기를 떨어뜨려서 죽게 할까 봐 벌벌 떨고 있으니까.

세례식이 끝나고 축하 파티를 하러 지하실로 가려는데 아기 엄마가 날 붙들었다. 내 팔을 잡고는 그녀의 무지막지하게 큰 기저귀 가방에서 뭔가를 꺼내야 하니 잠깐 아기를 좀 안아달라고 부탁했다.

거절했어야 하지만, 누군가 아기를 안아달라는데 거절하는 건 무례한 것 같았다.

팔 한쪽은 깁스를 했고 아기는 신경질적으로 운다. 지금 나는 아기의 부드러운 정수리와 내가 딛고 선 단단한 대리석 바닥에 관한 불길한 상상과 싸우고 있다.

그만 상상해.

내가 아기를 잘못 안고 있는 건지, 아기가 엄마한테 가고 싶은 건지, 그것도 아니면 아기가 심리적 위기를 겪고 있는 건지 모르겠다. 아기는 머리를 뒤로 젖히고는 내 턱에 부딪쳐가며 소리를 지른다.

으아앙.

으아아앙.

으아아아앙.

"타고난 엄마네요." 아기 엄마가 칭찬해준다.

"비꼬시는 건가요?" 내가 묻지만, 아기 엄마는 듣지 못한다.

"아이가 있어요?" 고막을 찢는 울음소리 너머로 아기 엄마가 묻는다.

"아뇨." 몸부림치는 아기를 엄마에게 돌려주려 애쓰면서 대답한다.

나도 몰랐던 내 원초적 본능, 울고 있는 아기에게 반응하는 극도의 신체적 불안과 경계심에 당혹스럽다. 아기 울음소리가 각성제 같다. 아기가 비명을 지를 때마다 내 동공이 커지는 게 느껴진다.

"그래도 갖고는 싶은 거죠?" 마침내 아기를 받아 안으며 아기 엄마가 묻는다. 아기를 위아래로 흔들어 어른다.

"아니… 그럼요."

아기가 어깨에 토하자, 아기 엄마가 웃는다. 토사물이 엄마 등을 타고 흘러내린다.

"결혼했어요? 만나는 사람은요?"

나는 고개를 젓는다.

"아직 좋은 사람을 못 만난 거예요, 아니면…?"

"어, 그러게요." 거짓말이 들통나기 전에 서둘러 대답한다.

"우리 도련님 소개해줘야겠다." 그녀가 제안한다. "정말 귀여운 사람이에요, 진짜로. 이탈리아인인데, 자기 사업을 하거든요. 오늘도 그래서 여기 못 온 거예요. 아주 중요한 고객이랑 약속이 있대요. 되게 바빠요. 요리도 할 줄 알아요! 마음에 들 거 같은데. 페이스북 해요?"

나는 멈칫한다. 물론 페이스북 계정이 있다. 많이 쓰진 않지만, 그곳에서의 나는 누가 봐도 레즈비언일 게 분명하다. 〈L워드〉[2]와 엘런 디제너러스[3] 페이지에 '좋아요'를 누른 건 확실하다. 몇몇 레즈비언 술집에 호평을 남긴 것도 기억난다. 이것들 전부 이론적으로는 얼버무릴 수 있다지만, 내 소개란에 '여성에게 관심 있음'이라고 되어 있는 건 분명하고, 기억이 틀리지

2 The L Word. 미국의 텔레비전 드라마 시리즈로 레즈비언과 양성애자 여성들의 삶을 다룸.

3 자신의 이름을 건 토크쇼를 진행하는 미국의 유명 방송인. 1997년 레즈비언으로 커밍아웃함.

않다면 현재 프로필 사진은 직전 여자친구와 손을 잡고 찍은 사진이다. 정확한 문구는 몰라도, 그 사진에 "나와 내 여친(우리 레즈임)"이라고 써놨던 것만은 틀림없다.

"안 써요." 나는 또 거짓말한다. 손에 땀이 밴다.

"그렇구나. 괜찮아요. 그럼, 그냥 전화번호를 줄래요?" 그녀가 핸드폰을 건네며 말한다.

* * *

내 옆에 수녀님 한 분이 서 있다. 우리는 커피와 과일, 작은 다과와 핑거푸드로 근사하게 차려진 식탁 옆에 서 있다. 식탁 위에는 포인세티아가 있고, 분홍색 아이싱으로 글자 장식을 한 커다란 시트케이크도 놓여 있다. 루시의 세례에 주님의 은총이 함께하길.

지금 내가 여기서 뭘 해야 하는지 모르겠다. 호주머니에 손을 집어넣었다 뺐다만 하고 있다.

여기 서 있어야 하나?

케이크 먹어도 되려나?

수녀님한테 무슨 말이라도 걸어야 할 것 같다. 슬쩍 쳐다본다.

"어디서 읽었는데, 아기 기저귀는 절대 분해되지 않는대요."

내 딴에는 대화를 해보겠다고 뒤죽박죽인 머릿속에서 끄집어낸 주제가 이거였다.

수녀님이 돌아본다. "정말로요? 저런, 안 좋은 소식이네. 아기들은 하루에도 기저귀 몇 개씩 쓰잖아요."

나는 고개를 끄덕인다. "네, 그러니까 자라고 나면 결국 죽게 될 아기들의 썩지도 않는 기저귀가 매립지를 채우고 있다는 뜻이죠."

수녀님이 조용히 대답한다. "불편한 진실이네요."

나는 끄덕인다. "쓰레기가 사람보다 오래 살아남는 거예요."

어색한 침묵이 맴돈다.

테이블에 놓인 커피 쪽으로 손을 뻗어 하얀 스티로폼 컵을 집어 든다.

"이 컵이 저보다 더 오래 지구에 남아 있을지도 모르겠어요." 혼잣말하듯 말하며, 한 손으로 탄내 나는 커피를 컵에 따른다.

수녀님이 쥐고 있던 컵을 내려다보며 피식 웃는다. "음, 저는 이제 여든여섯 살이에요. 확실히 이 컵은 저보다 오래 살겠죠! 생분해성 컵이라도 저보다는 오래 살걸요!"

나도 애써 마주 웃는다.

쓰레기통 속 쓰레기가 분해되는 데 얼마나 걸리는지 검색하고 있다. 쓰레기통을 주방 바닥에 뒤집어엎고 내용물을 일일이 들여다본다.

알루미늄 캔은 50년.

건전지는 100년.

페트병은 450년 살아남는다.

반려동물 있어요? 엘리노어가 물었다.

데이팅 앱에서 매칭되어 한 시간 정도 메시지를 주고받던 중이었다. 엘리노어는 테크 스타트업에서 일하고 있다고 소개했고, 나는 서점에서 일한다고 했다. 내 사진이 마음에 든다기에, 나도 그녀가 동물원에서 찍은 사진이 마음에 든다고 했다. 엘리노어는 아기 기린 옆에 서 있었다.

아뇨. 내가 대답했다.

반려동물은 키울 수 없다. 언젠가 죽을 테고, 나는 충격에서 헤어나지 못할 테니까.

그쪽은요?

없어요. 키우고 싶긴 해요. 한 번도 키워본 적이 없거든요.

뭐라고 대답해야 할지 몰라 가만히 있었다.

잠시 후, 엘리노어가 다시 메시지를 보냈다.

키워본 적은 있어요?

네.

제일 처음 키운 반려동물 이름이 뭐였어요?

플롭.

플롭은 무슨 동물이었는데요?

토끼였어요.

귀엽다. 이 동네에서 자랐어요?

네, 그쪽도요?

네. 어릴 때 살던 곳 도로명이 뭐예요?

메이플 로드. 당신은요?

페어뷰 애비뉴.

매칭된 다른 상대들과 나누는 대화도 거의 비슷했다. 나는 가벼운 대화에 서툰 사람이고, 모든 대화가 다 똑같이 느껴졌다. 무슨 일을 하는지 얘기하고, 서로의 사진을 칭찬하고, 무미건조한 질문들을 주고받다가, 결국 한 명이 답장하기를 멈추는 식이다. 나는 주방 바닥에 누워 별생각 없이 프로필들을 넘기며 똑같은 대화를 반복하고 있었다.

어머니 결혼 전 성이 뭐였어요? 엘리노어가 물었다.

나는 대답하려다 멈췄다. 우리가 주고받은 메시지를 거슬러 올라가며 그녀가 던진 질문들을 다시 살폈다. *잠깐만. 이 사람 내 신원을 도용하려는 건가?* 그녀는 내 이메일이나 은행 계좌에 접근하는 데 필요한 것들을 죄다 묻고 있었다.

생각할수록 맞는 것 같았다. 이거 아주 기술적인 사기꾼이네.

나는 가짜 이름을 줬다. 케니.

그녀는 계속 메시지를 보냈다. 내 은행 계좌를 노리고 있다고 생각했으면서도, 나는 계속 대답했다. 어쨌거나 내 계좌엔 훔쳐갈 돈도 없었고, 로맨틱한 대화를 나눠야 한다는 압박에서 벗어나 재밌기도 했다. 바보 같고 이상한 말을 하면 어떡하나 신경 쓰이지도 않았다. 만약에 나를 등칠 생각으로 접근했다면… 내 말을 이보다 더 잘 들어줄 사람이 어딨어?

계속 물었다. 삶의 의미가 뭐라고 생각해?

그녀가 다시 답했다. 아직 찾는 중이야.

내가 말했다. 우주에 대해서 생각해본 적 있어? 블랙홀이라든가.

그녀가 답했다. 그럼, 맨날 생각하지.

엘리노어는 암흑물질에 관한 영상을 보냈다. 자기가 읽은 책에 관해서도 이야기했다. 『하룻밤에 읽는 시간의 역사』. 시간 여행과 외계인에 대해서도 이야기했다. 한번은 LSD를 해봤는데, 마침내 삶과 자연에 조화를 이루는 기분이었다고 했다. 마치 처음 보는 것처럼 식물을 관찰했다고, 주위의 모든 것이 생생하게 살아 있는 것 같았다고 말했다.

DMT라는 약물에 대해서도 말했다. DMT를 복용하면 대부분 같은 것을 보는데, '머신 엘프'라는 존재들이다. DMT를 복용하면, 엘프들이 나타나 환영해준다. "당신이 오다니 굉장해요! 좀처럼 오질 않잖아요! 당신을 만나서 우린 정말 기뻐요!"

흥미로웠다. 우리는 머신 엘프가 실존하지만 DMT 없이는 인간이 눈치챌 수 없는 존재인지, 아니면 DMT가 우리 뇌에 뭔가를 해서 모두에게 똑같은 환각을 만들어내는 건지 이야기했다.

엘리노어가 같이 DMT를 해보지 않겠느냐고 했다. 말도 안 돼. 안 될 게 뭐가 있느냐고 그녀가 물었고, 나는 DMT든 LSD든 환각을 일으키는 어떤 약물이라도 일단 복용하면 그걸로 내 인생은 끝날 거라고, 만성적인 공황발작이 나를 해칠 게 분명하다고 말했다.

치료는 받고 있느냐고 엘리노어가 물었다. 정신과 상담을 받아보라는 소견은 받았지만, 후속 안내는 한 번도 없었다고 대답했다. 맞아, 시간이 꽤 걸리지. 그녀가 말했다. 자기도 분리불안 장애로 한동안 치료를 받았다는 것이었다. 열 살 때 아빠가 집을 나갔고, 엄마는 엘리노어를 방치했다. 엘리노어는 자존감에 타격을 입었다. 혼자가 되는 것이 두려워졌다.

치료가 도움이 되었느냐고 묻자 어느 정도는 그렇지만 완전히 사라진 건 아니라고 했다.

내 불안에는 이유가 있느냐고 묻기에 "유전적인 건가 봐"라고 말했다.

어린 시절, 큰아버지가 돌아가신 뒤에 아빠가 정신적으로 무너지는 걸 지켜봤다고 이야기했다. 아빠는 몇 달 동안 집에 처박혀 있었다. 감정 기복이 심했다. 엄마가 자기를 떠나고 싶어 한다고 비난했고, 샤워도 하지 않았다. 한번은 동네 사람이 내게 물었다. "너희 아빠 요즘 어떠시니?" 나는 솔직하게 대답했다. "좋진 않아요." 아마 그 사람이 아빠에게 위로를 담은 카드를 보내거나 했던 것 같다. 내가 그 사람에게 뭐라고 대답했는지 부모님이 알게 됐으니까. 두 분 다 야단이었다. 내가 계단 끄트머리에 쭈그리고 앉아 있는 동안 엄마는 내게 사생활이라는 개념에 관해 한바탕 설교했고, 아빠는 내 코앞에 대고 "난 멀쩡해!"라고 외쳤다.

엘리노어에게 내 정신 건강 문제는 엄마 쪽에서도 온 것 같다고 말했다. 어느 해 추수감사절에 도로시 이모는 피노 그리지오 한 병을 비우며 외할아버지가 양극성 장애일 거라고 했다. 분노조절장애야. 이모는 말했다. 어린 시절 살던 집에서는 할아버지 주먹질에 부서진 석고벽을 가리려고 사진 액자들을 걸어놨었다는 것이다. 엄마가 아빠의 불같은 성격을 별일 아니라고 생각한 것도, 자기 아빠가 비슷하게 행동하는 걸 보고 자라서인 것 같다.

너희 아빠는 왜 자기 문제를 인정하지 않은 거 같아? 엘리노어가 물었다.

글쎄. 그게 나약하다고 생각했던 것 같아. 그런 얘기는 밖에서 하고 다니지 말라고 듣고 자랐을 수도 있고. 아빠는 남들 눈에 자기가 어떻게 보일지 신경 쓰는 사람이거든.

나는 엘리노어에게 부모와의 관계에 대해서도 물었다. 아빠와는 거의 연락하지 않는다고 했다. 보통 자기 생일도 잊어버리고, 한 번도 전화한 적이 없다고, 자기 쪽에서 전화해야만 한다고 했다. 엄마 쪽은 나은 편이었다. 엘리노어 혼자 내버려뒀던 걸 사과했고, 모녀 관계는 전보다 더 좋아졌다.

우리는 며칠 동안 메시지를 계속 주고받았다. 그녀가 더 이상 사기꾼으로 보이지 않았다.

너는 왜 이 앱을 쓰고 있는 거야? 엘리노어가 물었다.

주방 바닥에 누워, 내가 1년이 넘도록 아무랑도 데이트하지 않았다는 것, 그나마 있던 몇 안 되는 친구들과도 멀어졌다는 사실을 생각하다가 앱을 깔았었다. 더 정확하게는 요즘 특히 우울해진 이유를 찾으려 하고 있었고, 누구와도 깊게 연결되어 있지 않다는 데 생각이 미쳤다. 반짝 의욕이 생겼을 때 스마트폰을 열어 데이팅 앱을 내려받았다. 셀카를 찍어 올려야 했다.

그냥 누군가랑 연결되고 싶었어. 너는?

마찬가지야.

"유리병이 분해되는 데 얼마나 걸리는지 알아?" 엘리노어에게 전화를 걸어 묻는다.

"길다, 지금 새벽 2시야."

"아, 미안해…" 나는 더듬거린다. 지금이 몇 시인지도 모르고 있었다.

“괜찮아.” 엘리노어가 하품한다. “사실 방금 네 꿈을 꿨거든. 네가 쿠키 먹기 대회에 나가서 사모아즈 쿠키를 먹고 있었어.”

“재밌는 꿈이네. 그런데 사모아즈라고? 난 민트 초코 쿠키를 더 좋아해. 내가 이기고 있었어?”

“응.” 그녀가 웃는다.

“좋아, 잘됐네.”

엘리노어는 아무 말도 하지 않는다.

“깨워서 미안해.”

“괜찮아. 상관없어.”

“잘 자.”

“너도 잘 자.”

침대에 누워 천장을 관찰하면서 이 아파트 건물이 얼마나 오래되었을지 가늠해본다. 2층짜리 건물이다. 원래는 위층에 가정집이 딸린 신발가게였다고 한다. 가장자리를 따라 두른 몰딩을 보며 나 말고 어떤 사람들이 여기 살았을까 생각한다. 그들의 삶이 어떤 모습이었을지를. 이 천장을 올려다보면서 어떤 생각을 했을까. 이 건물은 얼마나 오래 남아 있을까. 나 다음에는 어떤 세입자들이 들어오게 될까.

이 천장을 바라보며 죽은 사람도 있었을까?

내가 이 천장을 보면서 죽는 건 아닐까?

언젠가 나도 죽을 거야. 내면의 목소리가 단호하게 말한다. 동굴 속의 비명처럼, 내 머릿속에서 울려 퍼진다. 생명이 끝을 향해가는 느낌이 어떤 건지 결국 경험하게 될 거다. 직시해야 해. 내 몸을 움직이는 모든 게 멈추고 만다. 어둠 속으로. 아무것도 남기지 않고. 무서운 공포 영화 같은 두려움이 아니다. 진실이다. 사람들이 내 시신을 처리해야 하겠지.

몇 주 동안 갇혀 있던 지하철에서 탈출하는 새처럼 나는 병원 문 안으로 뛰어든다.

도움이 필요하다.

"괜찮아요?"

안 괜찮아요.

"심장이 문제예요?"

그런 것 같아요.

"말할 수 있어요?"

제가 말을 안 하고 있나요?

어렸을 때, 교실 의자에 등을 쭉 기대곤 했다. 꽈당 하고 뒤로 넘어가기 직전의 느낌이 기억난다. 지금 느낌이 딱 그거다. 의자에 앉아 있지 않는데도 아찔함이 계속 이어지고 있다는 게 다르지만. 그땐 늘 내 몸을 잡아당겨 세웠었다. 언제든 뒤로 완전히 넘어지기 전에 멈출 수가 있었다.

“저 지금 완전히 뒤로 넘어지고 있는 건가요?”

“아니에요. 진정하세요.”

“진정이 안 돼요.”

“진정하세요.”

“그러고 싶다고요!” 나는 접수 창구 직원에게 소리 지른다. 유리 칸막이 뒤에서, 직원은 바로 옆에 붙은 빨간색 수화기를 집어 든다.

“환자분, 진정하세요!”

내가 방금 탁자를 뒤집어엎은 것 같다.

“괜찮아요?” 옆에 앉아 있는 남자가 묻는다.

그 남자를 본다. 핏자국이 묻은 천을 눈에 대고 있다.

나는 고개를 끄덕인다.

“가슴을 계속 치고 있어서요.” 남자가 지적한다.

내가 그러고 있는지 몰랐다. 심장이 제멋대로 뛰는 것 같다.

다시 그 남자를 본다. 입고 있는 티셔츠 가슴팍이 온통 피투성이다.

“그쪽이야말로 괜찮아요?”

“저요? 나아지고 있어요.”

“어쩌다 그렇게 된 거예요?”

"싸움이 붙어서요. 그쪽은요? 무슨 일로 왔어요?"

"…죽어가고 있어요."

남자의 표정이 바뀐다. "죽어간다고요?"

내가 끄덕인다.

그가 놀란 숨을 토해낸다. "저런, 얼마나 남았는데요?"

심각한 얼굴로 대답한다. "글쎄, 저도 모르겠어요."

* * *

때로 인간이란 얼마나 혐오스러운 존재인가 하는 생각에 몰두한다. 세상을 어지럽히고 핵폭탄 발명 따위를 하는 것에 대해서. 인종차별과 전쟁, 강간, 아동 학대, 기후 변화에 대해 생각한다. 인간의 역겨움에 대해서도 생각한다. 공중화장실과 겨드랑이, 우리 모두의 더러운 손에 대해서. 감염과 질병의 전파 경로들. 모든 인간이 엉덩이를 가지고 있다는 사실과, 그게 얼마나 역겨운지에 대해서.

또 다른 때에는 인간이란 얼마나 사랑스러운 존재인가 생각한다. 우리는 부드러운 곳에서 잔다. 아늑함을 좋아한다. 베개 위에 몸을 동그랗게 만 고양이들을 보면 너무나 귀여운데, 우리도 마찬가지다. 쿠키를 먹고 꽃향기 맡는 걸 좋아한다. 손모아장갑을 끼고 모자를 눌러쓴다. 나이가 들어서도 가족과 친척을 찾아간다. 개를 쓰다듬는 걸 좋아한다. 우리는 웃는다. 재밌는 걸 보면 자기도 모르게 웃음을 터트린다. 가만히 생각해보면, 웃는다는 건 참 사랑스럽다.

우리는 병원을 짓는다. 사람들을 고쳐주기 위한 건물을 만들어냈다. 의사와 간호사는 여기서 일하려고 몇 년씩이나 공부한다. 다른 사람들을 치료해주려고 매일 이곳에 온다. 만약 조그마한 친구들이 다칠까 봐 치료 시설을 짓는 동물을 발견한다면 우리는 놀라워할 거다.

나는 간호사를 마치 초원에 있는 사슴이라도 되는 것처럼 관찰한다. 수술복을 입고 라텍스 장갑과 실용적인 스니커즈를 착용한 모습이 어딘가 야생적이다. 바퀴 달린 침대를 준비하는 간호사를 둥지 짓는 새를 보듯 관찰한다.

"정말 괜찮은 거 맞아요?" 옆에 있던 남자가 다시 묻는다.

나는 턱까지 흘러내린 눈물을 닦는다.

"네, 고마워요. 괜찮아요."

"그냥 생각이 너무 많은 거야." 병원 청소부 프랭크가 타일 바닥을 대걸레질하며 내게 말한다.

프랭크와는 이전에 응급실을 찾았다가 말을 텄다. 한 달쯤 전이었는데, 내가 바닥에 토하는 바람에 그가 치워야 했다. 나는 어쩔 줄 몰라 사과하면서 불안 증세와 가슴 통증이 있다고 설명했다. 그는 괜찮다고, 그럴 수 있다고 말했다. 이제는 날 보면 오랜 친구를 만난 듯이 반긴다.

프랭크는 오늘은 왜 왔느냐고 물었다. "또 불안해져서요."

대기실에는 우리 말곤 아무도 없다. 내가 마지막 환자다.

"좀 바쁘게 움직이면 그렇게까지 불안하지 않을 거 같은데." 그가 비눗물이 담긴 양동이에 대걸레를 헹군다. "너무 자기 머릿속에만 갇혀 있는 거지. 내가 보기엔 그게 문제야."

"알았어요." 나는 끄덕인다. 어쩌면 맞는 말일지 모른다. "그러면 어떻게 해야 되는데요?"

그가 자기 비법을 알려준다. "나는 주변 사람들을 행복하게 해주려고 내 시간을 쓰다 보면 불안함이 가시거든. 그렇게 한번 해보면 어때요."

구름에서 쏟아진 눈이 모든 걸 뒤덮는다. 길 위의 쓰레기도, 개똥도, 모두 반짝이는 하얀 담요로 덮어버린다. 내 코트와 모자, 머리카락도 눈으로 덮인다. 쓰레기와 개똥처럼, 나도 눈 담요 아래 몸을 숨긴다.

나처럼 버스 정류장에서 떨고 있는 불쌍한 사람들에게 눈길을 준다.

"정말 예쁜 코트네요." 내 바로 옆에 서 있는 낯선 사람에게 칭찬을 건넨다.

이 말을 하려고 10분 동안 용기를 끌어모았다.

여자가 돌아본다. “저한테 말씀하신 거예요?”

나는 얼굴이 빨개진 채로 고개를 끄덕인다. “네. 그냥, 코트가 예쁘다고 말한 거예요.”

“고마워요….” 여자가 코트를 몸에 바싹 끌어당기며 경계하듯 말한다. 내가 그걸 훔쳐가기라도 할 듯이.

이 버스 운전기사는 계속해서 급정거를 해댄다.

휘청거리는 임산부에게 내 자리를 양보했다. 균형을 잃고 다른 승객 뒤통수에 얼굴을 부딪치고도, 버스에서 내리기 전 운전기사에게 “정말 감사합니다”라고 말하는 걸 잊지 않는다.

“천만에요.” 운전기사가 끄덕한다.

“운전해주셔서 정말 고마워요.” 다시 한번 감사를 표한다.

“알겠으니까 빨리 좀 내려요.”

바니가 종이 상자를 층층이 쌓아 성당 안으로 옮기느라 끙끙댄다.

“도와드려요?” 그에게 뛰어가 묻는다.

그는 끙, 하고는 안고 있던 상자를 몽땅 건넨다.

바니의 암내가 상자에까지 배어 있다. 썩은 쓰레기와 햄 두 박스를 옮기는 것 같다.

내가 한 팔로 낑낑대며 상자를 옮기고 있는데도, 그는 문조차 잡아주지 않는다. 성가신 일에서 해방된 데 즐거워하며 앞서가버릴 뿐이다. 나는 문이 완전히 닫히기 직전에 발을 밀어넣고는, 절뚝거리는 나귀처럼 간신히 성당에 들어선다.

"어쩌다 다 이렇게 꼬여버렸죠?" 상자 안에서 몽땅 꼬여버린 묵주를 풀면서 주드 수녀님에게 묻는다.

"누가 대충 집어넣은 모양이에요." 수녀님이 한숨을 쉰다.

범인이 나인 것 같다.

유난히 단단히 엉킨 매듭을 풀다가 묵주를 거의 끊을 뻔한다.

"조심해요!" 젖먹이에게서 칼을 빼앗듯 내 손에서 묵주를 낚아채며 수녀님이 말한다.

"묵주가 끊어지면 불운이 온대요. 누군가 당신한테 화가 나 있단 뜻이죠." 수녀님이 설명한다.

묵주가 끊어진다면, 나한테 화가 나 있는 사람은 수녀님일 것 같다.

휴대폰이 울린다.

낼 수 있는 가장 명랑한 목소리로 받는다. "여보세요."

"어, 안녕하세요!" 나만큼이나 열성적인 목소리가 돌아온다. "그쪽이 길다 맞아요?"

"네, 제가 길다예요." 다시 씩씩하게 대답한다.

"안녕하세요, 길다. 주세페라고 해요. 제 형수가 당신 전화번호를 알려줘서요."

오, 안 돼.

"저녁 한번 대접해도 되나 하고요."

제기랄.

"스시 좋아해요?"

"어… 네, 네."

"좋아요! 언제가 좋아요?"

주세페의 초대를 거절하면서 그를 행복하게 해줄 수 있을까? 이탈리아 독신남과 스시집에 가길 거부하면서 가톨릭 이성애자의 가면을 계속 쓰고 있을 수 있나?

"여보세요?" 주세페가 부른다.

"네, 여보세요." 목이 막힌다.

그가 웃는다. "무슨 요일이 좋아요?"

머릿속이 하얘진다.

"좀 보고 말씀드려도 될까요?" 발랄함이 사그라든 목소리로 묻는다.

"그럼요! 날짜 잡을 수 있게 제가 문자 하나 보내드릴게요. 어때요?"

"알았어요."

"좋아요! 그럼 곧 연락하기로 해요. 만날 생각하니까 정말 기대되네요!"

"그래요?" 내가 이 낯선 사람을 행복하게 한 건지 확인하려고 묻는다.

그가 또다시 웃는다. "당연하죠!"

커피를 두 잔 내렸다. 내 것과 제프 신부님 것까지. 성당 주방에서 사무실까지 커피잔 두 개를 옮긴다. 한 팔이 부러진 상태에서는 쉽지 않은 일이다. 잔 하나는 가슴에 대고 깁스로 누르면서 옮겨야 한다. 커피가 계속 잔에서 흘러내려 손을 덴다. 그래도 웃고 있다. 행복해 보여야 사람들이 좋아할 테니까. 손을 데었다고 움찔하거나 찡그려서는 사람들 기분을 밝혀주기 어렵다.

신부님 사무실 문을 두드린다. "커피 한잔 드시겠어요?"

신부님에게 커피를 건넨다.

데인 손이 새빨갛다.

"이런, 상냥할 데가!" 내 호의에 신부님이 싱글벙글 웃는다. "고마워요, 길다."

"별말씀을요." 나도 미소로 응답한다.

성당 컴퓨터에 접속한다. 로즈메리가 가장 최근에 보낸 이메일을 열고 잠시 멈춘다.

잠시 이메일을 응시하다가 글자를 입력하기 시작한다.

로즈메리,

답장을 너무 오래 기다리게 해서 미안해. 한동안 몸이 좋지 않았는데, 이제 많이 나아졌어.

짐의 부고에 마음이 아프구나. 어떤 말을 건네야 할지 모르겠지만, 널 위로하고픈 내 마음을 알아주렴. 네게 닥친 슬픔에도 불구하고, 오늘 아주 조그만 행복이라도 찾을 수 있길 바랄게.

사랑을 담아,

그레이스

보내기를 누르자마자 가슴속에서 뭔가 탁 하고 켜지더니, 이내 폭발한다. 자리에서 일어서다가 그만 커피를 쳐서 책상 위에 쏟고 만다. 커피는 아침에 내가 바니를 위해 옮긴 상자와 바닥 카펫 위로 흘러내린다.

숨이 안 쉬어진다.

숨을 쉴 수가 없어.

숨이 안 쉬어져.

살갗이 아프다. 피부가 얼마나 민감한지가 색으로 나타난다면, 내 피부는 온통 새빨갈 거다.

아주 새빨갛게 느껴진다.

* * *

누군가 화장실 문을 두드리고 있다.

나는 식은땀으로 흠뻑 젖어 있다.

"괜찮은 거예요?" 주드 수녀님이 묻는다.

"괜찮아요." 하지만 괜찮지 않다.

프랭크의 조언은 영 틀린 것 같다. 다른 사람들의 행복에 집중하는 건 내 불안을 치료하는 데 아무짝에도 소용이 없는 것 같다. 오전 내내 주변 사람들을 더 행복하게 해주려고 했지만, 돌려받은 건 두부 타박상, 양손의 화상, 웬 남자와의 원치 않는 데이트, 그리고 공황발작이다.

거울 속 내 입을 바라본다.

웃어, 나 자신에게 말한다.

웃어봐.

예전에 어디선가 가짜 웃음이 우리 뇌를 속여 정말 행복하다고 믿게끔 하고, 그러면 실제 행복감이 따라온다는 글을 읽은 적이 있다.

나는 거울 속에서 웃고 있는 내 얼굴을 바라본다. 정신 나간 침팬지처럼 기괴하게 웃고 있는, 영혼 없는 내 두 눈을 들여다본다.

커피에 내용물이 젖었나 보려고 상자를 열어본다. 부디 쉽게 닦아낼 수 있기를. 상자 하나를 열어보니 참담하게도 젖은 종이가 켜켜이 쌓여 있다. 커피가 밴 종이 한 장을 꺼낸다.

빨간 잉크로 큼지막하게 적힌 내용은 이렇다. 동성애로부터 당신의 아이를 지키세요.

"헐, 이게 뭐야?" 나도 모르게 큰 소리로 말한다.

"전단이 왜 이렇게 된 거야?" 바니가 내 뒤에서 나타나 투덜댄다.

"그러게요!" 나는 거짓말한다.

안녕, 길다! 주세페예요. 금요일에 스시 먹으러 갈 수 있어요? 모르는 번호로 온 메시지다. 아니라고 쓰다가 지운다.

대신 이렇게 쓴다. 미안해요, 다른 일정이 있어요.

괜찮아요! 다음 주 금요일은 어때요? 아니면 토요일?

두 날짜 다 피할 수 있는 그럴싸한 변명거리를 생각해내려 재빨리 머리를 굴려본다. 연로한 할머니를 혼자 보살펴야 하는 처지라 저녁 시간은 영 힘들다고 하면 어떨까.

아니야, 말이 안 돼. 할머니께 인사드리겠다고 하면 어떡해.

골치 아픈 병에 걸려서 저녁마다 진료 받고 혈액검사를 해야 한다고 하면?

아냐, 그것도 아니다. 제프 신부님한테 말할지도 몰라. 이성애자 가톨릭 신자를 연기하는 것만으로도 충분히 힘들다. 아픈 이성애자 가톨릭 신자까지 될 수는 없어. 그건 무리야.

입력하고 지우기를 반복하다, 결국 이렇게 적고 만다. 토요일이 좋겠네요.

금요일쯤에 감기에 걸렸다고 문자를 보낼 작정이다.

좋아요! 그가 답한다.

"어쩌다 다친 거예요?" 찢어진 손가락 마디를 꿰매며 간호사가 묻는다.

난방을 너무 세게 틀어놓은 상태로 잠들었다. 뜨거운 공기에 숨이 막혀 헉, 하며 깼다. 집에 불이 난 줄 알았다. 머리가 멍하고 정신이 없었다. 나도 모르게 소리치기 시작했다. "고양이 어디 있지? 고양이가 죽는 건 싫어!" 그러다 나는 고양이를 키우지 않는다는 사실이 떠올랐다. 그때쯤엔 집 안에 불꽃이나 연기가 없다는 것도 알아차렸다.

난방 온도를 낮췄다. 그러고 화장실로 걸어가다가, 거울에 비친 내 모습을 침입자로 착각하고는 거울을 향해 주먹을 날렸다.

"누구야!" 잽싸게 주먹을 쥐고 방어 자세를 취하며 소리쳤다.

무슨 짓을 했는지 깨닫고선, 조각난 거울 속의 나와 현실의 나 둘 다 웃음을 터뜨렸다.

"어쩌다 이렇게 다쳤느냐고요?" 간호사가 다시 묻는다.

"아." 나는 더듬거린다. "쓰레기통에서 뭘 꺼내던 중이었는데, 안에 유리가 있는지 몰랐어요."

진실은 너무 장황하다.

손을 좀 가만히 붙잡아보려 하지만 나도 모르게 자꾸 떨린다.

간호사가 처치를 멈추고 묻는다. "지금 불안하세요?"

"조금요."

"저도 불안 증상이 좀 있어요." 그녀가 웃는다. "마음챙김 해본 적 있어요?"

"아뇨, 그게 뭔데요?"

"특정한 방식으로 주의를 기울이는 거예요. 의도적으로 '지금, 여기'에 말이에요. 도움이 될 수도 있어요. 해볼래요?"

"그럼요." 순순히 대답한다. 하필 바늘로 상처를 꿰매는 이 순간에 깊이 머무르는 것이 내키진 않으면서도. "어떻게 하면 돼요?"

"감각에 대해 생각해보세요. 스스로에게 묻는 거예요. 내가 뭘 보고 있지? 뭘 듣고 있지? 무슨 냄새를 맡고 있지? 무엇을 맛보고 있지? 지금 방을 한 바퀴 둘러보고 뭐가 보이는지 말해보세요."

나는 방을 휙 둘러본다.

"병원 물건들이요."

"어떤 것들이요?" 간호사가 캐묻는다.

벽을 바라본다. "독감 예방주사 포스터."

"그리고 또요?"

"까만 의자요."

"또?"

"간호사 선생님이요."

"어떤 냄새가 나요?"

"아무 냄새도 안 나는데요. 음, 표백제 냄새?"

"무슨 소리가 들려요?"

"천장에 있는 팬 돌아가는 소리요. 사람들이 처치실 밖에서 얘기하고 있어요."

"맛도 느껴져요?"

"씹고 있는 껌이요."

"또 어떤 느낌이 있어요?"

"손가락 관절이 아픈 것 같은데요." 나는 손을 내려다본다. 한 손은 깁스에 싸여 있고, 다른 하나는 꿰맨 자국에 피투성이다. "팔도 아파요." 간호사에게 깁스를 들어 보이며 말한다.

침실 유리창 너머로 밤하늘에 점점이 박힌 별들이 보인다. 조그만 눈송이가 날린다. 커튼이 흔들린다. 가구들의 그림자 같은 실루엣이 보인다. 침대 옆과 방 안 곳곳에 쌓인 접시들도 보인다. 내 더러운 머리에서 나는 냄새와 침대에서 먹은 부리토 냄새를 맡는다. 아파트 앞 도로에서 차들이 진창을 달리는 소리가 들린다. 냉장고가 웅웅 돌아간다. 공기가 내 콧구멍으로 들어왔다 나가는 소리가 들린다. 덮고 있는 담요의 감촉을 느낀다. 부러진 팔과 손가락 관절의 통증을 느낀다.

부러진 팔과 손가락 관절의 통증에 집중한다.

일어나 앉는다. 진통제 어디 있지?

옷 주머니를 뒤적이기 시작한다. 화장실 거울 뒤, 주방 조리대, 침대 밑을 훑어본다.

통증이 쿵쿵 쑤신다.

진공청소기의 먼지 통을 비운다. 최소한 여섯 달은 청소기를 돌리지도 않았으면서.

지난 이틀 동안 쓰레기통을 꼼꼼히 뒤졌으니, 진통제를 실수로 버렸을 리도 없다.

서랍장 속 옷을 전부 흐트러진 침대 위로 던져놓는다. 텅 빈 서랍장도 확인한다. 배낭을 연다. 가방 주머니를 샅샅이 뒤진다.

침실 바닥에 누워 거칠게 숨을 쉬며, 이제 팔과 손가락에서 번져오는 욱신거리는 고통에 집중한다.

천장을 올려다보다가 나 자신을 내려다본다.

잠깐만. 내가 날 내려다보고 있어?

어떻게 내가 날 내려다볼 수 있어?

저건 내 얼굴이다. 저건 내 눈이고. 내 몸이야. 내 셔츠와 내 바지와 내 양말이잖아.

"통증에 집중해." 내 몸에 연결된 느낌을 유지하려 애쓰며 혼잣말한다.

아무것도 느껴지지 않는다. 마치 시체가 된 것 같다.

"통증에 집중해." 내 영혼이 하늘로 붕 뜨는 것처럼 느껴진다.

"통증에 집중하라고!" 도시를 넘어, 나라를 넘어, 행성을 넘고, 태양계를 넘어, 은하계를 넘어, 깊고 광대한 텅 빈 어둠 속으로 날아오른다.

내 몸이 우주에서 차지한 작디작은 점을 내려다본다.

나는 티끌이다. 점보다도 작다.

"언젠가, 여러분은 죽을 겁니다." 제프 신부님의 벼락같은 목소리가 성당에 울려 퍼진다. "여기 있는 우리 모두 언젠가는 죽게 됩니다."

나는 손톱을 물어뜯는다. 다른 주제를 고르셨다면 좋았을 텐데.

"주위를 둘러보세요." 신부님이 말한다. 신자석이 동요한다. "우리 중 몇몇은 내년엔 여기 없을 겁니다."

어디선가 아기가 빽 울기 시작한다.

"하루하루가 우리를 죽음의 날로 이끈다는 사실을 기억하십시오."

신부님은 계속해서 "영생", "파스카의 신비", "희생"과 같은 말들을 꺼낸다. 강론을 들으면서 겉돌고 있는 사람이 나 말고 또 있지 않을까. 나는 주변을 힐끔거린다. 하지만 보이는 건 신자들의 빛나는 눈빛뿐이다. 일제히 신부님을 향하고서 추호의 의심도 없이 고개를 끄덕이며 강론을 흠뻑 빨아들이고 있다.

거의 2주 동안 가톨릭 신자로 위장하는 데 성공했다. 아슬아슬한 순간이 몇 번 있었다. 예를 들면, 어제 무릎 받침대에 발가락을 찧고서는 가톨릭여성연맹 회원들 바로 앞에서 "이런 망할!"이라고 내뱉고 말았다. 바니가 미래의 내 남편은 얼마나 행운아겠냐고 말했을 땐, 코웃음 치며 "퍽이나요." 하고 대꾸했다. 뭐 그래도 전반적으로는 내 연기가 먹혀들었다.

나는 온순한 가톨릭 소녀다.

성경을 읽는다.

언젠가 신앙심 깊은 남편을 갖게 되리라.

죽으면 천국으로 가겠지.

"길다?" 제프 신부님 목소리가 내 공상에 끼어든다.

내가 올려다본다.

"그거 받을 거죠?" 내 책상 위에서 울리고 있는 전화기를 가리키며 신부님이 묻는다.

"아." 나는 당황해 더듬거린다. "그럼요, 물론이죠."

신부님이 떨떠름하게 웃어준다.

"여보세요?" 수화기를 귀에 가져다 대며, 미사 시간이 언제인지 계속 물어보는 건망증 있는 부인이기를 기대한다. 마침 신부님이 자리에서 일어나신 김에 생각해본다. 이제 성당은 문을 닫았으니까 앞으로 남은 일요일은 미사 걱정 없이 즐기시라고 말해버릴까.

"안녕하세요, 시경 수사국의 파크스 경관입니다." 중저음 목소리의 여성이 대답한다. "그레이스 모펫 씨와 관련해서 연락드렸습니다. 모펫 씨가 거기서 근무했다고 하던데요."

"어… 네. 그러니까, 저도 그렇다고 들었어요. 제가 그분 후임자거든요. 그분을 알지는 못하고요."

"모펫 씨를 알 만한 분이 주변에 있나요?"

나는 전화기를 음소거 설정하고 귀에 가져다 댄다. 제프 신부님이 경관과 통화하는 걸 엿듣는다.

"그레이스는 지난겨울에 병원을 여러 차례 찾았더군요. 저희가 확보한 기록상으로는 폐렴에 걸렸고, 넘어져 다치기도 했고, 검사도 많이 받은 것 같습니다. 직장에서는 어땠나요? 건강하셨어요?"

"몇 번 병가를 내긴 했습니다. 그래도 건강 체질이었어요. 꽤 행복하고 편안해 보였죠. 건강해 보였습니다."

"1월에 MRI를 찍었던데요. 치매 초기 증상이 있었던 것 같아요. 그레이스가 그런 얘길 한 적이 있나요? 비슷한 증상을 보였다거나."

"오, 이런." 신부님의 목소리가 잠긴다. "아뇨, 그런 얘기는 한 적이 없어요. 건망증이 있긴 했지만, 여기서 일할 때는 그렇게 심각한 상태가 아니었나 봅니다. 괜찮아 보였거든요. 그런데 경찰이 왜 그레이스의 의료 기록을 살펴보는지 여쭤도 되겠습니까?"

경관이 목을 가다듬는다. "뉴스로 보셨는지 모르겠지만, 최근에 로리 데이먼이라는 지역 간호사가 고령의 환자들에게 의도적으로 약물을 과다 주입해 사망에 이르게 했다고 자백했어요. 저희는 희생자를 가리기 위해 그 간호사의 환자들을 전수조사하고 있습니다. 제가 전화를 드린 건, 안타깝게도, 기록상으로는 그레이스도 로리 데이먼의 환자였기 때문이에요."

신부님은 할 말을 잃은 듯하다.

"그렇군요." 한동안의 침묵 끝에 신부님이 입을 뗀다. "듣기 괴로운 소식이네요."

"유감입니다." 경관이 한층 부드러운 목소리로 말한다. "희생자가 아닐 수도 있어요. 다만 모든 가능성을 열어두고 조사하고 있습니다. 정의가 구현되어야 하니까요."

신부님이 목을 가다듬는다. "주님의 은총이 함께하길 빕니다."

'로리 데이먼'을 검색창에 넣고 포털에 뜨는 뉴스 기사를 모조리 읽는다. 그 간호사는 경찰서에 찾아가 자기 환자들을 죽였다고 자백했다. 그때까지 20년이 넘도록 간호사로 일하고 있었다. 생존한 환자들도 충격을 금치 못하고 있다.

"사람을 단단히 잘못 본 모양이에요." 메이 로스는 말한다. "로리가 좋은 사람인 줄 알았어요."

의자 쿠션 커버를 따라 손가락을 문지른다. 촘촘한 직물의 결이 손끝에 생생하게 느껴진다. 내가 지금 앉아 있는 이 의자에 최근까지 다른 여자가 앉아 있었고, 그녀가 이제는 죽었으며, 어쩌면 살해당했을지도 모른다는 사실을 곱씹는다. 죽은 사람들이 최근까지 머물던 공간을 내가 얼마나 자주 차지하고 있는지 궁금하다. 내가 죽으면 내가 살던 공간은 누가 물려받을지도 궁금하다.

땅에 묻힌다면, 내 관이 나의 마지막 공간이 되겠지. 그곳은 나 아닌 누구도 차지할 수 없을 것이다. 그 사실이 위안이 된다. 영원한 나만의 자리를 갖게 된다는 것.

벌레들이 옆에 있을 수는 있겠다.

설치류라든가.

기어다니는 벌레들이 떠오르기 시작한다.

구더기들.

그만.

머릿속 그림판을 흔들며 앞에 놓인 성경을 확 펼친다. 시커멓게 뚫린 눈구멍과 유충들의 이미지가 마음속에 퍼즐 조각처럼 흩어진다. 그 조각들이 다시 붙어버리지 않도록 웅얼거리며 정신을 딴 데로 돌릴 만한 읽을거리를 찾는다.

타로 카드를 뽑듯 무작위로 페이지를 펼친다. 어떤 페이지가 나오든지 저 높은 우주에서 보낸 메시지라고 생각하기로 한다.

나는 운명의 페이지를 내려다본다. 창밖으로 내던져져 말발굽에 짓밟히고 개들에게 잡아먹힌 이세벨의 이야기에 빠져든다.

모니터 구석에 새 이메일 알람이 뜬다. 로즈메리의 이메일이다.

그레이스,

드디어 네 이름을 메일함에서 발견하고 얼마나 반가웠는지 아니!

그동안 아팠다니 마음이 아프네. 어디가 아팠던 거니?

우리 가족에게 닥친 일을 생각하면, 그럭저럭 잘 지내고 있어. 짐의 장례식도 잘 치렀어. 아이들이 얼마나 힘이 되는지 몰라. 난 정말 운이 좋은 사람이지.

짐도 내가 잘 지내기를 바랄 테니, 요즘에는 내 작품과 고양이한테만 집중하고 있어. 더 나은 '캣맘'이 되어보려고 루에게 엄격한 식단을 적용했어. 다이어트에 돌입한 후로 450그램이나 뺐는데, 얘는 여전히 찬장을 뒤지려고 해. 며칠 전에는 쓰레기통 안에서 나오지 뭐니. 아니 글쎄, 바나나 껍질을 절반이나 먹어치웠더라니까.

그레이스, 빨리 회복하길 바랄게.

사랑을 담아,

로즈

내 심장이 몸속 깊숙이 가라앉는다. "그레이스는 살해당했을지도 몰라요…"라고 막 치기 시작했을 때 제프 신부님이 방에 들어온다. 내가 타이핑하는 것을 보더니 빙그레 웃으신다.

"일하느라 바쁘지요?"

나는 고개를 끄덕인다. 그게 저예요, 일하느라 바쁜 사람.

"방해하지 않을게요." 신부님이 자기 사무실로 들어가며 말한다.

경관이 그레이스에 관해 이야기할 때, 신부님 목소리가 얼마나 슬펐던가를 되새기며 나는 한동안 가만히 앉아 있는다.

친구가 그냥 죽은 것도 아니고 살해당했을지도 모른다는 사실을 알게 되는 건 얼마나 끔찍한 일일까. 비탄에 잠긴 과부가 메일함에서 그레이스의 이름을 발견하고는 반가워 기뻐하는 모습도 상상한다. 친구의 소식을 고대하며 이메일을 열었다가 그녀가 죽었다는 소식을 읽고는 심장마비로 쓰러지는 모습도.

쓰던 것을 지우고 이렇게 채워 넣는다.

로즈,

잘 지내고 있다니 다행이야. 루가 살을 빼고 건강해지고 있다니 그것 또한 반가운 소식이구나.

우리 이웃집 고양이가 실종됐거든. 만약에 루가 사라진다면, 어디로 갈 것 같니?

사랑을 담아,

그레이스

토요일에 스시 괜찮아요? 주세페에게서 메시지가 온다.

젠장, 잊고 있었네.

미안해요, 선약이 있는 걸 모르고 약속을 잡았네요. 나는 거짓말한다. 한 번 미룰 수 있을까요?

물론이죠! 다음 주말은 어때요?

그래요. 내가 답한다.

아침에 출근해보니 로즈메리에게서 새 이메일이 와 있다.

그레이스,

루라면 뒷마당 현관 밑으로 들어가서 누가 찾아줄 때까지 거기 있을 것 같아. 우리 루는 몹시 소심한 고양이거든.

날씨가 제법 추워지고 있네. 사라진 고양이를 얼른 찾아야 얼어 죽지 않을 텐데. 벌써 12월이라니 믿어지니? 시간이 너무 빨리 흐른다….

크리스마스 준비는 다 했고?

사랑을 담아,

로즈메리

스마트폰 손전등을 켜고 이웃집 현관 아래를 비춰본다.

큰 소리로 부른다. "미튼즈? …미튼즈?"

손이 시리고, 발이 아프고, 이제 나는 암담한 현실을 받아들이기 시작한다. 미튼즈는 없다, 죽었을 거야. 그래도 계속 외친다. "미튼즈!" 혹여나 누군가 남의 집 뒷마당에 있는 나를 보고 도둑이라고 생각하지 않도록. 혀를 굴려 똑똑 소리를 내면서, "미튼즈? …미튼즈? …미튼즈?" 몇 번이고 다시. 아무 소용이 없다는 걸 알면서도.

겨울밤이면 나는 커튼을 열어둔 불 켜진 창문을 찾곤 한다. 그 안에 한 장의 사진처럼 담긴 다른 사람들의 집 안을 보는 게 좋다. TV에서 어떤 프로그램이 나오고 있는지 본다. 가구들도 본다. TV에서 지루하기 짝이 없는 프로그램이 나오고, 집 안엔 유행이 한참 지난, 촌스러운 가구들만 놓여 있더라도, 언제나 내가 그 안에 있었으면 싶다.

길 건너 집에는 크리스마스트리가 있다. 트리에 걸어둔 알전구 불빛은 모두 하얀색이다. 창틀에는 고양이 한 마리가 앉아 있다. 어떤 여자가 피아노를 치고 있다.

나는 얼굴을 감싼 목도리를 단단히 조이고서 창문 안을 계속 들여다본다. 집 안이 얼마나 포근해 보이는지, 작은 고양이가 얼마나 아늑할지 상상해본다.

생각은 다시 미튼즈에게 가닿는다. 미튼즈를 잃고 상심한 가족들을 떠올린다. 사랑하는 반려묘 없이 보내야 할 슬픈 크리스마스. 트리 옆에 놓인 빈 고양이 침대, 아무도 건드리지 않은, 우울한 실뭉치를 상상한다.

이제 로즈메리, 크리스마스를 남편 없이 보내야 할 늙은 부인 차례다. 그녀가 거의 평생을 남편과 보냈다는 사실에 대해 생각한다. 저녁 식탁 옆에 놓인 텅 빈 남편의 의자. 이제는 남편이 없어 혼자 칠면조구이를 자르려 낑낑댈 부인을 상상한다. 크리스마스를 기다리는 나날을 그려본다. 비탄 속에서도 크리스마스를 즐길 생각으로 위안을 얻고자 했을 부인의 모습을. 하지만 막상 크리스마스가 되어도 기분은 조금도 나아지지 않는다는 걸 알게 되겠지. 어쩌면 더 슬퍼질지도 모른다.

* * *

성당 이메일을 열고 답장을 쓴다.

로즈에게,

그러게나 말이야, 시간이 너무 빨리 흐르지. 매일 하루의 끝에서 생각해. 방금 일어나지 않았나? 해가 바뀔 때마다 생각하지. 지난해도 방금 시작했던 거 같은데?

로즈, 이번 크리스마스에는 널 생각하고 있단다. 짐을 잃고 맞이하는 크리스마스가 네겐 얼마나 가슴 아플지 그저 짐작만 해볼 뿐이야. 네가 이 괴로움을 이겨낼 수 있도록 내가 도울 일이 있다면 무엇이든 알려줘.

루에게 안부 전해주렴.

메리 크리스마스.

너의 친구,

그레이스

"이쪽은 길다, 제 여자친구예요." 엘리노어가 회사 동료들에게 나를 소개한다. 그녀의 회사 송년회 자리다. 나는 술잔을 들고 있다.

레스토랑의 파티룸에서, 머라이어 캐리의 〈올 아이 원트 포 크리스마스〉가 은은하게 울려 퍼진다. 테이블에는 빨간 린넨이 깔려 있고, 실내 곳곳에 하얀 양초가 타고 있다.

"만나서 반가워요, 길다." 엘리노어의 동료 가운데 하나가 깁스한 내 손을 너무 세게 흔든다. 들고 있던 잔에서 술이 손으로 넘쳐흐른다.

일부러 술잔을 천천히 비우고 있었다. 그렇지 않으면 손이 할 일이 없으니까. 남들하고 어울리는데 손을 하릴없이 놔두기는 싫다.

"두 사람, 어떻게 만났어요?" 내 술을 쏟은 남자가 묻는다.

"데이팅 앱으로요." 엘리노어가 대답한다.

"사귄 지 얼마나 됐고요?" 또 다른 남자가 묻는다.

"지금 막 두 달 정도 됐지, 길다?" 엘리노어가 내 쪽으로 고개를 돌린다.

얼마나 오래 만났는지 전혀 감이 없다.

"엘리노어 진짜 좋은 사람이에요." 뭐라 답을 해보기도 전에 술을 쏟은 남자가 또 말한다.

"그래서, 길다는 무슨 일을 하죠?"

생각할 시간을 벌기 위해 잔을 입에 가져가 홀짝인다.

"행정 비서예요." 내가 말한다.

"오호, 일 재밌어요?" 남자가 또 묻는다.

다시 잔을 홀짝인다.

"이제 우리 가서 앉을까?" 엘리노어가 묻는다.

정말 앉을 자리를 찾으려는 건지, 아니면 대화에서 빠져나가고 싶은 내 기분을 알아챈 건지 몰라 그녀의 눈을 들여다보지만, 결국 확신하지 못한 채로 고개를 끄덕인다.

"실례해요." 엘리노어가 동료들에게 살짝 웃어 보인다.

아무래도 내 마음을 읽은 것 같다.

우리 테이블은 구석에 있다. 내 자리에서는 벽을 등지고서 방 전체를 볼 수 있다. 접시들이 달그락 부딪치는 소리와 떠들썩한 대화 소리를 배경으로, 나는 파티에 참석한 사람들을 한 바퀴 둘러본다.

나는 내가 속하지 않은 생태계에 들어와 있다. 이 사람들 모두 인생의 상당한 시간을 함께 보낸다. 회의에 참석하고, 커피를 마시러 가고, 점심을 먹는다. 이들은 관계를 맺고 목표를 공유하는 하나의 공동체를 이루고 있다. 여기 앉아 있는 게 어색하다. 몸속에서 거부 반응을 기다리고 있는 이물질이 된 기분이다.

“팔은 좀 어때?” 엘리노어가 묻는다.

“팔?” 내가 당황하며 되묻는다.

그녀가 어이없다는 듯 콧소리를 낸다. “팔 부러졌잖아. 까먹은 거야?”

깁스한 팔을 내려다본다. 코로 숨을 내뱉는다. “맞아, 그랬지. 어떨 땐 아파. 어떨 땐 다쳤다는 것도 까먹고.”

“지금이 다쳤다는 것도 까먹은 때인가 보지?”

다시 한번 코로 숨을 내보낸다. “맞아.”

“네 새 직장에서도 송년회 하겠지?”

그동안 새 직장에 대해서는 애매모호하게 설명했다. 사무실에서 비서로 일한다고 했는데, 따지고 보면 틀린 말은 아니지.

“안 할 것 같은데.”

송년회가 열린다고 하더라도 말하지 않을 작정이다. 절대 엘리노어를 애인으로 데려갈 수는 없으니.

“회사 이름이 뭐야?”

“회사라니?”

“네가 일하는 곳 말이야, 새 직장. 어디에 있어?”

내 앞에 페스츄리가 담긴 접시가 있다. 대답하는 대신 두 개를 집어 입에 넣는다.

“그거 엄청 좋아하는구나?” 엘리노어가 미소 짓는다.

나는 끄덕인다.

"오늘 같이 와줘서 고마워." 테이블 밑에서 그녀가 내 다리를 가볍게 친다. "너 이런 자리 진짜 안 좋아하잖아."

고개를 든다. 한동안 서로의 얼굴을 들여다보다 엘리노어가 웃음을 터뜨린다.

"여기까지 와준 걸 보면 나를 정말 좋아하긴 하나 봐?"

좋아한다고 말해달라는 거지?

"좋아해. 정말로." 내가 말한다.

"나이 들면 어떻게 살고 싶어?" 엘리노어가 내게 물었다.

막 데이트를 시작했을 무렵이었다. 처음으로 그녀의 집에서 함께 밤을 보냈다. 우리는 불을 끈 채로 침대에 누워 있었다.

"내가 나이 든 모습은 잘 상상이 안 돼."

더 어렸을 땐 내 앞에 펼쳐질 이런저런 인생을 그려보곤 했다. 수의사가 되거나 동물 보호소에서 일하는 모습을 상상했다. 대학에 가거나, 여행을 하거나, 멀리 삶의 터전을 옮기는 일도 생각해봤다. 어떤 때는 밴을 한 대 사서 개조한 다음, 북미 곳곳을 떠도는 삶을 꿈꿨다. 내가 어떤 일을 하고 어디로 갈지, 내게 어떤 일이 벌어질지 공상하는 게 좋았다. 이제는 더 이상 그런 생각을 하지 않는다. 지금보다 나이 든 내 모습이 그려지지 않는다.

"너는 어떻게 살고 싶은데?" 내가 물었다.

"난 오두막집에 살고 싶어. 여러해살이 식물이랑 과일나무가 있는 정원을 가꾸고 싶어. 빵 굽는 법이랑 도자기 만드는 법도 배우고. 그리고 고양이 한 마리도 키울래."

내 마음속에 엘리노어의 정원이 희미하게 그려졌다. 접시꽃과 라벤더의 흐릿한 이미지. 과일나무 아래서 잠든 오렌지색 고양이도 떠올랐다.

"근사하다. 고양이 이름은 뭐라고 지을 거야?"

"네가 지어주는 거면 다 좋아." 그녀가 장난처럼 대답했다.

"우리 동네에 광장공포증 환자가 있다더라." 아빠가 말한다.

엄마는 완두콩 통조림을 따서 식구들 접시에 작은 언덕처럼 퍼 담고 있다.

"옆집 사람이 그 여자네 차도에 쌓인 눈을 치워주려고 했는데, 그 여자가 뭐랬는지 알아?"

우리가 생각해볼 틈도 없이 아빠는 말한다. "창가에 서서 그 남자한테 소리를 지르면서 자기 집 앞에서 꺼지라고 했다는 거야."

"어머, 세상에." 엄마가 혀를 찬다.

"말이 되냐고?" 아빠가 콩을 한 숟가락 퍼먹고는 말을 이어간다. "집 밖으로는 나오지도 않는다나 봐." 이제는 콩을 씹는다. "누구도 가까이 오지 못하게 한다더라고."

아빠가 나를 쳐다본다. "며칠 동안 집에서 한 발짝도 안 나간다니 상상이나 되니?"

나는 아빠를 마주본다.

"제정신이 아니잖아?" 아빠가 묻는다.

나는 일라이에게로 시선을 돌린다. 자기 잔에 와인을 따르고 있다. 지난 30분 동안 이미 석 잔을 마셨는데도.

"하여간 별난 사람이야." 아빠가 한숨을 쉰다. "주변에 미치광이들이 산다니, 무섭구먼, 무서워."

* * *

일라이가 파란색 사인펜으로 내 깁스 위에 그림을 그린다. 석고로 된 도화지 위에서 사인펜의 펠트 촉이 삑삑거린다. 한쪽 눈은 감고 다른 쪽 눈은 뜬 채로, 일라이는 페니스 강아지 그림을 숲으로 덮고 있다. 작은 침엽수와 산이 나타났다. 이제 강을 그리고 있다. 강물 위로 하늘과 나무의 윤곽이 비친다.

나는 그림엔 소질이 없다. 지난해에는 어쩌다 친구 잉그리드와 잉그리드네 회사 사람들과 그림 맞히기 게임을 하게 됐는데, '방 안에 있는 코끼리'를 그리라는 지문을 받았다. 내가 그린 그림을 보고, 모두 두꺼비라는 답을 내놨다.

"상자 안에 있는 두꺼비야?" 잉그리드가 큰 소리로 물었다.

“아무리 봐도 두꺼비는 아니었는데.” 일라이에게 그 얘기를 해주며 투덜댄다.

일라이는 하얀색 수정펜으로 강 위에 물결을 그리고 있다.

“숲속에 동물들도 그려줄 수 있어?” 내가 주문한다.

일라이는 하늘엔 새들을, 물가에는 오리를, 나무 아래에는 웅크린 사슴을 그려준다.

“나 예전에 한번 플롭을 그려보려고 했었어.” 내가 말한다.

“우리 토끼?”

내가 끄덕인다.

“어땠는데?”

“완전 망했지.”

어두운 단색 정복에 머리를 아래쪽으로 질끈 묶은 근육질의 여성이 신부님 맞은편에 서 있다. 뒷모습이 예전에 사귀었던 루스라는 여자와 닮았다. 스물한 살 때 반년 정도 만났다. 헤어지자고 한 건 그녀 쪽이었는데, 내가 야망이 없는 게 이상하다는 이유에서였다.

“루스?” 루스가 내 정체를 폭로하면 어쩌지. 나는 주저하며 한 걸음 다가간다.

루스는 날 싫어했지.

여자가 돌아선다. 다행히도 루스가 아니다. 루스를 약간 닮은 경찰관이다.

“길다, 이쪽은 파크스 경관님이에요.” 신부님이 말한다.

경관이 손을 뻗어 악수를 청한다. 나는 깁스한 팔을 내민다.

“반가워요.” 경관이 깁스에서 삐죽 나온 내 손가락을 마지못해 잡고 흔든다. “제가 괜히 팔 아프게 하는 거 아닌지 모르겠어요.”

“아니에요.” 사실 조금 아프긴 하지만서도. “저도 반갑습니다. 조금 전엔 죄송해요. 제가 아는 사람인 줄 알았어요.”

“아, 누구요?” 경관이 묻는다.

나는 침을 삼킨다. 곤란한 질문인데.

“어, 루스라는 사람이요. 그냥 친구였어요.”

내가 왜 그냥 친구라고 했지?

“그러니까, 친구 중에 그런 애가 있어서요.” 말을 고친다.

다시 침을 삼킨다. 말을 고치니까 더 이상해졌다.

“팔은 어쩌다 그렇게 됐어요?” 고맙게도 경관이 주제를 바꿔준다.

“작은 교통사고가 났거든요.”

“저런, 안됐네요.”

“고맙습니다.”

“신부님께 그레이스 모펫과 관련된 사건을 조사 중이라고 말씀드리던 참이에요.” 경관이 또 한 번 주제를 돌린다. “제가 좀 둘러봐도 될까요?" 경관이 신부님에게 묻는다.

"물론입니다." 신부님이 끄덕인다. "필요한 게 있으면 뭐든지 말씀하세요."

경관이 미소로 답한다. "고맙습니다."

내일 스시 괜찮아요? 주세페의 메시지.

망할.

스시 먹을 생각에 들떠 있어요. 스시 이모티콘 두 개가 달려 있다.

아뇨. 답장한다. 죄송해요. 덧붙인다. 몸이 좀 안 좋아요.

그의 소통 방식에 맞추어 나도 토하는 이모티콘 두 개를 붙인다.

이런! 그가 울먹이는 이모티콘과 함께 답한다. 수프라도 가져다줄까요?

'아니요'라고 입력하다가 지운다. 이렇게 다시 쓴다. 너무 감사하지만 괜찮아요. 뭘 먹을 수 있는 상태가 아니라서요.

토하는 이모티콘을 더 붙여야 하나?

아이고. 그가 답한다. 괜찮아요. 약속이야 다시 잡으면 되죠. 스마일 이모티콘.

잔뜩 찡그린 채로, 나도 스마일 이모티콘을 보낸다.

마침내 성당에서 월급이 들어왔다. 커피 한 잔으로 자축하려고 카페에 갔다가, 통장에서 꺼내 지갑에 넣어둔 현금이 몽땅 사라졌다는 걸 알게 됐다. 내 오랜 무신론에 의심이 싹튼다. 신은 확실히 존재하며 나를 미워하는 것 같다.

한 손에는 커피를, 깁스한 손에는 텅 빈 지갑을 들고 멍하니 서 있다. 카페 점원은 내가 커피값을 치르기만 기다리고 있다.

"2달러 25센트입니다."

커피잔의 열기가 손을 타고 온몸으로 퍼진다. 이마에 땀이 맺힌다. 평소 같으면 가게에 들어가기 전부터 돈을 꺼내 손에 쥔다. 지갑에서 돈을 찾는다고 허둥대는 동안 내 뒤로 줄이 길어지진 않을까 너무 불안하기 때문이다. 오늘은 평소의 신경증적인 루틴을 무시하고 카페에 들어올 만큼 대범하게 굴어본 건데, 결국 다 근거 있는 불안이었다.

"돈이 없어요." 끔찍한 현실에 잡아먹히고 만 나는 조그맣게 고백한다.

점원의 명랑한 미소가 차츰 찌푸려진다. "음, 공짜로 드릴 수는 없어요…."

나는 더듬는다. "공, 공짜로 달라고 한 말은 아니에요."

점원이 커피를 도로 가져간다. "그냥 버릴게요."

"스물다섯 살이 되자마자 결혼했지." 바니가 자랑스럽게 말한다. 내 책상 모서리에 걸터앉아 있다. 이렇게 가까운 거리에서 바니가 공간을 많이 차지하는 게 불편하다. 나는 의자를 조금씩 뒤로 물린다.

바니가 자기 결혼 이야기를 하는 건 방금 젊은 커플 한 쌍이 신부님의 사무실로 들어갔기 때문이다. 결혼식을 앞두고 커플 상담을 받으러 왔다. 성당에서 의무로 정해둔 거라나. 가톨릭 신자 커플은 결혼식 전에 사제와 함께 결혼 생활에 대해 의논해야 한다. 정작 사제들은 결혼할 수 없고 연애 경험도 거의 없을 텐데 말이다.

도대체 무슨 이야기가 오가는지 궁금하다.

"아내를 성당에서 만났어." 바니는 수다 삼매경이다.

나는 대꾸도 안 하고 있는데, 눈치조차 못 챈다. 혼자서도 대화할 수 있는 사람이다. 나는 이 대화에 전혀 참여하고 있지 않다.

파크스 경관이 사무실 문을 두드린다. 또 다른 경찰관과 함께다.

"좋은 아침입니다." 바니가 맞이한다. "제프 신부님은 지금 막 면담에 들어가셨는데요. 오셨다고 전할까요?"

"아뇨, 괜찮습니다. 기다릴게요."

경찰들은 신부님 사무실 밖 의자에 앉는다.

"아무튼." 바니가 다시 내 쪽으로 몸을 돌린다. "우리 결혼식은 아름다웠어. 그야말로 근사했지. 4월에 결혼했는데, 그래서 비가 오진 않을까 걱정했거든. 하지만 날씨가 정말 좋았어. 말 그대로 완벽했어."

바니가 내 책상에 걸터앉지 않았으면.

“아내는 레이스 드레스를, 나는 턱시도를 입었고.”

경찰들을 곁눈질한다. 소곤소곤 이야기를 나누고 있다.

“신부 들러리는 우리 처제 다를라였어. 얼마나 귀여웠는지.”

경찰관들은 무슨 이야기를 하는 걸까?

“좋은 집안 출신이야. 내 아내 말이야.”

경찰 제복을 본다. 어깨에 배지가 여러 개 달려 있다. 넥타이도 매고 있다. 왜 경찰 제복에 넥타이가 필요한 거지?

“정말 훌륭한 집안이야. 아일랜드계지.”

경찰들이 신고 있는 신발은 딱히 실용적인 것 같지 않다. 남자들 정장 구두처럼 생겼는데, 저걸 신고 뛸 수 있나?

“우리 장인어른은, 세상에, 정말 대단한 양반이었어.”

파크스 경관이 나를 올려다본다. 재빨리 시선을 돌린다.

“그리고 장모님! 일요일마다 우리를 저녁 식사에 초대하셨지. 상상이나 돼?”

남들 몰래 쳐다보고 있다가 들키는 거 진짜 싫다.

“요리 솜씨가 끝내주셨지. 소고기 안심에 양배추 롤을 만드셨어. 정말 훌륭한 분이었다니까. 스파게티도 해주시고. 그래, 비프웰링턴[4]도!”

4 소고기를 프랑스식 버섯잼과 햄, 파이로 싸서 오븐에 구운 영국 요리.

바니가 아무 말이나 늘어놓는 동안 나는 내 손을 응시한다. 주름이란 어떻게 만들어지는 걸까 생각한다. 그의 목소리는 한쪽 귀로 들어왔다가 반대편으로 빠져나간다. 주름이 만들어지려면 피부가 몇 번이나 접혀야 할까. 주먹을 펴본다. 손금을 들여다본다.

"몇 살이라고 했지?" 바니가 묻는다.

뭘 물어보는 줄도 몰랐다. 내 손에 골몰하고 있었다.

"길다? 길다 여기 있어?"

내가 올려다본다. "뭐라고 하셨어요?"

"몇 살이냐고?"

"스물두 살이에요. 아니, 잠깐만요." 번복한다. "스물일곱 살이요."

그가 흥, 하고 웃는다. "시간 그거 금방 간다."

우리 집에 있는 그릇이란 그릇은 이제 죄다 침실 바닥에 있다. 설거지하는 건 고사하고 그냥 한데 모으는 것만 해도 벅차다. 컵 하나 들어올리는 상상만 해도 숨이 막힌다. 아까 컵 하나를 향해 손을 뻗어봤는데, 마라톤을 뛴 것 같았다. 거의 그대로 곯아떨어졌다.

부츠 안에서 얼음이 밟히고, 양말은 흠뻑 젖은 데다 발가락이 얼어붙고 있다. 출근하는 길이다. 거리엔 더러운 눈 무더기와 쓰레기가 즐비하다. 차가운 공기 탓에 목이 타는 듯하고 입술은 찢어지고 있다. 앞을 보니 눈이랑 하늘이 거의 같은 색이다. 온 세상이 미색과 잿빛으로만 채워진 것 같다.

전봇대에 빨간 리본이 감겨 있다. 가로등에는 교대로 축 처진, 빛바랜 화환이 걸려 있다. 시에서 이 장식을 매년 재활용하는 게 틀림없다. 리본은 잔뜩 구겨지고 찢어졌다. 화환 장식도 엉망으로 떨어져 있다.

누군가 죽었다. 하얀 작약으로 장식한 관이 본당 앞쪽에 놓였다. 오른쪽으로는 화환이 있는데, 녹색 테두리 안에 들어 있는 건 까만 머리카락을 길게 늘어뜨린 예쁜 10대 소녀의 사진이다. 한 무리의 사람들이 관을 쳐다보며 앉아 있다. 간간이 들리는 훌쩍임이 적막을 깬다.

제단에는 대림초가 놓여 있다. 네 개 중 세 개는 보라색이고 하나는 분홍색이다. 제프 신부님은 지난주부터 초에 불을 붙였다. 매주 하나씩 더 밝힐 것이다. 지난주에 보라색 초에 불을 켰고, 이번 주에는 두 번째 보라색 초에, 그다음 주에는 분홍색 초에, 그리고 마지막 주에는 하나 남은 보라색 초에 불을 붙일 거다. 단 하나뿐인 분홍색 초에 맨 마지막으로 불을 켜리라 예상했지만, 나로서는 이해할 수 없는 이유로 세 번째 순서였다.

제프 신부님 말씀에 따르면 첫 번째 초는 희망을 상징한다. 두 번째 초는 믿음을, 세 번째 분홍색 초는 기쁨을, 그리고 네 번째 초는 평화를 상징한다고 한다.

성당 안을 둘러보지만, 이곳에서 희망이나 믿음, 기쁨과 평화는 조금도 느낄 수 없다. 오직 절망과 비탄뿐이다.

"주여, 이 영혼에 영원한 안식을 주소서." 신부님이 크게 외친다. "영원한 빛을 비추소서."

관에 누워 있는 소녀는 교통사고로 죽었다. 스노우타이어를 장착하지 않고 언 도로를 달린 것이다. 그녀는 나무를 들이받았다.

호흡할 때마다 내 가슴이 부풀었다 꺼진다.

숨을 너무 깊게 들이마시고 내쉬고 있는 것 같다.

미동 없는 관을 바라보며, 그 안에 있는 소녀의 가슴은 꼼짝도 하지 않으리라는 걸 깨닫는다.

나와 똑같은 장기와 신체 기관을 가지고 있는 아이인데.

그녀에게도 폐가 있다.

심장도.

뇌도.

신자석에 점점이 앉아 있는 사람들을 본다. 사람들의 입을 차례로 본다. 앞줄에 앉아 있는 이들의 입을 본다. 아마도 아이 엄마로 보이는 여자는 돌처럼 굳은 얼굴을 하고 있다. 입은 움직이지 않는다. 충격에 빠진 상태다. 아빠로 보이는 남자는 두 손에 얼굴을 파묻고 있어서 입을 볼 수 없다. 손바닥 아래로 눈물이 새어 나와 그의 목을 타고 셔츠 깃을 적신다. 나는 남자를 계속 지켜보고, 마침내 그의 입을, 비탄으로 일그러진 얼굴을 목격한다.

내 눈에 눈물이 고인다.

신자석에 앉은 다른 사람들에게로 눈길을 돌린다. 다들 죽은 여자애를 어떻게 알고 있는지 궁금하다.

성당 뒤쪽에 앉아 있는 사람들의 얼굴도 훑어본다. 이 사람들은 누구일까. 옛 이웃일까. 죽은 아이의 아빠와 같은 곳에서 일하는, 낯선 사람들일 뿐일까.

제프 신부님이 손에 얼굴을 묻고 내 책상 앞을 휙 지나간다. 내가 여기 앉아 있다는 것조차 모르는 것 같다. 나는 장례식이 끝날 때쯤 사람들을 피해 몰래 들어와 있었다. 무지막지하게 큰 컴퓨터가 나를 완전히 가리는 바람에 나를 보지 못한 거다.

신부님은 떨리는 손으로 사무실 문을 여느라 애를 먹고 있다.

눈물이 신부님 뺨을 타고 흐른다.

나는 헤드라이트에 비친 토끼처럼 꼼짝없이 앉아서 신부님이 내 존재를 알아채지 못하기만 바라고 있다.

신부님이 마침내 문을 열고 안으로 들어간다.

찰칵, 하고 문 잠그는 소리가 들린다.

* * *

내 손을 물끄러미 내려다보며 바로 옆방에서 신부님이 울고 있는 모습을 머릿속에서 떨쳐보려고 안간힘을 쓴다. 일라이가 내 깁스에 그려준 그림을 들여다본다. 강물을 노니는 오리를 노려본다.

신부님은 나이 들었다. 뭔가 집으려고 할 때면 손을 떤다. 말할 땐 쉰 소리가 나고, 자세는 구부정하다. 바지를 허리춤 위로 너무 올려 입는다.

눈앞이 흐려진다. 연약한 노인이 울고 있다는 생각을 떨칠 수가 없다. 신부님은 수없이 많은 장례미사를 집전해봤을 것이다. 이번에 유독 힘들어하시는 게 이상하다. 문 너머로 코 훌쩍거리는 소리가 들린다.

가서 위로해드릴까? 그러다 실수하면 어쩌지? 이런 말을 해버리면 어떡해? *걱정하지 마세요, 신부님. 인생이란 무의미해요. 애초에 우리 존재 자체가 이상하고 설명이 안 되는 거잖아요. 거시적인 틀에서 보면, 우리 모두 이미 죽어 있는 거나 다름없죠. 슬픔이라는 감정도 무의미해요. 그저 살덩이가 내부 화학물질에 반응하는 방식일 뿐이에요.*

안에서 또 훌쩍이는 소리가 난다.

젠장.

신부님 사무실 문을 노크한다.

부스럭거리는가 싶더니 신부님이 갈라진 목소리로 말한다.

"잠깐만요!"

코 푸는 소리에 이어 문이 열린다. 신부님은 애써 웃음을 짓고 있다.

"오, 안녕, 길다. 들어와요."

신부님 눈이 빨갛다. 눈동자는 잿빛이다. 그 위로 눈썹이 축 처져 있고, 눈 밑 지방과 주름, 노화의 흔적들이 눈가를 둘러싸고 있다. "그래, 무슨 일이죠?" 신부님이 묻는다. 머리에 얼마 남아 있지 않은 가느다란 백발을 손으로 넘긴다.

"괜찮으신가 하고요."

신부님이 주름진 입술을 앙다물고서 미소 짓는다. 촉촉해진 눈가가 반짝 빛난다.

"괜찮지, 그럼. 고마워요, 길다. 조금 울적해졌을 뿐이에요."

이럴 땐 어떻게 반응해야 하지.

"장례미사 때문에요?"

신부님이 고개를 끄덕인다. "그래요, 장례미사 때문에." 목을 가다듬고서, 신부님은 손가락에 낀 반지를 문지른다. "가엾은 그레이스에 대해서도 많이 생각했고요. 오늘 미사는 그레이스 이후 첫 장례미사였거든요. 그레이스의 삶과 죽음에 대해 생각하지 않을 수 없었지요."

"그 간호사가 그레이스를 죽였는지 알아내셨어요?"

이미 말을 내뱉고 나서야 조금 더 완곡하게 표현했어야 했다는 생각이 든다.

"바니가 얘기하던가요?"

나는 입을 열었다가 다시 다물고는 고개를 끄덕인다.

"아직 못 들었어요. 하지만 그래요, 무척 괴롭군요. 솔직히 말하면, 그래서 요즘 기분이 좋지 않아요. 그 생각이 종일 따라다녀요." 신부님은 내 얼굴을 살피더니 미소 짓는다. "길다는 참 예리한 사람이군요. 다른 사람의 문제를 알아채는 능력이 있어요. 그거 진짜 재능인 거 알죠? 이렇게 섬세하고 사려 깊은 사람과 일하다니 나한테는 행운이에요."

뭐라고 대답해야 할지 모르겠다.

불편한 침묵이 싹트기 시작한다.

"제가 생각해봤는데요." 침묵이 길어지기 전에 내가 불쑥 나선다. "제가 성당 웹사이트를 만들 수 있지 않을까 하고요."

"웹사이트를?" 신부님이 되묻는다.

신부님이 허락해주길, 축 처진 입꼬리를 올려주길 기다린다.

신부님 얼굴이 활짝 편다. "그러니까 성당 웹사이트를 만들고 싶다고요?"

성당 사진과 주소, 그리고 단 한 문장, "매일 미사가 있습니다"를 담은 아주 단순한 HTML 웹페이지 하나를 만들었을 뿐인데, 나는 곧 물고기 두 마리와 빵 다섯 개로 오천 명을 먹인 사람이 되어 있었다. 제프 신부님과 바니는 흥분한 나머지, 성당에 누가 올 때마다 새 웹사이트를 보여주고 있다. 신부님은 오늘 성당을 다시 찾아온 파크스 경관한테도 웹사이트를 자랑했다. "길다는 컴퓨터 천재예요! 이걸 한 손으로 했다니까요!"

바니가 거들었다. "이걸 하루 만에 만들었다니 믿어져요?"

웹페이지 하나로 교구 노인들 사이에서 천재로 인정받게 되자, 우쭐해진 나는 여기서 한 걸음 더 나아가기로 했다. 성당의 현대화에 기여하는 한편 신부님을 이중으로 속이고 있다는 죄책감을 덜어내기 위해 성당 트위터 계정 운영에 착수한 것이다. 지금까지는 다소 부적절한 트윗에 '좋아요'를 두 번이나 누른 게 전부이긴 하지만. 내 계정으로 로그인한 게 아니라는 걸 깜박했다. 여자 엉덩이 사진이 들어간 트윗들이었다.

"길다가 와서 얼마나 다행인지 몰라요." 신부님이 내 책상에 커피잔을 내려놓으며 말씀하신다.

"감사합니다." 신부님한테 내 컴퓨터 화면이 보이는 건 아니겠지.

친구 잉그리드의 생일이다. 나는 와인 한 병과 노란 오리 봉제 인형을 낀 채로 잉그리드의 아파트 앞에 서 있다.

잉그리드는 내 소꿉친구다. 매년 서로의 생일에는 봉제 인형을 주고받곤 했다. 아직 우리의 전통을 기억할는지 잘 모르겠지만.

문이 열린다. 새빨간 립스틱을 바른 잉그리드가 나타난다.

"길다!" 잉그리드가 껴안는다.

술 냄새가 훅 끼친다.

"들어와!" 잉그리드가 나를 안으로 잡아끈다.

커피 테이블 주위로 사람들이 마룻바닥에 앉아 있다.

내가 아는 사람은 한 명도 없다.

"안녕하세요." 내 등장에 일행은 일제히 올려다본다.

"그게 뭐예요?" 콧수염을 말아 올린 남자가 내 손에 들린 오리를 향해 고개를 까딱한다.

"오리예요."

잉그리드의 여덟 번째 생일날, 나는 판다 인형을 선물했다. 잉그리드는 내 이름을 따서 인형을 '길'이라고 이름 지었다. 그 해 내 생일날, 잉그리드는 내게 바다거북 인형을 주었다. 나는 그 애 이름을 따서 인형을 '잉'이라고 불렀다. 우리는 길과 잉이 우리처럼 절친이라고 쳤다. 입양된 자매일 때도 있었고 나쁜 놈들에 맞서 함께 싸우는 시나리오도 있었다. 어째서인지 악당 역할은 늘 스폰지밥 인형과 우리가 '무례해 박사'로 이름 지은 홀치기염색 무늬의 인형이 맡았다.

잉그리드는 나보다 한 살 많았다. 2학년을 유급했는데, 그 때문에 괴롭힘을 당했다. 나 역시 괴롭힘을 당했는데, 그 이유는 더 불분명했다. 사회성이 없어서였겠지. 일곱 살 때 다른 아이들을 피해 놀이터 구석에 앉아 있다가 잉그리드를 처음 만났고, 곧장 서로를 알아보았다. 그때부터 우리는 교실에서 나란히 앉았다. 유머 코드가 맞았고, 음악과 TV 프로그램 취향도 겹치는 데다, 무엇보다 왕따 트라우마라는 유대감을 공유했다. 고등학교에서는 수업 시간표를 맞췄다. 일곱 살부터 열여덟 살까지, 2인 1조 과제에서 잉그리드는 언제나 내 짝이었다.

열일곱 살 생일에 잉그리드가 파자마 파티를 열었다. 나만 초대한 게 아니라, 카일리와 파티마라는, 나는 잘 모르는 애들도 초대했다.

그날 나는 북극곰 인형을 선물했다. 잉그리드는 선물을 뜯자마자 신이 나서 꺅 소리 질렀다.

카일리와 파티마는 내 선물을 비웃었다. 카일리가 파티마 귀에 대고 뭐라고 속삭였다. 뭐라는지 들리진 않았지만, 뭔가 비웃고 있는 게 분명했다.

우리는 잉그리드 침실의 열린 창문 앞에 서서 정향 담배를 피우며 연기를 내보내고 있었다.

"너 남자친구 있어?" 카일리가 내게 물었다.

그즈음 나는 무지개 팔찌를 차고 다녔다. 그런 알록달록한 장신구는 취향이 아니었지만, 사람들에게 일일이 내 성적 지향을 설명하기가 피곤했기 때문이다.

나는 손목을 들어 무지개 팔찌를 보여주며 대답을 대신했다.

"맙소사, 그러면 넌 여자애들이랑 파자마 파티 하면 안 되는 거잖아?"

카일리의 반응에 내가 모욕감을 느끼기도 전에 잉그리드가 나섰다. 내가 여자애들을 낚으려고 온 거 아니라면서, 카일리에게 닥치라고 했다.

"그래도, 여기서 남자애가 자고 가는 거랑 똑같은 거 아냐?" 카일리도 지지 않았다.

용기를 그러모아 내가 말했다. "카일리, 넌 나한테 매력 없으니까 걱정 안 해도 돼."

그 말이 뭔가를 건드린 건지, 카일리의 태도가 바뀌었다. 그 때부터 밤새 내게 말을 걸며 호기심을 보였다. 다른 애들이 잠들자, 내게 입을 맞추려고 했다. 나는 원치 않았는데도.

카일리는 나중에 내가 자기를 스토킹한다고 소문내고 다녔다. 교사 한 명이 우리 집에 전화를 걸어서, 나는 더 이상 학교에서 카일리에게 말을 걸어선 안 된다고 했다. 애초부터 나는 카일리에게 말을 건 적이 없었다. 아빠는 무지개 팔찌는 그만 차고 얌전히 지내라고 했다. 그 일로 잉그리드는 카일리와 절교했지만, 어쨌든 나는 학교에서 변태가 되어버렸다.

폰이 드르릉 진동한다.

내려다보니 주세페에게서 온 메시지다.

안녕 길다! 좀 늦긴 했지만, 오늘 밤에 뭐 해요?

시간을 본다. 저녁 9시. 가톨릭 이성애자에게도 늦은 밤 9시의 데이트 신청은 레즈비언 무신론자의 야간 데이트와 같은 의미인가? 제발 아니길. 왜냐하면 1) 내가 성당 안내 직원으로 일한다는 걸 알면서도 이런 초대를 한다는 건 곧 내가 연기하는 역할에 대한 모욕이고, 2) 나로서는 초대에 응하느니 차라리 총을 맞고 죽는 게 낫기 때문이다.

계속 바쁘다고 둘러대면 이 남자는 뭔가 수상하다고 생각할 거다. 나는 잉그리드의 아파트를 둘러본다. 방 저편에 있는 잉그리드의 사진을 찍는다.

내가 바쁘다는 증거를 당당하게 보내면서 이렇게 적는다. 미안, 안 되겠어요. 친구 생일파티에 와 있거든요.

괜찮아요. 친구에게 축하한다고 전해줘요! 그럼 돌아오는 토요일에 볼까요?

미안해요, 일해요.

일 끝나는 시간에 맞춰 내가 성당으로 데리러 가면 어때요?

핑계 댈 만한 게 없을까.

일단 보낸다. 네, 좋네요.

토요일에는 다리를 부러뜨리든가 해야지 뭐.

"스물여덟 살이라니, 믿을 수가 없네." 잉그리드가 발코니에서 한숨을 내쉰다. "우리 그냥 딱 열다섯 살 같지 않아?"

나는 고개를 끄덕인다. *시간 그거 빨리 간다.*

"만약 내일 아침에 부모님 집에서 눈을 떴는데, 지금까지 다 꿈이었고 이제 학교 가야 된다고 하면 난 믿을 거 같아. 완전 그대로 믿어버릴걸."

"나도 그래." 내가 맞장구친다.

만약 내일 아침 눈을 떴는데 내 인생이 통째로 시뮬레이션이었다는 얘길 듣는다면, 나도 믿어버릴 거다.

"남은 인생도 그냥 이렇게 휙 지나가버리는 걸까?" 잉그리드가 묻는다.

잉그리드가 취했다. 내가 준 오리 인형을 안고 주방에서 춤을 추고 있다.

잉그리드의 친구들은 계속 내가 모르는 사람들에 대해 이야기한다. 도무지 대화에 끼어들 수가 없다. 할 일이 없어 홀짝이다 보니 너무 많이 마셨다.

"몰리 걔 거식증이래." 앞머리를 일자로 내린 여자애가 말한다.

"토미가 새로 한 타투 진짜 최악이더라."

"아일라 프로필 사진 봤어? 나 진짜 언팔할 뻔했잖아."

오늘 밤에 여기 오지 말까도 했었다. 집에 처박혀 있고 싶었다. 이제는 잉그리드를 잘 모르겠고 모르는 사람들이랑 어울리는 자리도 싫다.

잔을 홀짝인다.

잉그리드가 오리 인형과 주방을 빙글빙글 도는 걸 본다.

또다시 잔을 들어보지만, 이미 비어 있다.

잉그리드와는 더 이상 친한 친구가 아니다. 내가 알던 사람이 아닌 것 같다. 어른이 되어버렸다. 내가 아는 건 10대 버전의 잉그리드이고, 어른이 된 잉그리드는 내가 모르는 사람이다. 한때 그녀였던 아이의 친구로서 오늘 파티에 오긴 했지만, 내가 여기 있는 자체가 이상하다. 우리 몸속 세포가 완전히 교체되기까지는 얼마나 오래 걸릴까. 지금의 내가 잉그리드와 친구였던 시절의 나와 말 그대로 다른 사람인 건지도 모르겠다.

음주라는 건 기이하다. 내게 스스로 독을 집어넣는 거니까.

"이 와인 마셔보고 싶은 사람?" 병에 남은 와인은 다른 사람에게 떠넘기기로 하고 큰 소리로 묻는다.

앞머리 여자애가 자기 잔을 내민다.

"고마워." 내가 잔을 채워주자 웃어 보인다. "계속 너는 모르는 이야기만 해서 미안해."

"난 상관없어."

그 애는 스마트폰을 열어 파란 눈에 갈색 곱슬머리인 어떤 여자애 사진을 보여준다.

"우리가 지금 이야기하고 있는 게 얘야. 이상해 보이지 않아?"

나는 살짝 찡그리며 사진을 본다.

"어떤 것 같아? 네가 보기에도 이상한 거 같아?"

나는 자세히 들여다본다.

"솔직히 말해봐."

"알았어, 음."

"그냥 생각하는 대로 말해줘."

뭐라고 해야 할지 모르겠다.

앞머리는 어서 말해보라는 듯이 고개를 끄덕인다.

아무 말이라도 하자.

"내 생각에 겉모습이란 건 의미가 없어. 우리 모두 가죽을 뒤집어쓴 해골이잖아."

앞머리가 날 멍하니 쳐다본다.

몸에서 스르르 빠져나가는 기분이다.

앞머리가 코웃음 친다. "아니, 진짜로. 어떻게 생각하느냐고."

잉그리드와 친구들 무리에 섞여 술집에 왔다. 오지 말 걸 그랬다. 스마트폰만 들여다보면서 정신만이라도 이곳에서 탈출시켜본다. 술집 안에서는 신호도 잘 안 잡혀서, 마지못해 최근에 나눈 문자를 다시 읽고 있다. 엘리노어가 오늘만 여덟 통을 보냈는데, 한 번도 답장하지 않은 걸 이제야 깨달았다. 바는 너무 시끄럽고, 사람들이 계속 내 팔을 치고 지나간다. 취한 데다 기분도 별로다.

사람들 틈을 헤집고 나가며 스마트폰을 위로 들어올린다.

안녕. 엘리노어에게 문자를 보낸다.

전송 실패.

안녕. 다시 보낸다.

전송 실패.

안녕.

안녕.

안녕.

메시지가 파란색으로 변한다. 아래 작은 알림이 말해준다.

읽음 1 : 23 A.M.

저편에서 엘리노어가 입력 중임을 알리는 풍선이 뜬다.

너 종일 내 문자 씹더라. 그녀가 쓴다.

누군가의 잔에서 넘친 술이 내 등 위로 떨어진다. 어떤 남자가 내 옆에서 쿵쿵 뛰며 자꾸 팔을 부딪친다. 아악 하고 소리 지르고픈 충동에 사로잡힌다. 미친 사람처럼 굴면 이 인간들이 겁먹고 좀 물러날까. 있는 힘껏 비명을 지르면, 남들이 내뱉지 않은 깨끗한 공기를 마실 공간이 좀 생기려나.

소리 지를 수 있을 만큼 만취했지만, 속으로 아무리 울부짖어도 겉으로는 태연한 척하도록 사회적 훈련이 된 덕분에 자제한다. 차분하게 버틴다.

나 술집인데. 엘리노어의 지적에는 굳이 해명하지 않기로 하고 문자를 입력한다. 엘리노어의 문자를 씹는 게 아니었는데. 안 그랬던 척하면, 안 그랬던 게 될지도 모른다.

답장이 안 온다.

괜히 왔어. 내가 보낸다.

답장이 안 온다.

나 데리러 와줄래?

엘리노어가 차로 집까지 데려다준다. 내가 몸도 제대로 가누지 못하자 안전벨트도 채워준다.

"너 엄청 많이 마셨구나."

내 두개골에 비해 뇌가 너무 조그만 것 같다. 뇌가 머릿속에서 굴러다니는 느낌이다.

"네 친구는 즐거워 보였니?" 히터를 틀면서 엘리노어가 묻는다.

"자기가 열다섯 살 같대."

"뭐라고?"

"별말 아냐."

"너도 재미있었어?"

딸꾹질이 나온다. "아니."

차가 내달리는 동안 창밖으로는 도로 가장자리에 쌓인 눈이 흐릿하게 스쳐 지나간다. 내가 앉아 있는 곳이 얼마나 아늑한지, 저 바깥은 얼마나 추울지 생각하고 있다.

겨울을 나는 노숙자들을 떠올리기 시작한다. 눈 속에서 자는 일에 대해 생각한다. 목마름을, 깨끗한 물을 구할 수 없는 상황을 생각한다. 집에 침대와 물이 있다는 생각에 죄책감이 밀려온다. 창문을 내리자 차가운 공기가 얼굴을 때린다.

"그걸 왜 열었어?" 엘리노어가 황당해한다. "닫아. 너무 추워."

"미안." 창문을 다시 올리느라 낑낑대면서 내가 얼마나 어처구니없이 자기중심적인지 깨닫는다. 내가 편안함을 누릴 자격이 없다는 생각에 엘리노어까지 덩달아 불편하게 만들었다. 이거 창문을 어떻게 다시 올리는지 모르겠다. 계속 문 잠금 버튼만 눌렀다 풀었다 하고 있다.

엘리노어는 운전석에 있는 어린이 보호 기능으로 내 창문을 대신 올려준다.

"미안해." 내가 또 사과한다.

엘리노어가 웃어준다. "괜찮아."

제프 신부님이 커피잔을 싱크대에 내던진다. 머그잔은 씻지 않고 쌓아둔 그릇 더미에 부딪쳐 산산조각이 나고, 싱크대와 조리대 여기저기로 커피가 튄다. 내가 뒤에 있다는 걸 모른 채 신부님이 돌아선다. 우리 눈이 마주치고, 나는 신부님의 분노에 놀란 나머지 돌처럼 굳어버린 상태다.

눈싸움 같은 순간도 잠시, 신부님이 두 손으로 얼굴을 감싸고는 울기 시작한다.

숙취를 달래볼 요량으로 넉 잔째 커피를 내리려 주방에 들어서던 참이었다. 이런 돌발 상황은 예상치도 못했다.

"괜찮으세요?" 신부님의 감정 기복에 당황스러움을 감추지 못하고 내가 묻는다.

"그레이스." 신부님이 흐느낀다. "파크스 경관에게 전화가 왔어요. 독극물 검사 결과 범죄 피해가 의심된다는군요."

"하느님도 무심하시지." 혼잣말이 튀어나온다.

제기랄. 하느님이 무심하다니 그게 무슨 말이야.

"죄송해요." 서둘러 수습한다. "그레이스 일도 그렇고, '하느님' 어쩌고 한 것도요."

"믿을 수가 없어요." 신부님은 양손에 얼굴을 파묻은 채 계속 운다. 어깨가 들썩인다.

안아드려야 하나?

"괜찮아요." 신부님의 떨리는 어깨에 손을 올리며 내가 말한다.

신부님이 나를 힘껏 부둥켜안는다. 뜻밖의 포옹에 내 정신은 몸 밖으로 튕겨 나가버린다. 내 셔츠 위로 눈물을 뚝뚝 흘리는 신부님을 내가 토닥토닥 쓰다듬는 걸 천장에서 내려다본다.

도대체 왜 할머니를 죽이는 걸까?

환자들을 살해했다는 간호사 얼굴을 들여다보고 있다. 컴퓨터 화면에 기사 하나를 띄워놓고 간호사 얼굴을 뜯어본다. 짧은 갈색 머리에 안경. 피부는 햇볕에 그을려 거칠고 미간에는 주름이 잡혀 있다.

길을 걷다가 보도 끄트머리에서 발만 헛디뎌도 버스에 치일 수 있다. 빵 한 조각에 목이 콱 막힐 수도 있다. 지금 당장 심장 동맥이 막혀버릴 수도 있고, 어쩌면 내 몸에 이미 암세포가 자라고 있는지도 모르지. 아파트 주민 한 명이 오늘 밤 냉동 피자를 태우는 바람에 자고 있던 나까지 태워 저승으로 보낼 수도 있다. 모기 한 마리 때문에 말라리아에 걸릴 수도 있다. 지금 내가 일산화탄소를 흡입하고 있는지 무슨 수로 알 수 있담. 길 가다 번개 맞을 가능성도 있다. 뇌동맥류가 터질지도 모른다. 굶어 죽을지도 모른다. 토네이도가 나를 휘감아 공중으로 던져버릴 수도 있다. 뇌졸중은? 쓰나미나 지진이 날 덮친다면? 광견병 걸린 개한테 물릴 수도 있고. 해류에 휩쓸려 익사할 수도 있다. 전염병에 걸릴 수도 있다. 갑자기 땅바닥이 푹 꺼져 나를 집어삼킬 수도 있다. 장티푸스에 걸릴 수도 있고… 그리고 사이코패스한테 살해당할 수도 있을까? 누군가가 의도를 가지고 다른 사람의 목숨을 끝장낼 수 있다는 건 정말이지 받아들이기 어려운 일이다. 나에게 닥칠 수 있는 죽음이 이렇게나 무수히 많은데, 사이코패스까지 걱정해야 한다고?

나는 양손을 뚫어져라 쳐다본다. 신자석에서 손가락 관절의 주름과 피부 아래 불거진 핏줄에 온 신경을 집중하고 있다. 이것들이 언제나 내 손이었다는 사실에 대해 생각한다. 태어날 때부터 주어진 내 몸의 일부. 이 손으로 병을, 블록과 크레용을 집어 들었다. 지금까지 먹은 모든 음식과 평생 읽어온 모든 책, 살아오면서 접촉한 모든 건 이 두 손으로 만진 것이다.

이외에 다른 손을 갖진 못하리라.

"주님의 평화가 항상 여러분과 함께." 제프 신부님 목소리가 본당 안에 울려 퍼진다.

"또한 사제의 영과 함께." 나는 신자들과 함께 암송한다.

"평화의 인사를 나누십시오."

나를 둘러싼 사람들 모두 주름진 손을 내민다.

"평화를 빕니다." 인사를 건네며, 내 차가운, 축축한 손을 잡는다.

신자들이 내 손을 잡고 가볍게 흔드는 동안, 그 손들을 유심히 본다. 피부는 주름지고, 투명하리만치 얇으며, 반점투성이다. 이 손들도 한때는 아기 손이었을 것이다. 어른들 손가락을 움켜쥔 작은 손이었을 것이다. 그 아기들이 자라 자기 아기를 낳고 이 손으로 아기를 안아주었을 것을 생각한다.

"아가씨, 나는 다른 사람들과도 평화의 인사를 나누어야 한다네." 어떤 노인이 내게서 손을 거두려고 애쓰며 말한다.

"죄송해요." 황급히 손을 놔드린다.

시체에도 손이 있다는 데 생각이 미친다. 해골에 대해 생각한다. 내 손은 얼마나 많은 뼈로 이루어져 있을까. 손을 내려다본다. 손가락마다 적어도 세 개씩은 있다. 관절에도 뼈가 있나?

"그리스도의 몸과 피." 신부님이 성배와 성체가 들어 있는, 금으로 된 작은 성합을 들어 보이며 외친다.

이 소름 끼치는 식인 콘셉트가 싫은 건 나뿐인 거야? 주변을 둘러본다.

신자들이 한목소리로 "아멘"이라 외치는 걸 보니 역시 초조하게 겉도는 건 나밖에 없다.

신부님이 성체 일부를 쪼개어 입에 넣고 씹는다.

내가 뿌리고 온 향수가 오늘 샤워하지 않았다는 사실을 감춰주었으면 좋겠다. 솔직히, 언제 마지막으로 샤워했는지 기억나지도 않는다. 샤워하려면 깁스를 식료품점 비닐봉지로 감싼 채로 팔을 샤워 커튼 밖으로 내밀고 있어야 한다. 그 정도의 수고를 감수할 동기 부여를 하긴 어렵다.

더 솔직히 말하면, 팔이 부러지기 전에도 잘 씻지 않았다. 뼈가 부러진 것의 유일한 장점은 이제 내가 왜 이렇게 더러운 게으름뱅이인지에 대한 핑계가 생겼다는 거다.

모두 일어서서 주님의 살점을 받겠다고 줄을 서고 있다.

메스껍고 갈증이 난다. 본당 뒤쪽의 분수대가 성수를 휘젓고 있다. 성수를 한 바가지 마시는 상상을 한다. 내 위장에 주는 세례. 내장의 죄를 모조리 씻어내기.

"안 가세요?" 옆자리 남자가 묻는다.

"죄송해요." 다른 사람들과 함께 자리에서 일어나 나온다. 다른 사람들처럼 가슴 앞에 손을 모은다.

"그리스도의 몸." 내 차례가 오자, 신자들 행렬 앞에 선 노부인이 말한다. 노부인은 하느님의 아들이신 분의 몸, 작고 하얗고 동그란 조각을 들어 보인다.

고개를 끄덕이자, 부인은 그 살점을 내 손 위에 내려놓는다.

십자가에 못 박힌 예수님이 비통하게 날 내려다보는 가운데, 싱겁기 짝이 없는, 스티로폼 크래커 같은 신의 몸을 마지못해 씹는다.

"그레이스 일은 정말 유감이에요." 어떤 할머니가 신부님을 위로한다.

미사가 끝난 후 신자들은 아래층으로 내려와 차와 레몬케이크를 먹는다.

"고마워요, 메이블." 신부님이 끄덕인다.

"간호사가 유죄 판결을 받았나요?" 부인이 묻는다.

"아직요." 바니가 입안 가득 레몬케이크를 우물거리며 끼어든다. "시스템이 엉망이에요. 그 여자가 자백했고, 독극물 검사 결과도 나왔는데, 어째선지 경찰은 그레이스도 범죄 피해자라는 걸 인정하지 않고 있다니까요."

"실례합니다." 신부님이 차를 내려놓고는 자리를 뜬다. 방 건너편에 가서 휠체어에 탄 남자 옆에 앉는다.

"그 여자가 제럴딘 엑스포드도 살해했단 얘기 들으셨어요?" 바니가 메이블에게 묻는다.

메이블은 마시던 차에 사레들린다. "저런, 세상에! 제럴딘이랑 알던 사이예요."

"음, 고인의 명복을 빕니다." 바니는 케이크를 우물거린다. "감시 카메라에 찍힌 영상을 확보했대요."

"아이고야." 메이블이 가슴에 손을 얹는다.

"알프레드 윌킨스도 피해자라고 본대요." 바니는 레몬케이크를 한입 더 집어넣는다. "알프레드 아세요, 메이블? 개신교도랑 결혼한 사람이요."

"아뇨." 메이블이 고개를 흔든다. "끔찍하네요."

바니가 팔꿈치로 그녀를 쿡 찌른다. "그러니까요, 개신교도랑 결혼하다니 끔찍하죠."

두 사람이 킥킥거린다.

"하하." 나도 억지로 따라 웃는다.

방구석 더러운 접시의 성에서 시큼한 냄새가 나기 시작했다. 오래된 스무디 컵 안에 조그만 생태계가 형성된 참이다. 초록색 솜털 같은 곰팡이가 가득 차 있다. 목이 마르면 컵을 하나 꺼내 헹구는 대신 수도꼭지에 입을 가져다 댄다. 이 탑의 구조적 안정성이 컵에 달려 있기 때문이다. 하나라도 잘못 건드렸다가는 전체가 무너질 수 있다.

엘리노어에게서 문자가 왔다.

괜찮아?

문자를 두 번 읽었다. 혼란스러웠다. 왜 괜찮냐고 물어보는 거지? 우리 집 근처에서 총격 사건 같은 게 있었나? 태풍주의보가 발령된 건가?

스마트폰에서 뉴스 앱을 열어 무슨 일이 일어나고 있는지 확인해본다. 헤드라인은 조앤이라는 이름의 이백 살 먹은 거북이 이야기였다.

괜찮아. 답장을 보낸다. 왜? 너는 괜찮아?

요즘 조용하길래. 그녀가 답한다.

지구를 향해 돌진하는 소행성이나 거리를 활보하는 총격범 소식은 아니라니 일단 안도의 한숨을 내쉰다.

엘리노어의 말에 대답하는 대신, 거북이 기사를 보낸다.

얘 귀엽지 않아?

“클리프가 떠난 후로 샤론이 저장강박증에 걸린 것 같아.” 아빠가 핏물이 떨어지는 스테이크를 자르며 말한다.

샤론과 클리프는 엄마 아빠와 보드게임을 하러 자주 놀러 오던 부부였다.

“집에 들어서면 오래된 신문이나 반찬통, 부서진 가전제품 같은 게 쌓여 있어서 두 발짝도 못 뗀다고 하더라고.”

엄마가 맥주 한 병을 따서 아빠에게 건넨다.

"고마워 여보. 분노 조절이 안 되나 보더라. 클리프 말로는 손주 녀석 하나가 종이 공예를 한다고 신문지 좀 써도 되냐고 물어봤더니 샤론이 발끈하더래! 자기 쓰레기랑 떨어질 수가 없는 거지." 아빠가 혀를 찬다. "그 여자 미쳐버린 거야."

"나 한 병 마셔도 돼?" 일라이가 아빠의 맥주를 가리키며 엄마에게 묻는다.

성경의 세 번째 책을 읽고 있다. 레위기라고 한다. 페이지를 넘기고 읽는다.

'누구든지 그의 아버지나 어머니를 악담하는 자는 사형에 처해야 한다.'

정말이지 놀랍다. 악담이라는 게 욕보이는 말을 뜻하는 걸까, 아니면 초자연적인 힘으로 해를 가하려고 마녀를 데려와 주문을 외는 것을 의미하는 걸까?

남성 대명사의 용법에도 주목하지 않을 수 없다, 이 명령이 나에게도 적용될까? 여성에게는 예외 조항이 적용되는 건가? 이 책을 누가 썼든지 간에 남성에게 우월성을 부여하느라고 나머지 절반의 인간에 대해서는 잊어버린 모양이다. 나는 아무런 뒷걱정 없이 부모를 악담해도 되는 것 같다.

'어떤 남자가 여자와 동침하듯 남자와 동침하면, 그 둘은 역

겨운 짓을 하였으므로 사형에 처해야 한다.'

헐. 하느님 감사합니다. 이 대목 역시 여자들에게는 적용되지 않는 것 같군요. 하느님이 동성애를 이토록 혐오하사 레즈비언에 대해서는 잊어버릴 지경이라니 실망스럽지만, 사형을 당하느니 잊히는 편이 낫긴 하다.

잠깐만. 진짜로?

'너희는 죽은 이를 위하여 너희 몸에 상처를 내서는 안 된다. 너희 몸에 문신을 새겨서도 안 된다. 나는 주님이다.'

나는 슬그머니 소매를 내려, 손목에 새긴 작은 물음표 문신을 가린다. 마침내, 나에게 적용되는 죄목이 나왔다.

'서로 다른 두 가지 옷감으로 만든 옷을 걸쳐서는 안 된다.'

뭐? 어째서?

'너희는 너희 딸을 창녀로 내놓아 그를 더럽히지 마라.'

적어도 이 대목은 나름의 선의에서 나온 것 같다. 성 노동이 반드시 더럽다고 생각하지는 않기 때문에 "더럽히다"라는 표현이 다소 불쾌하지만, 어떤 부모라도 자식을 창녀로 만들어선 안 된다는 데 동의한다.

'속여서는 안 된다. 동족끼리 사기해서는 안 된다.'

"헐랭." 내가 여기서 하고 있는 일이 떠올라 나도 모르게 소리를 내버렸다.

"뭐가 헐랭이죠?"

신부님을 올려다본다. 방에 계신 줄도 몰랐다.

"아무것도 아니에요."

"뭐 읽고 있어요?"

"레위기요." 내가 성경을 들어 보인다.

"오, 레위기." 신부님이 싱긋 웃는다. "좋은 얘기라도 있습니까?"

"아직까진 전혀요."

또 본심이 튀어나와버린다.

그때 바니가 빼꼼 고개를 내밀고 나에게 말을 건다.

"웬 젊은 남자가 자넬 찾아왔는데."

검은 머리카락에 키가 작은 남자가 바니를 뒤따라 들어온다.

"길다?" 남자가 나를 부른다. "주세페예요." 그가 손을 내밀어 악수를 청한다.

맙소사. 주세페를 잊고 있었다. 일단 악수는 한다. 머리카락은 젤을 발라 넘겼고, 왠지 몸에 너무 꼭 맞는 옷을 입고 있다. 딱 붙는 연어색 셔츠 뒤로 긴장된 이두박근이 보인다. 양쪽 겨드랑이 위로 땀이 흥건하다.

"스시 먹으러 갈 준비 됐어요?" 그가 웃으며 묻는다.

나는 두 손을 무릎에 포갠 채로 주세페의 차 조수석에 앉아 있다.

라디오에서는 일렉트로닉 댄스 음악이 흘러나온다. 향수와 샴푸, 바디워시, 방향제, 데오도란트, 애프터셰이브가 뒤섞인 압도적인 냄새에 속이 뒤집힐 지경이다. 되도록 숨을 참고 있다. 그는 음악 소리 너머로 오늘 단백질 셰이크 말곤 먹은 게 없다고 소리를 질러댄다. 오늘 헬스장에 다녀왔단다. 정신없이 바쁜 날이었지만 '쇠질'할 시간은 냈다는 것이다. 종일 고객들에게서 온 전화를 받았다고 한다. 주세페가 목청을 올릴 때마다 그가 스물아홉 살이고, 쌍둥이자리이며, 인생 멘토라는 사실 따위를 알게 된다.

"당신이 무언가를 간절히 바라고 그걸 이루려고 전력을 다한다면 온 우주가 도울 거예요." 주문한 스파이시 크리스피 연어롤을 절반 이상 먹어치우고서 주세페가 말한다. "저는 항상 고객들에게 말하죠. 당신이 원하는 삶으로부터 당신을 막아서는 건 바로 당신 자신이라고요."

나는 물을 꿀꺽 삼키고 주위를 힐끗 본다. 레스토랑에 걸어 들어오는 엘리노어를 상상한다. 이 남자와 데이트 중인 나를 발견하는 그녀를.

의자에 앉은 채로 구부정히 몸을 숙인다.

"책을 쓰고 싶다거나 백만장자가 되고 싶다거나 그밖에 어떤 일이든 성취하고 싶다면, 이미 그걸 해낸 나를 마음속에 그려보기만 하면 돼요. 그러면 실제로 이루어지죠. 그게 우주의 기운이 작동하는 방식이거든요."

다시 물을 한 모금 삼킨다.

첫 번째 데이트 날, 엘리노어와 나는 자연사 박물관에 갔었다. 목요일은 무료입장이었다. 전시관에 공룡 뼈가 있었다. 그 전시물에 너무 매료된 나머지, 계속 공룡 뼈 얘기만 했다. 데이트가 막바지에 이르러서야 내가 혼자 떠들어대고 있고, 내가 아주 끔찍한 데이트 상대라는 사실을 깨달았다. 내 불안이 평소답지 않은 수다로 발현된 것이다. 우리 사이에 어색한 침묵이 맴돌까 두려웠다. 우리가 만나기 전에 주고받은 이야기들을 엘리노어가 꺼내진 않을까 두렵기도 했다. 이미 며칠 동안 메시지를 주고받고 있었다. 우리가 만나기도 전에 나는 평소라면 입 밖에 내지 않았을 이야기들, 가령 우리 가족이라든가 최근 들어 기분이 어떻게 이상한가 하는 것들을 털어놨던 것이다. 결국에는 스스로가 너무 의식된 나머지 입을 다물고 말았다.

마갈로사우르스 뼈 앞에 서 있을 때였다. 나는 데이트를 망쳐버렸다는 것, 그녀가 다시는 나와 말도 섞지 않을 것이라는 생각에 깊이 빠져 있었다.

"메시지로 이미 친해진 사람이랑 실제로 만나니까 이상하지 않아?" 그녀가 먼저 말을 붙였다.

"말이 너무 많아서 미안해. 불안해서 그래."

그녀는 괜찮다고, 그런 것 같았다고 말했다.

나는 그녀에게 이번 데이트가 인생 최악의 데이트였는지 물었고, 그녀는 답했다. "아니."

그러고서는 자기가 겪은 최악의 데이트들에 대해 들려줬다. 한 번은 데이트 상대에게 강도를 당한 적이 있었단다. 어떤 사람은 그녀를 쓰레기 매립장으로 데려가 곰 구경을 시켜줬다고 했다.

내가 두 번째 데이트는 나쁘지 않은 것 같다고 말하자, 엘리노어는 나를 그 쓰레기 매립장으로 데려갔다. 우리는 곰들이 쓰레기 뒤지는 모습을 구경했다. 그녀가 내 손을 잡았다.

"저로 예를 들어볼게요." 주세페는 계속 얘기한다. "저는 아주 성공적인 회사를 운영하고 있어요. 그건 저 스스로 제한을 두지 않았기 때문이죠. 당신이 되고 싶은 사람처럼 행동하기만 하면, 당신은 그 사람이 될 수 있어요. 아주 간단하죠."

"만약 내가 되고 싶지 않은 사람처럼 행동하면요?"

그가 멈칫한다. "뭐라고요?"

"만약에 되고 싶지 않은 사람처럼 행동해도, 그런 사람이 되는 건가요?"

그가 얼굴을 찡그린다. "누가 왜 그런 행동을 하겠어요?"

* * *

"정말 즐거운 저녁이었어요." 우리 아파트 앞에 차를 세우며 주세페가 말한다.

"저도요." 나는 거짓말한다.

"언제 또 같이 저녁 먹어요." 그가 제안한다.

나는 대답하지 않는다. 창밖을 멍하니 내다본다.

엘리노어가 우리 집에 오고 싶어 할까?

나를 빤히 바라보는 주세페의 시선이 느껴진다. 그가 몸을 기울이기 시작한다. 나는 일부러 기침한다.

"미안해요." 할 수 있는 한 격렬하게 기침하며 내가 말한다.

"괜찮아요?" 그가 내 등을 두드리며 묻는다.

그 손길에 움찔하며 계속 켁켁거린다.

"괜찮아요! 죄송해요. 그냥 물 한 잔 마시면 될 것 같아요."

기침을 이어가며 나는 슬그머니 차에서 내린다.

"다음에 봐요!"

그를 향해 외치고는, 그의 시야에서 벗어날 때까지 입을 가리고 콜록거린다.

구글에 주세페의 이름을 입력하고 검색 결과를 내려본다. 범죄 기록이나 체포 영장, 뭐가 됐든 그와 다신 만나지 않아도 될 떳떳한 증거가 나오길 바라며 클릭한다.

법적으로 문제가 될 만한 건 찾아내지 못하고, 대신 그가 운영하는 유튜브 채널을 발견한다. 그의 브이로그 영상 제목을 차례로 훑는다. 혹여 누가 '아니 세상에나, 자매님처럼 빠질 데 없는 가톨릭 처녀가 주세페를 거부하다니요, 이유가 뭔가요.' 라고 물을 때 내놓을 만한, 빼도 박도 못할 치명적 결함이 나오리란 기대를 버리지 못한다.

"최고의 내가 되는 법."

"인생의 비밀."

"게임에서 승리하는 법."

나는 동영상을 차례로 클릭하며 주세페의 설교를 몇 토막씩 듣는다.

"당신이 이루려는 바를 먼저 이룬 사람들이 당신보다 특별한 건 아닙니다. 다만 자기 자신을 믿었을 뿐이죠."

나는 멈춘다. 그건 말도 안 된다. 만약 하반신 마비 환자가 체조 선수가 되길 바란다면?

"진정한 자기 자신이 되세요. 그러면 사람들은 당신에게 끌릴 겁니다!"

다시 멈춘다. 만약 내 진정한 자아가 불쾌하고 사람들을 불편하게 만든다면? 만약 내가 사이코패스라면?

"우리 모두 원하는 무엇이든 될 수 있는 능력이 있습니다!

당신은 원하는 것을 하는 데 필요한 모든 걸 이미 가지고 있어요!"

가난한 사람들은? 차별받는 이들은? 원하는 것을 할 수 있는 인지 능력이 없는 사람들은 어쩌고? 가톨릭 사제가 되고 싶은 여성이나 수녀가 되고 싶은 남성들은?

"당신의 삶에는 목적이 있습니다!"

"당신 존재에는 이유가 있어요!"

"당신이라는 존재는 중요합니다!"

나는 화면을 노려본다.

침대 옆에 쌓인 접시 더미 위에 물병을 올려놓으며 생각한다. 이성애자인 여자라도, 논리적 추론이 안 되는 남자는 매력 없다고 여기지 않을까? 주세페가 지나치게 비합리적이라는 사실만으로 그를 거부해도 괜찮을지 잠시 숙고해본다.

초등학교 때, 나는 폴 응우옌이 포크를 삽처럼 뒤집어서 쓴다는 이유로 그의 여자친구가 되길 거부했다. 애들은 그런 사소한 이유로 폴 응우옌 같은 애를 거절했다고 수군거렸다. 내가 틀림없이 레즈비언일 거란 소문이 삽시간에 퍼졌다.

주세페와 엘리노어가 동시에 문자를 보냈다.

엘리노어에게서 온 것부터 열었다. 오늘 밤에 영화 보러 갈래?

완전 좋아.

주세페가 뭔가 다시 보냈다. 마지못해 열어본다.

첫 번째 문자. 안녕, 길다.

두 번째 문자. 오늘 하루 잘 보내고 있어요?

그와의 대화를 옆으로 넘기고 빨간색 삭제 버튼 위에 엄지 손가락을 올려둔다. 누르기 전에 망설인다. 내가 이렇게 잠수를 타버리면, 주세페는 자기 형수한테 얘기할 거고, 곧 그녀가 다른 사람들에게 말할지도 모른다. 사람들은 영문을 몰라 하겠지. 뭔가 수상쩍다고 생각할 거다.

잠깐 고민한다.

만약 엘리노어가 나 몰래 주세페를 만나고 있다면 기분이 얼마나 더러울지 생각해본다.

인상이 절로 쓰인다.

그래도 내가 그 사람이랑 진짜 데이트하는 건 아니잖아. 나 자신에게 설명해본다. *이건 연기야. 나는 배우고.*

아무래도, 무시하기보다는 지루하게 만들어야 할 것 같다. 내게 흥미를 잃을지도 모른다.

그냥 이렇게 입력한다. 좋아요.

좋네요! 그가 스마일 이모티콘과 함께 답장한다. 방금 제 옛날 친구 브랜든이랑 점심 먹었어요. 이제 일하려고요! 당신도 오늘 일하나요?

나의 답장. 네.

그가 또 다른 스마일 이모티콘으로 답장한다.

엘리노어와 영화를 본다. 자판기 사업을 운영하는 두 여자에 관한 코미디다. 줄거리에 집중해보려고 하지만, 엘리노어의 웃음소리에 온 신경이 쏠린다. 뭔가 재밌을 때마다 꽤액 하고 터져 나오는 웃음소리. 꼭 오리가 내는 소리 같다.

엘리노어가 이 영화를 얼마나 재밌어하는지 관찰하는 데 푹 빠졌다. 그녀는 내가 영화를 보고 웃는 줄 알겠지만, 아니다. 그녀가 너무 귀여워서 웃고 있다. 잇몸이 보이는 그녀의 미소를 훔쳐보고, 꽥꽥 하는 웃음소리에 귀기울이고 있다. 그 모습이 너무 사랑스러워서 숨쉬기가 힘들어진다. 눈물이 차올라 눈앞이 흐려지고, 말도 할 수 없다.

* * *

"있지, 이거 바꾸는 거 일도 아냐." 엘리노어가 내 고장 난 리모컨을 들어올리며 말한다. "5달러 정도밖에 안 해. 새 걸 사지 그래?"

엘리노어가 목격하기 전에 더러운 그릇들은 전부 옷장에 밀어 넣었다. 하지만 고장 난 물건을 숨길 생각은 미처 못 했다.

내 전화가 울린다.

“사야지, 그래.” 나는 고개를 끄덕이며 폰을 찾아 주머니를 뒤진다.

주세페에게서 걸려 온 전화다.

“누군데?”

“모르는 번호.” 나는 수신 거부를 누른다.

엘리노어가 코를 곤다. 처음 우리 집에서 자고 간 날, 그녀가 미리 경고했다. “나 진짜 자고 가도 돼? 나 코 진짜 심하게 골아. 자고 가라고 한 거 후회할 거야.”

엘리노어는 코골이 때문에 학창 시절에도 친구 집에서 자본 적이 없다고 했다. 마음이 놓이지 않았다는 것이다.

코 고는 소리에 잠을 설칠 줄은 알았지만, 엘리노어의 기분을 상하게 하긴 싫었기에 괜찮다고 거짓말했다. “나는 옆에서 전쟁이 터져도 잘걸.” 실제로는 잠드는 거 자체가 어려운 일이면서.

엘리노어는 금방 잠든다. 베개에 머리를 대자마자 코를 골기 시작한다.

우리는 마주보고 누워 있다. 엘리노어를 등지고 잠들었지만, 곧 엉덩이가 아파서 몸을 돌려야 했다.

엘리노어는 잠들기 전에 물을 한 잔 찾았다. 우리 집에 있는 컵이란 컵은 모조리 옷장 안에서 썩고 있다는 걸 알았기에 순간 얼어붙었다. 결국엔 언제 열었는지 모를 게토레이 페트병을 헹궈서 물을 담아 건넸다. "컵이 하나도 없어?" 엘리노어가 병을 받아 들며 물었다. 나는 다 쓴 게토레이 병에 물을 담아 마시는 걸 좋아한다고, 어쩌면 그녀도 그럴지 모른다고 생각했다고 더듬거렸다. 자비롭게도 엘리노어는 더 캐묻지 않았지만, 어쩐지 찝찝함을 떨칠 수 없다.

창으로 스며든 불빛에 방 안이 푸른색으로 덮였다. 잠든 엘리노어의 파란 얼굴을 바라본다.

턱에는 흉터가, 눈가에는 눈웃음이 남긴 희미한 주름이 잡혀 있다. 한참을 들여다보다 문득 그녀가 자는 모습을 이렇게 보고 있어선 안 될 거 같다는 생각이 든다. 이러고 있는 거 좀 변태 같아.

코 고는 소리가 크긴 진짜 크다.

쿠르릉.

눈이 무거워진다.

쿠르릉.

눈을 감는다.

쿠르릉.

엘리노어가 옆에 있으니까 이상하게 진정이 된다. 그녀의 온기가 침대를 덥힌다. 그녀의 숨소리와 코 고는 소리가 자장자장 나를 재운다.

쿠르릉.

호흡이 깊어진다. 팔다리가 무거워진다.

쿠르릉.

나는 잠에 빠져든다.

"길다의 영적 동물은 뭐예요?" 주세페가 전화로 묻는다.

점심시간이라 성당 주방에 앉아 있던 참이다. 장례미사 후에 남은 에그샐러드 샌드위치를 먹고 있다. 맛이 이상하다. 상한 걸 먹은 것 같다.

"내… 뭐라고요?"

주세페는 계속 전화를 건다. 오늘만 세 번이나 무시했지만, 그래도 계속 걸었다.

"영적 동물이요." 그가 다시 말한다.

"그게 뭐죠?"

"당신이 조율하고 배워야 할 자질과 능력을 나타내는 토템이에요. 영혼이 우리를 인도하고 돕고 보호한다고 믿는 네오샤머니즘 신앙의 한 요소죠."

"처음 들어보는데요. 당신은 뭔데요?" 간신히 답한다.

"난 사자예요." 물어봐주길 기다렸다는 듯 대답이 돌아온다.

"사자요?"

"그래 보이죠? 사자의 영혼은 용기와 리더십, 어려움을 극복하는 힘을 상징해요."

"무슨 어려움을 극복했는데요?"

"음, 내 사업을 시작한 거요. 사업가로 산다는 건 진짜 어려운 일이거든요. 당신 영혼을 인도하는 동물은 뭐일 것 같아요?" 그가 다시 묻는다.

주세페가 가장 좋아하지 않을 것 같은 동물을 떠올려본다.

"아마도 돼지."

"흠, 흥미롭네요…. 멧돼지라. 풍요와 다산의 상징이에요."

잉그리드에게 문자로 주세페 사진을 보내며 이렇게 쓴다. 이 남자 어떤 거 같아?

잉그리드는 확실한 이성애자다. '극혐'이라고 말해주길 기대해본다.

잉그리드가 입력 중인 게 보인다.

답이 온다. 귀엽네.

젠장.

"나 너한테 할 말 있어." 엘리노어가 말한다.

그녀를 향해 고개를 돌린다. 심박수가 올라간다. 뭐지?

그녀가 내 얼굴을 찬찬히 들여다보고, 나는 그녀가 하려는 말이 뭘지 떠올려본다.

헤어지고 싶은 걸까?

어쩌면 내가 주세페랑 있는 걸 봤을지도 몰라.

"이 영화 지난주에 봤어." 그녀가 턱으로 TV를 가리킨다. "네가 좋아할 것 같아서, 너랑 다시 보고 싶었어."

안도의 숨을 내쉰다.

"안 봤다고 거짓말해서 미안해." 엘리노어가 우리 위로 담요를 덮으며 말한다.

"괜찮아."

영화에서 웃긴 장면이 나올 때마다 엘리노어가 나를 보고 미소 짓는 걸 느낀다.

그만 보게 하려고 웃음을 참으려 하지만 영화가 진짜 웃긴다.

어떤 장면에서 한 여자가 토한다. 친구가 뒷수습을 해준다.

엘리노어가 헛구역질한다. "난 다른 사람이 토한 거 못 치워, 절대."

"나도 못 해. 난 비위가 약해."

"그래도 내가 정말, 정말 사랑하는 사람이라면, 할 수 있을 거 같긴 해." 그녀가 덧붙인다.

나도 끄덕인다. "그건 그래."

일라이의 토사물을 치우는 중이다.

엄마랑 쿠키를 구우려고 부모님 집에 왔다. 현관에 들어서서 엄마가 베이킹을 시작했는지 보려고 코를 킁킁거렸고, 즉시 누군가 토했다는 걸 알아차렸다. 나까지 거의 토할 뻔하고 나서 냄새를 따라가니, 일라이가 이불을 돌돌 만 채로 욕실 바닥에, 자기 토사물에 둘러싸여 있었다.

엄마는 아직 집에 안 왔고, 일라이는 계속 헛구역질한다.

"왜 이 난리야?" 수건으로 코와 입을 틀어막고서 간신히 묻는다.

"말도 안 되는 소리긴 한데, 아무래도 술을 엄청 퍼마셔서 그런 거 같아." 꼴에 농담은.

"너 진짜 구제 불능이다."

일라이는 차 한 잔을 들고 거실 소파에 파묻혀 영화 〈크리스마스 캐럴〉을 보면서 숙취를 다스리고 있다.

"애가 뭘 상한 걸 먹었나." 엄마가 커다란 볼에 담긴 반죽을 저으며 말한다.

나는 입을 꾹 닫고, 엄마 목소리만 부엌을 맴돌다 흩어진다.

일라이가 반쯤 잠든 걸 내다보고서 엄마한테 속삭인다. "재 정신적으로 문제가 있는 것 같아. 아무래도 전문가를 만나서…"

엄마는 내 생각을 쫓아내기라도 하려는 듯이 손을 휘젓는다. "아빠가 요새 초과근무 많이 하는 거 아니?" 갑자기 딴 얘기다. "이번 달 월급은 평소의 두 배는 될 거야."

엄마는 작은 공 모양으로 굴린 갈색 반죽을 포크로 누른다.

"일벌레야, 너희 아빠." 엄마가 흥얼거린다. "이번 주는 거의 매일 늦게까지 일했어. 아빠랑 결혼했을 때, 너희에게 물려줬으면 했던 게 그런 근면함이었는데. 엄마 머리카락이랑 아빠 직업의식을 물려줬으면 했단다."

나는 엄마의 머리카락도 물려받지 못했다.

"나 이번 달 내내 일했어." 내가 선언한다.

"뭐? 네가?" 엄마가 앞치마에 손을 닦는다. "직장 구한 줄도 몰랐네! 어딘데?"

대답하려다 멈칫한다. 성당에서 일한다고 할 수는 없다. 엄청난 질문 세례가 이어질 것이다.

"그냥 사무실이야." 절반의 진실만 말하기로 한다.

"와!" 엄마가 활짝 웃는다. "너무 기특하네! 어떤 사무실인데?"

부엌을 한 바퀴 둘러본다.

밥 크랫칫[5]의 목소리가 방 안으로 흘러들어온다.

"회계 사무실이야." 거짓말한다.

잘 안 들리는 쪽 귀에 스마트폰을 댄 채로 부엌 바닥에 누워

5 〈크리스마스 캐럴〉에서 과로와 저임금에 시달리는 인물.

있다.

주세페가 자기 얘길 하는 중이다.

어니라는 반려견이 있다.

아버지는 레스토랑을 운영한다.

형제가 셋이다.

"내향적인 편인가요, 아니면 외향적인가요?" 그가 묻는다.

"내향적이요." 별생각도 없이 대답한다.

"저는 외향적이에요." 누가 모르기라도 할 것처럼 그가 말한다.

"당신에게 가장 큰 두려움은 뭐예요?"

"아마 죽는 거요."

"저는 충만하지 않은 삶을 사는 게 두려워요." 그의 말에 내 대답은 옹색해져버린다.

"유복한 가정에서 자랐어요? 아니면 형편이 어려웠나요?"

"중산층인 거 같은데요."

"나도 그래요."

"운명을 믿어요?"

"아뇨."

"나는 믿어요." 그가 말한다.

"행운은 믿어요?" 그가 또 묻는다.

"그런 것 같은데요."

"나도 그래요."

키가 몹시 큰 커플이 오늘 결혼한다. 성당은 분홍색 장미 장식으로 터질 듯하다. 하객들은 모두 파스텔 의상을 입고 등장했다. 분홍색 하이힐과 하늘색 넥타이. 드레스 코드를 몰랐던 나만 잿빛으로 휘감고 있다. 흡사 봄의 초원에 드리운 먹구름이 된 기분이다.

오늘 내 역할이 뭔지 잘 모르겠는데, 성당 출입구에 서 있으라는 걸 보니 아마도 내 임무는 가고일[6]인가 보다.

나는 돌기둥에 기대어 열린 문틈으로 신랑 신부를 바라본다. 커플은 이제 마주보고 서약을 하려는 참이다. 신부가 특출나게 큰 입을 떼자, 그녀의 목소리는 본당 앞쪽에 설치된 마이크를 타고 영화 예고편에 나오는 성우의 우렁찬 음성처럼 건물 전체에 울려 퍼진다.

신부는 웅장한 목소리로 이 대머리 남자가 자신의 가장 친한 친구라고 말한다. 커플을 지켜보는 하객들 눈가가 그렁그렁하다. 신부는 허름한 소파에 그와 함께 앉아 있을 때보다 행복한 순간은 상상할 수 없다고 선언한다. 하객들은 탄성으로 화답한다. 신부는 그가 자기 곁에서 나이 먹고 머리가 세는 동안, 자신 또한 그의 곁에서 나이 먹고 머리가 세길 원한다고 울부짖는다.

6 중세 유럽 건물 지붕에서 망을 보는 악마 형태의 석상.

나는 신부의 드레스와 본당을 메운 꽃장식을 응시한다. 여기 서서 서로에게 큰 소리로 서약하려고 얼마나 많은 돈을 쏟아부었을지 가늠해본다.

“제일 좋아하는 음식이 뭐예요?” 주세페가 전화로 질문 공세를 이어간다.

“피자.” 무덤덤한 목소리로 대답한다. “당신은요?”

“케일이요.” 그가 기다렸다는 듯이 대답한다.

“케일이라고요?” 믿기지 않아서 되묻는다.

“넵.” 그가 못 박는다. “케일은 슈퍼 푸드예요. 많이 먹을수록 좋다고요. 설마 케일을 안 좋아하는 건 아니죠?”

“케일 안 좋아해요.”

그가 껄껄 웃는다. “우리의 몸은 곧 신전이에요, 길다. 영양소와 규칙적인 해독이 우리 몸을 독성 물질로부터 보호하고 건강과 웰빙을 가져다준다고요. 제대로 된 걸 먹어야 해요. 당신이 무엇을 먹느냐가 중요하죠. 당신 몸의 에너지 수준, 기분, 호르몬, 아우라에까지 영향을 미치거든요. 정말 중요한 거예요.”

“흠, 그렇군요.”

반쯤 소화되다 만 페퍼로니가 변기로 뚝 떨어진다. 나는 몸을 숙이고 손가락 두 개를 목구멍 깊숙이 밀어 넣고 있다. 라지 사이즈 피자 두 판을 혼자 먹었고, 속이 뒤집힌 나머지 손가락을 넣어 토할 수밖에 없었다.

* * *

제일 좋아하는 음식이 뭐야? 엘리노어에게 메시지를 보낸다.

와플. 엘리노어의 대답. 왜? 너는 뭐 좋아하는데?

"당신 안의 열정을 찾는다는 건 단순히 돈이나 직업에 관한 게 아니에요. 바로 당신 자신을 찾는 일이죠." 우리의 다음 통화에서 주세페가 설명한다. "자신이 누구인지 진정으로 아는 사람이야말로 성공한 사람이에요. 나로 말하자면 자아를 실현한 현실 전략가라고 해야 할까요. 그리고 나는 예를 들면… 그래, 성공한 정치인으로 사느니 이런 나로 사는 게 더 좋아요. 당신은 자신이 누구인지 알고 있어요, 길다?"

창문 너머 고양이 한 마리가 나를 빤히 쳐다보고 있다. 꽃무늬 소파 등받이에 웅크리고서. 성당으로 걸어서 출근하는 길에 그 고양이를 보았다. 좀 더 가까이에서 보려고 멈춰 섰다.

아주 잘생긴 고양이다. 초록색 눈에 윗입술 사이로 작은 송곳니가 삐죽 드러나 있다. 약간 비만한 것 같지만, 그래도 보기 좋다.

내가 얼마나 조그만 존재인가 생각하다가, 고양이는 이런 나보다도 얼마나 조그만가 상기하고 나니 기분이 묘하다. 거시적인 관점에서 내 존재는 이 고양이만큼만 중요하다. 따지고 보면 내 주변의 모든 사람이 이 고양이만큼만 중요하다. 좀 더 따져보자면, 나는 이 고양이가 중요해야 한다고 생각한다. 이 고양이는 엄청나게 중요한 존재로 여겨져야 한다.

고양이가 유리창 너머에서 내게 발을 뻗으려 한다. 그 조그만 발바닥을 본다. 핑크빛 발가락을 감싼 보드라운 털을.

내 두 손을 내려다본다. 내 손바닥을 뚫어져라 쳐다본다.

"커서 뭐가 되고 싶었어요?"

물을 채우지 않은 텅 빈 욕조 안에 앉아 있다.

"어렸을 때 말이에요?" 내가 묻는다.

"네." 주세페가 대답한다. "항상 성당에서 일하기를 꿈꿨나요?"

"아뇨. 수의사가 되고 싶었어요."

"어릴 때 학교에서 제일 좋아했던 과목은요?"

"물리." 내가 힘없이 대답한다. 하늘이 왜 파란지, 화성에서는 내 몸무게가 얼마나 되는지 따위를 배우는 걸 좋아했었다.

"난 연극을 좋아했어요. 겨울과 여름 중에 뭐가 더 좋아요?"

"저한테는 둘 다 똑같아요."

"난 개인적으로 여름을 좋아해요. 무엇이 당신을 설레게 하고 아침 일찍 일어나고 싶게 만들죠?”

도대체 이게 무슨 질문이람? 아무 대답이나 꺼내놓으려고 더듬거린다. “제 생각에는, 그러니까, 음. 저는… 음, 글쎄요, 말하자면….”

그가 웃는다. “미안해요, 길다. 많이 늦었네요. 이제 끊어야 할 것 같아요.”

일라이와 내가 커서 뭐가 되고 싶은지 이야기하는 오래된 홈비디오가 있다. 비디오 속의 나는 여덟 살이고 온통 보라색 옷을 입고 있다. 보라색 바지, 보라색 셔츠, 보라색 양말까지.

나는 자신 있게 대답한다. “동물 의사.”

일라이의 답은, “할머니”.

부모님은 일라이의 대답에 웃겨 죽으려고 한다. 두 사람의 웃음소리가 오디오를 뒤덮는다.

아빠가 엄마한테 말한다. “당신 어머니한테 가서 이 얘기 꼭 해드려야겠네.”

“그냥 할머니가 너무 좋은 거야.” 엄마가 깔깔거린다.

비디오는 다음 녹화분으로 넘어간다. 조금 더 나이 먹은 일라이와 내가 뒷마당에 있다. 스프링클러가 켜져 있다. 우리는 부모님이 보고 있는 줄도, 카메라가 돌아가는 줄도 모른다. 수영복 차림에 플라스틱 선글라스를 쓰고 있다. 일라이는 한 손은 엉덩이에 대고 다른 손으로 종이팩 주스를 들고 있다.

나는 스프링클러를 뛰어넘고 있다. 스프링클러 물보라 아래 잔디밭에 작은 무지개가 있다. 나는 무지개 위로 빙글빙글 재주를 넘는다.

"왜 저기에 무지개가 있어?" 일라이가 가리킨다. 아기 같은 말투다.

내가 아는 척하는 걸 보니, 마침 학교에서 무지개에 대해 배운 게 분명하다.

"햇빛이 물 같은 걸 통과해서 지나가면 말이야, 속도가 느려져. 물을 비스듬히 통과하면 빛이 구부러지는데, 그게 무지개가 되는 거야."

일라이는 더 이상 듣고 있지 않다. 돌멩이를 집어 들고 있다.

"햇빛은…" 학생이 떠났지만, 나는 강의를 이어간다. "색깔이 없는 것처럼 보이지만 사실 모든 색깔을 다 가지고 있어. 흰색이 모든 색깔이야. 그래서 무지개를 만들 수 있는 거야. 모든 색깔이 햇빛 속에 있어. 그게 굴절되는 거야."

시간은 자정이고, 나는 미사에 들어와 있다. 크리스마스 전야에 가톨릭 신자들이 선보이는 독특한 행동이다. 심지어 노인들마저 잠을 포기하고 미사에 와 있다. 본당 안 조명은 어둑하고, 신자들 모두 손에 촛불을 들고 있다. 본당에는 향내가 그

득하고, 성가대는 〈고요한 밤 거룩한 밤〉을 합창한다.

"어디에 앉을 거예요?" 어떤 남자가 내 어깨를 건드린다. 주세페다.

나는 돌아서 그를 마주본다. 주세페는 키 작은 중년 여성의 팔짱을 끼고 서 있다.

"안녕하세요." 뜻밖의 조우에 당황한 내가 말한다.

"길다랑 같이 앉고 싶은데." 그가 웃으며 말한다. "자리 찾아서 같이 앉을래요?"

주세페 옆의 부인이 날 보며 웃고 있다.

나는 끄덕인다. "아, 그럼요. 찾아볼게요."

그가 부인에게로 몸을 돌린다. "엄마, 이쪽은 길다예요. 지난번에 말했던 아가씨요."

부인의 미소가 한층 밝아진다. "만나서 정말 반가워요, 아가씨." 부인이 내 손을 꽉 쥔다.

"안녕하세요." 내가 간신히 내뱉는다.

"주세페 말대로 정말 귀엽네요." 부인이 환하게 웃는다.

성가대의 노래가 그친다.

"자리에 앉아야겠어요." 주세페가 엄마를 앞세우며 말한다. 지나치기 전에, 그는 내게 기대더니 뺨에 입을 맞춘다. 미지근하고 축축한 목소리가 내 귓속으로 곧장 스며든다. "메리 크리스마스, 길다." 온몸이 오그라든다.

* * *

"우리 곁을 떠난 이들을 위해 기도합시다." 제프 신부님이 강론대에서 엄숙하게 외친다. "특히 지난 크리스마스 이후로 세상을 떠난 이들, 짐 앤드류와 글로리아 페이스, 그레이스 모펫을 위해 기도합시다. 천국의 평화와 기쁨이 항상 이들과 함께하기를."

"주님, 우리의 기도를 들어주소서."

크리스마스다. 집에 죽은 새와 그레이비 냄새가 진동한다.

"너 머리 좀 잘라야겠는걸." 아빠가 일라이에게 무심하게 말한다.

머리카락이 한참 자랐다.

"아냐, 안 잘라도 돼." 내가 나선다. "저런 스타일이 어울리는데, 뭐."

일라이가 취했다. 산타 머리 모양 머그잔에 향신료가 들어간 럼주를 계속 따르고 있다. 엄마 아빠는 신경도 안 쓴다. 엄마는 〈징글벨〉만 흥얼거린다. 아빠는 자기 잔에 따라놓은 뭔가만 계속 홀짝이고 있다.

"야, 운전하지 마." 신발을 신겠다고 낑낑대는 일라이의 팔을 내가 잡아당긴다.

일라이가 입에 물고 있는 차 키가 달랑거린다.

"운전할 수 있다니까. 친구 집에 가는 거야."

부모님은 뒤쪽 방에서 〈멋진 인생〉[7]을 보고 있다.

나는 입술을 꾹 다문다. 일라이는 취했을 때 얼굴이 달라 보인다. 부어오른 데다 불콰하다.

"안 돼, 너 못 가." 내가 팔을 잡아끈다.

일라이는 팔을 뿌리치고 현관문을 느릿느릿 넘어서더니 차로 향한다. 내가 따라붙는다.

"그만둬, 일라이!" 내가 외쳐보지만, 일라이는 벌써 운전석에 올라타 차고에서 차를 빼기 시작한다.

도로로 빠져나온 차를 막아서보지만, 일라이는 가버린다.

텅 빈 도로를 멍하니 바라보며 서 있다. 나는 맨발에 코트도 입지 않았다. 눈발이 흩날린다. 일라이가 도로 위에 남기고 간 타이어 자국을 눈송이가 덮고 있다.

나는 팔짱을 끼고서 캄캄한 도로를 계속 바라본다. 일라이가 차를 몰다 다리에서 떨어지는 장면이 자꾸 머릿속에 떠오른다. 차가 다리 가장자리에서 솟구쳐 어두운 물속으로 가라

7 대표적인 크리스마스 고전 영화.

앉는 모습이 그려진다. 일라이가 창문을 내리려고 애를 쓰다 안전벨트에 끼인 채로 가라앉는 모습도. 멎어버린 동생의 가슴을 생각한다.

"너 내 지갑 봤니?" 엄마가 묻는다.

방을 한 바퀴 둘러본다. "아니, 못 봤는데."

"현관문 옆에 놔뒀거든. 도대체가 안 보이네…."

"지갑이 왜 필요한데?" 아빠가 묻는다. "크리스마스잖아. 어차피 다 닫았어."

"어디 있는지는 알아야 할 거 아냐." 엄마가 신경질을 낸다.

10분 정도 집 안을 뒤지다가 엄마는 다시 나를 의심한다. "길다, 네가 가져간 건 아니지?"

기가 막힌다.

"너 의심하는 거 아냐." 엄마가 안심하라는 듯 말한다. "그냥 확인차 물어본 거야."

순간 멈칫하다가 말한다. "그게 무슨 개소리야?"

"야!" 아빠가 건넌방에서 큰소리친다.

"지금 엄마 지갑을 내가 훔쳤다고?" 내가 소리 지른다.

"그런 말 안 했어!"

"누가 엄마 지갑을 가져간 거 같냐고? 난 일라이가 한 짓이라고 봐. 걔 지금 완전히 취했어. 방금 차 갖고 나갔는데, 엄마 아빠 둘 다 아무 말도 안 했잖아. 아, 그리고 걔 내 지갑에서도 돈 빼간 거 같아. 나 며칠 전에 커피숍에서 돈이 없어서 꼼짝 못 했거든. 걔가 훔쳐갔겠지. 엄마 아빠 아들 말이야, 지금 완전 쓰레기가 되고 있다고."

"그런 소리 하지 마!" 눈앞의 현실에 경악한 엄마가 머리를 흔든다.

"걔 문제 있어." 나는 멈출 생각이 없다. "제발, 우리 다 일라이가 술 문제 있는 거 좀 인정하면 안 돼?"

"크리스마스잖아!" 아빠가 뜬금없이 소리친다.

"내 진통제도 모조리 사라졌어! 팔이 부러졌는데, 빌어먹을 진통제가 하나도 없다고. 걔가 가져갔을 거야."

"길다, 그만해! 크리스마스라고." 아빠가 다시 소리친다.

"맞아, 크리스마스야, 아빠. 그리고 아빠 아들은 알코올 의존증 환자인 것 같고. 일라이는 단주 모임에 가야 해. 일도 못 하고 있어. 학교도 중퇴했잖아. 도움이 필요하다고. 치료 받아야 되고, 정신 상담 같은 게 필요해…."

"치료?" 마치 내가 막말이라도 내뱉은 것처럼 아빠가 되묻는다. "치료는 필요 없어. 내 아들은 미친놈이 아니라고!"

"걔는 치료 받으러 가야 해." 내가 힘주어 되풀이한다.

"나가!" 엄마가 소리 지른다.

"나가? 일라이한테 알코올 의존증이 있어서 나더러 나가라는 거야?"

"그만해, 길다!" 엄마가 머리를 마구 흔든다. "너 지금 아무 말이나 하고 있잖아!"

"아무 말? 엄마는 방금 내가 엄마 지갑 훔쳤다고 의심했잖아! 엄마 지갑을 훔친 사람은 아마 지금 일방통행로를 거꾸로 달리고 있을 거라고. 눈먼 두더지처럼 말이야! 내가 아무 말이나 하고 있다고? 개가 죽기라도 하면 어쩌려고?"

"눈먼 두더지?" 아빠가 말한다. "그게 도대체 무슨 비유냐?"

"왜 내 단어 선택에만 신경을 쓰는지 모르겠네! 아빠가 뭘 신경 쓰기로 했는지가 문제일 수도 있긴 하겠다."

"그건 또 무슨 소리야?" 아빠가 버럭 소리 지른다.

"지금 이런 얘기 할 때가 아냐." 엄마가 말한다.

"좋아, 그럼 일라이 올 때까지 미룰까? 아니면 개 장례식 때까지?"

"너 나가!" 엄마가 악을 쓴다.

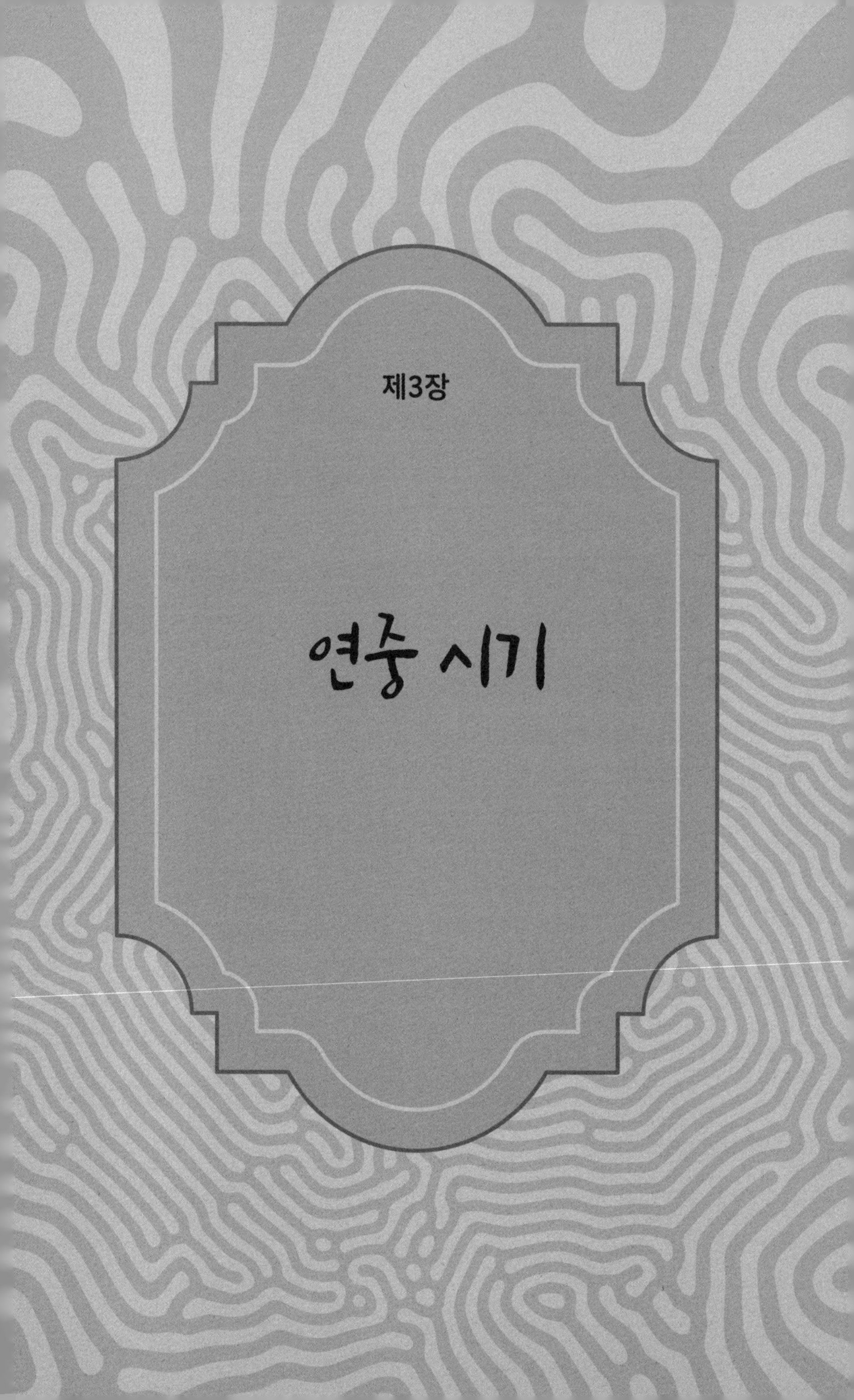

제3장

연중 시기

스스로에게 “지금 당장 먹고 싶은 게 있나?”라고 묻고, “감자튀김”이라고 답했다. 그래서 목숨을 끊는 대신 감자튀김을 사러 가기로 했다. 그 편이 더 논리적인 것 같았으니까. 아직 먹고 싶은 게 남아 있을 때는 목숨을 끊어선 안 된다.

“부모님과 싸웠어요.” 어두운 고해실에 앉아 격자 벽 너머에 있는 제프 신부님에게 내 죄를 고한다.

신부님이 고해성사를 보라고 하셨다. 가톨릭 신자들이 사제와 함께 벽장 안에 앉아서 자신이 저지른 모든 잘못을 고백하는 의식이다. 여기 들어오려면 먼저 붉은 커튼 뒤로 가야 한다. 고해실 자체는 화려하다. 바깥쪽에는 작은 별과 십자가가 새겨져 있다. 안쪽은 너무 어두워서 여기에도 그런 게 새겨져 있는지 안 보인다. 새겨져 있나 싶어서 벽에 손을 가져다 대어본다.

내 고용주에게 내가 얼마나 타락한 인간인지 고백해야 할 의무는 딱히 느끼지 못했지만, 신부님은 내가 고해하길 원했고 거절하는 건 무례한 것 같았다. 게다가 일라이 일로 부모님과 다툰 일에 대해서는 죄책감을 느꼈기 때문에 고해성사가 그 죄책감을 덜어줄 수 있는지 실험해보기로 했다.

아직까진 그다지 도움이 안 된다.

물론 내가 지은 죄의 많은 부분은 생략하기로 했다. 가톨릭 신자로서, 그리고 이 성당 직원으로서의 내 신분을 유지하기 위해서, 진짜 내 모습, 예를 들면 레즈비언에 무신론자이며 탐욕스럽고 나태한 사기꾼의 모습은 드러내지 않았다.

"동생이랑도 싸웠어요." 내가 고백한다.

마음속에서 또 고백할 만한 죄악들을 뒤져보는 동안 우리는 조용히 앉아 있다.

"돼지고기를 먹었는데… 이것도 죄가 되나요?"

"아니요." 신부님이 선을 그어준다. "우리는 아니에요."

* * *

신부님은 보속[8]으로 성모송 다섯 번, 주의 기도 세 번을 바치고 부모님께 전화하라고 하셨다. 나는 그 기도들을 어떻게 하는지도 모르고, 부모님께 전화도 하지 않았다. 보통 우리 가족은 싸우고 나면 한동안 연락을 끊고 무슨 일로 싸웠는지 기

8 고해성사 후 사제가 신자에게 속죄의 의미로 이행하게 하는 기도나 선행.

억나지 않는 척할 수 있을 때까지 기다린다. 지금 연락하기는 너무 이르다. 일라이가 괜찮은지 묻고 싶긴 하지만 두렵기도 하다. 계속 폰을 여닫기만 한다.

일라이가 태어났을 때 난 네 살이었다. 아기가 태어날 때까지 성별을 몰랐다. 나는 여동생이 태어나길 바랐다. 그때는 남자와 여자가 서로 다른 팀이라고 생각했고, 동생이 태어난다면 남자애들이 보는 TV 프로그램을 봐야 하는 줄 알았다. 그런 생각에 〈닌자 거북이〉나 〈마이티 머신〉이 TV에 나올 때마다 몸서리를 쳤다.

일라이가 태어나던 날, 아빠가 유치원으로 데리러 와서 병원에 데리고 갔던 게 기억난다. 엄마 팔에 안긴 조그만 주름투성이의 일라이를 보았던 것도. 그리고 내가 나직하게 "남동생이야, 여동생이야?" 하고 물었던 것도.

엄마가 말했다. "남동생이란다. 이름은 일라이야."

일라이 때문에 남자애들 TV를 볼 일은 없었다. 걔는 내가 좋아하는 프로그램이라면 다 좋아했다.

일라이는 크리스마스 이후로 내 문자에 답이 없다.

답장해줘. 내가 다시 문자를 보낸다.

답장해줘.

답장해줘.

답장해줘.

* * *

“오빠랑 사이 좋아?” 엘리노어에게 묻는다.

나란히 그녀의 침대에 누워 있다.

엘리노어도 남자 형제가 있다. 나이가 더 많다. 엘리노어는 오빠가 여기서 두 시간 거리에 살고 있고 도서관 사서라고 했었다.

“응. 좋은 친구라고 할 수 있지. 너랑 일라이는 어때?”

“그런 편이야. 걔가 요즘 좀 문제가 있지만.”

“너희 가족 중에 문제없는 사람도 있니?” 엘리노어가 장난스럽게 응수하지만, 완전히 빈말도 아니다.

“네가 감히!” 나도 같은 톤으로 받아친다.

엘리노어가 깔깔 웃는다.

“맞다, 까먹을 뻔했네. 너 주려고 뭐 하나 샀어.” 그녀가 갑자기 일어나더니 방을 나간다.

나는 가만히 침대에 앉아 그녀가 돌아오길 기다린다. 그녀가 없는 방을 한 바퀴 둘러본다. 벽은 온통 흰색이다. 식물 화분이 많다. 창문 앞에 놓인 책상은 어수선하다. 침대 옆 탁자에는 책이 쌓여 있다. 『컬러 퍼플』[9], 『소금의 값』[10]….

"이거야!" 그녀가 민트 초코 쿠키 한 상자를 들고 돌아온다. "이거 좋아한댔잖아, 그치? 우리 사무실 동료 딸이 이걸 팔길래, 너 주려고 하나 샀어."

엘리노어가 상자를 건넨다.

나는 상자를 보고, 웃고 있는 그녀의 입을 본다. 그리고 시간이 멈춘다.

내 마음이 묘하게 허둥댄다. 내가 지나가듯 한 말을 기억해뒀다가 돈을 써서 이걸 선물하는 엘리노어의 모습에, 어째서인지 내 마음이 미어진다.

"고마워." 간신히 입 모양으로 말하고, 마주 웃음을 지어 보인다. 나를 덮친 이 이상하고 갑작스러운 슬픔에도 불구하고.

엘리노어에게서 상자를 받아 들자, 심장이 쿵쿵 뛴다.

"내가 말한 걸 기억해주다니 정말 고마워." 제대로 말하려고 애쓴다. 마음속에서 어두운 쓰라림이 솟구치는 걸 감추느라 얼굴이 달아오른다.

9 인종과 성차별에 핍박받던 가난한 아프리카계 미국 여성의 삶과 연대를 주제로 한 앨리스 워커의 소설.

10 영화 〈캐롤〉의 원작 소설.

내가 세상의 한 공간을 차지하고 있고, 그래서 다른 사람들이 나를 볼 수 있다는 게 정말 기묘하다. 우주에서 추락하고 있는데 엘리노어가 장미 한 송이를 던져준 기분이다. 너무나 달콤하고, 무의미한 몸짓. 혼자 우주에서 추락하는 게, 내 옆에서 함께 추락하는 누군가를 보는 것보다 덜 괴로울 거다. 누군가 내게 잘해줄 때마다, 누군가를 안다는 것이 얼마나 이상하고 슬픈 일인지 또렷하게 실감하게 된다.

엘리노어가 활짝 웃는다. "네가 말한 건데 당연히 기억하지."

쿠키 상자를 찬장 안쪽, 성찬용 제병 꾸러미 뒤쪽으로 보이지 않게 밀어 넣는다. 찬장 문을 너무 세게 닫은 나머지 경첩 하나가 똑 떨어진다. 남은 경첩 하나가 찬장을 붙들고 있다. 찬장은 헐거운 이빨처럼 벽에 매달려 있다.

침실 창문 너머 하늘을 올려다본다. 푸르스름한 하늘을 하얀 뭉게구름이 가로지르고 있다. 한 줄기 빛이 창을 통과해 옷장으로 떨어진다. 햇빛 속에서 수백만 개 먼지 입자들이 둥둥 춤추고 있다. 내 스웨터에서는 데오도란트 냄새가 난다. 창틈 사이로 휘파람 소리 같은 바람 소리가 들린다. 냉장고가 웅웅거린다. 코로 공기가 들어왔다 나간다. 심장박동이 느껴진다.

옷장에 있던 접시들을 꺼내 싱크대로 옮겼다. 다섯 번을 왔다갔다했다. 머그잔 하나가 접시 더미에서 떨어져 마룻바닥 위에 깨졌다. 이제 분홍색 고무장갑을 끼고 싱크대 앞에 서 있다. 비누 거품이 부풀어오른다. 스펀지를 쥐고 접시 하나를 집어 든다. 말라붙은 붉은 소스를 문질러본다. 유리잔 안에는 상한 우유가 남아 있다. 싱크대 앞에 서서 정신없이 잔을 문지른다. 땀방울이 맺힌다.

일라이는 아직도 답장이 없다.

스마트폰을 연다. 엄지손가락으로 잔뜩 긁힌 액정을 밀어 올린다.

일라이와의 대화창에 들어가 입력한다. 살아 있니?

여보세요?

살아는 있어?

일라이처럼 보이는 남자를 따라 반려동물용품점에 들어갔다. 출근하던 길이었다. 강아지 간식 코너로 그 남자를 따라 들어가 서 있었는데, 돌아선 남자는 일라이가 아니었다. 일라이랑 조금 닮은 사람일 뿐이었다.

이제 나는 잿빛 새끼 고양이 세 마리가 들어 있는 우리 앞에 서 있다. 가게를 나가던 도중에 사이렌의 부름과 같은 희미한

야옹 소리를 들었다. 소리가 이끄는 대로 따라가보니 이 우리다. 철창 사이로 손가락을 집어넣는다. 새끼 두 마리가 엉켜 뒹굴며 장난치는 것을 지켜본다. 다른 한 마리는 내 손가락에 얼굴을 비벼댄다. 동물 보호소에서 온 새끼들이다. 우리 앞에는 고양이들의 이름과 달나이, 간단한 소개가 적힌 전단지가 놓여 있다. 제인, 개릿, 로레인. 태어난 지 12주 된 아기들이다. 예방접종도 받았다. 제인은 사교적이고 수다스러운 성격이다. 개릿은 조금 더 낯을 가리고 내성적이다. 내 손가락에 얼굴을 비비는 녀석, 로레인은 다정하고 차분한 성격이라고 적혀 있다.

"입양할 고양이를 찾고 계세요?" 직원이 내게 묻는다.

로레인의 초록색 눈과 앙증맞은 핑크빛 코를 바라본다.

네, 맞아요, 라는 말이 목까지 차올랐지만, "괜찮아요, 고맙습니다"라고 말하곤 가게를 나선다.

"경찰들이 무능하다니까!" 바니가 접힌 신문을 테이블에 내리치며 소리친다.

"무슨 일이에요?" 신부님이 신문을 집어 들며 묻는다.

"읽어보세요! 정말 열받아서, 원!"

우리가 신문 기사를 제대로 읽기도 전에, 바니가 계속 고함을 친다. "로리 데이먼 사건에서 그레이스 사례는 빠졌대요!"

"뭐라고요?" 깜짝 놀란 신부님이 얼른 신문을 훑는다. "그레이스 건이 빠지다니? 말도 안 돼요."

"그레이스 사례는 범행을 의심할 증거가 불충분하다는군요!" 바니가 벌게진 얼굴로 성을 낸다.

"정말 너무하는군." 신부님이 입을 가린 채 고개를 젓는다.

"세인트리고버츠 성당을 대표해서 전화한 겁니다!" 바니가 전화기에 대고 외친다.

스피커폰이었다. 신부님과 내가 그 뒤에 서 있다.

"우리는 알고 싶어요. 아니요, 알려주기를 요구합니다. 어째서 그레이스 모펫에게는 정의가 구현되지 않는지 말이오. 이 살인마 간호사가 분명히 그녀를 죽였어요! 당신들이 그녀의 몸에서 치사량의 약물이 검출됐다고 말했잖소! 그걸 어떻게 설명할 거요? 선량한 노부인이 그만큼의 약물을 가지고 있었다는 걸 어떻게 설명할 거냐고요? 간호사가 자백했잖소! 자기가 죽였다고요! 당신들 대체 일을 어떻게 하는 겁니까? 자백이 있어도 기소를 못 해요? 부끄러운 줄 아시오."

"선생님, 조금만 진정해주세요."

"우리 모두 살해당해서 내일 아침 차가운 핏덩이로 발견되어도, 당신들은 아무것도 하지 않겠죠!" 바니가 고함친다. "우리는 정의 구현을 요구합니다!"

"선생님 심정은 저도 이해합니다. 하지만 그레이스는 로리 데이먼에게 살해당한 게 아니에요."

"그럴 리가 없잖소!" 바니가 분노한다.

"그레이스의 죽음에는 의문점이 있고, 저희도 계속 조사 중이에요. 로리 데이먼은 유력한 용의자가 아닙니다. 로리는 자신이 저지르지 않은 살해 사건도 자기가 했다고 주장하는 것 같아요. 때때로 살인범들이 이렇게 하죠. 연쇄살인 건수를 늘리고 싶어 해요. 간호사는 자신이 그레이스를 죽였다고 진술하지만, 말이 안 돼요. 독성 검사 결과 그레이스의 몸에서 상당량의 세코바르비탈이 검출됐지만, 타임라인이 전혀 맞지 않습니다. 그레이스는 토요일 저녁에 사망했어요. 그날 오후에 목격됐고, 다음 날 아침에 발견됐죠. 해당 시간에 로리는 엘긴 병원 CCTV에 찍혔습니다. 모든 순간이 다 기록되어 있어요. 그녀가 다음 날 아침까지 병원을 떠난 흔적은 전혀 찾을 수 없어요. 그녀가 범인일 리 없습니다. 저희 역시 정의가 구현되길 바랍니다, 선생님. 그래서 그레이스의 죽음을 로리 탓으로 볼 수 없는 거예요."

한껏 부풀어올랐던 바니의 콧구멍이 점점 작아진다.

"그럼 다른 살인 용의자가 있다는 말씀이오?" 바니가 다시 확인한다.

"조사를 진행하고 있습니다."

성당 이메일을 연다.

그레이스에게,

연휴는 잘 보냈니? 가족과 함께 행복한 연말연시 보냈기를 바란다.

아이들이 우리 집에 왔어. 신디가 요리를 도와줬단다. 네가 가르쳐준 살구 타르트를 만들었어. 언제나처럼 인기 만점이었지.

하지만, 그래. 연말을 온전히 즐겼다면 거짓말이겠지. 짐의 부재가 너무나 컸어. 짐은 크리스마스엔 온종일 산타 모자를 쓰고 있곤 했는데. 만찬 땐 짐이 앉던 의자에 그 모자를 올려두었어.

내 삶에 남아 있는 것들에 더욱 감사하려고 노력하고 있어. 예를 들면, 내가 아직 건강하다는 것 말이야.

너는 어떠니, 그레이스? 몸은 괜찮고? 이제 우리 둘 다 늙은 새가 되어버렸구나, 그렇지?

새해 복 많이 받아.

사랑을 담아,

로즈메리

* * *

"이제 친애하는 그레이스 모펫을 위해 기도하고 싶습니다."

제프 신부님이 강론대에서 말씀하신다. 스테인드글라스를 통과한 붉은빛이 타일 바닥에 그림자를 드리운다. "그레이스는 최근 우리 곁을 떠나 천국으로 갔지만, 제 마음에 계속 찾아옵니다. 여기 계신 형제자매 여러분께서 저와 함께 그레이스를 위해 기도해주셨으면 합니다."

신자들이 중얼거리며 고개를 숙인다.

신부님이 선창한다. "은총이 가득하신 마리아님, 기뻐하소서. 주님께서 함께 계시니 여인 중에 복되시며, 태중의 아들 예수님 또한 복되시나이다. 천주의 성모 마리아님, 이제와 저희 죽을 때에 저희 죄인을 위하여 빌어주소서. 아멘."

본당 안은 고요하다. 나무 의자가 삐걱댄다.

나는 맞대고 있던 두 손에서 고개를 들어 본당을 한 바퀴 둘러본다. 모두 눈을 감고서 고개를 숙이고 있다. 기도문을 외는 신자들의 주름진 입가를 바라본다.

죽음은 이토록 쉽게 찾아오는데도, 여기 있는 사람들은 모두 살아남아 나이를 먹었다. 어린 시절 결핵과 소아마비, 그 밖에 인류를 위협한 끔찍한 질병들로부터 살아남은 이들이다. 안전벨트 없이 담배 연기 자욱한 차를 타고 다닌 이들이다. 말 그대로 전쟁 생존자다. 여기 있는 한 사람, 한 사람이 전부 끔찍한 일들을 겪었을 테지만, 그런데도 여기 모여 있다.

나도 여기 있고.

나는 눈을 감고 눈꺼풀 뒤의 어둠에 집중한다.

어둠.

인생의 막바지까지 무사히 도달한 누군가가 별안간 말도 안 되는 방식으로 목숨을 잃을 수 있다는 상상은 암울하다.

나는 눈을 더 질끈 감는다.

멀쩡히 움직이던 신체에서 한순간 생명이 영원히 사라진다는 것은 기괴하다.

어둠.

죽으면 우리 몸은 그저 쓰레기다. 우리 몸은 썩는다.

어둠.

내가 살아 있다는 게 믿기지 않아.

어둠.

내가 무엇이든 믿을 수 있다는 게 믿기지 않는다.

언젠가 한번은 아빠가 도자기 인형을 내 서랍장에 집어 던졌다. 인형은 산산조각이 났다. 인형 얼굴 조각들이 내 침대와 카펫 위로 튕겨 나갔다. 아빠는 별안간 내 방문을 열고 들어오더니 내가 방바닥에 모아둔 인형들을 죄다 들어올려 복도에 던져버렸다. 그러고서 도자기 인형을 빼놓았다는 걸 알아채곤 따로 주워 들어 서랍장에 내동댕이친 거다.

아빠는 내가 방을 치우지 않아서 화를 낸 것처럼 굴었지만, 당시 열 살이었던 나는 제법 눈치가 빨랐고, 그게 전부가 아니란 걸 알았다. 아빠는 무너져 있었다.

그 일주일 전에 아빠는 형을 잃었다. 갑작스러운 부고였다. 두 사람은 한동안 연락도 하지 않았다. 수년간 말도 하지 않고 지냈다. 난 큰아버지를 만나본 적도 없다.

큰아버지가 죽기 전에도 아빠가 소리 지르고 화를 낸 적은 있었지만, 물건을 부수고 폭력적으로 행동하는 경우는 드물었다. 이전과는 다른 분노였다. 도자기 인형을 부수기 전날에는 일라이가 신발을 제대로 안 벗어놨다고 소리를 질렀다. 아빠가 일라이의 팔을 엄청나게 세게 붙잡았고, 일라이는 제발 놔달라고 울며 악을 썼다.

일라이와 함께 내 방에 앉아 있었던 걸 기억한다. 손에는 머리를 잃은 도자기 인형을 쥐고 있었다. 엄마가 우리에게 말했다. "얘들아, 아빠는 그냥 좀 혼란스러운 거야."

나중에, 육촌의 페이스북을 통해 큰아버지에게 약물 문제가 있었다는 걸 알게 됐다. 큰아버지는 노숙인이었다. 약물 과다복용으로 숨진 거였다.

* * *

엘리노어에게 문자 메시지를 쓴다. 내 동생이 답장을 안 해. 크리스마스에 취해서 차를 몰고 나갔는데 이후로 소식이 없어. 엄마 아빠랑 싸워서 집에 전화도 못 하겠고, 어떡해야 할지 모르겠네.

내가 쓴 걸 두 번 읽어보고는, 지워버린다.

"플롭이 죽었어." 죽은, 생명이 빠져나간 토끼를 발견하고서 엄마 아빠한테 말했다. 넘치는 생명력으로 뛰어다녔던 토끼는 미동 없이 하얀 털 뭉치가 되어버렸다.

"제기랄." 아빠는 불평하며 리클라이너 의자에서 힘들게 몸을 일으켰다.

"아유, 얘야, 뭘 좀 가져다줄까?" 엄마는 호들갑이었다. "초코우유 마실래? 쿠키 먹고 싶어?"

내 눈이 플롭의 눈처럼 커다랗게 열렸다.

"죽으면 어떻게 되는 거야?" 일라이가 내게 물었다.

우리는 내 침대에 누워 천장에 붙은 야광 스티커를 올려다보고 있었다. 작은 달과 토성들로 이루어진 태양계 스티커였다.

나는 열 살, 일라이가 여섯 살 때다.

"모르겠어." 머리 위 행성들 아래서 작아지는 기분을 느끼며 나는 고백했다.

"그냥 아무것도 아니야?" 일라이가 조용히 물었다.

"아마도." 나는 속삭였다.

맑고 푸른 하늘이 백사장 위에서 빛나고 있다. 나는 코에 자외선 차단제를 묻히고 책 한 권을 팔에 끼운 채 서 있다. 『컬러 퍼플』. 눈 위로 손을 가져가 햇빛을 가리고서, 저 멀리 익룡이 기린만 한 독수리처럼 시체를 쪼아대는 모습을 발견한다.

"훠이!" 나는 팔을 머리 위로 휘저으며 소리친다.

"저리 가지 못해?" 그것들이 버려진 핫도그를 둘러싼 갈매기 떼라도 되는 양, 내가 뚫고 달려간다. "저리 가라고!"

동생의 몸이 잔뜩 구겨진 채로 모래 위에 누워 있다.

비명을 지르지만, 아무 소리도 나지 않는다. 목소리는 내 감각을 넘어선, 들리지 않는 음에 도달했다. 붉게 달아오른 내 얼굴은 온통 핏줄이 불거져 있다. 두 손에 모래를 한 움큼 쥐고서, 나는 구역질을 하고 있다.

잠에서 깬다.

일라이가 답장했나 하고 폰을 열어본다.

내가 적는다. 플롭이 죽었을 때 기억나, 일라이?

내가 어떻게 찾았는지 생각나?

난 항상 그때를 생각해.

내가 무슨 말 하는지 알겠어?

제발 답장 좀 해주면 안 돼?

네가 죽었을까 봐 무서워.

기차가 내 몸을 갈가리 찢으며 지나가는 장면이 눈앞에 번뜩인다.

내가 탄 버스가 철로를 넘어서고 있었다. 성당에 가는 길이다. 철로에서 시선을 들어 스마트폰 화면으로 돌린다. 화면에 문자 메시지 알람이 뜨자 심장이 요동친다. 일라이의 생존을 확인할 수 있길 기도하며 열어본다. 소식이 끊긴 지 여드레째다.

열어보니 엘리노어에게서 온 것이었다.

지금 무슨 생각 하고 있어?

시선을 버스 맞은편 유리창으로 옮긴다. 창틀에 걸린 아주 높은 절벽을 올려다보고, 그 끝에서 공중제비를 돌며 어두운 물속 깊이 빙글빙글 내려가는 내 모습을 상상한다.

괜찮아? 엘리노어가 다시 보낸다.

안녕, 그레이스.

짐의 부고를 보내주고 싶어서. 사진을 첨부했어.

사랑을 담아,

로즈메리

첨부된 이미지를 열어본다. 스캔한 종이신문인데, 폴로 셔츠 차림에 납작한 모자를 쓰고 미소 짓는 노인의 사진이 함께 실려 있었다.

짐은 뉴펀들랜드에서 태어나 1955년까지 부모님, 누이와 함께 그곳에서 살았습니다. 동물을 사랑했고 훌륭한 피아노 연주자였으며….

눈물이 차오른다.

그의 아내 로즈메리와 자녀들, 손주들, 그리고 누이는 그를 마음 깊이 그리워할 것입니다.

눈물이 앞을 가려 제대로 읽을 수조차 없다.

그는 사랑받는 아들이었고, 남동생이었으며, 남편이자 아버지, 그리고 할아버지였습니다.

"일라이 거기 있어?" 성당 화장실에서 폰에 대고 소리를 지르고 있다.

"맙소사. 무슨 일이니?" 엄마가 정신없이 대답한다.

"일라이 거기 있느냐고?" 다시, 더 크게 물어본다.

머릿속에 동생의 차가운, 밀랍 같은 얼굴이 진흙 속에서 썩어가는 모습이 떠오른다.

"아니. 왜? 괜찮니?"

신문에 일라이의 사진이 실린 걸 상상한다.

"걔한테 연락 있었어?" 쿵쿵 뛰는 가슴을 움켜잡는다. 딱딱하게 굳은 일라이의 가슴이 자꾸 떠오른다.

"아니! 왜? 일라이한테 무슨 일 있니? 너 때문에 무섭잖아."

이미 내 머릿속에서 그의 부고가 쓰인다. 멈춰줘.

"크리스마스 이후로 걔한테서 연락이 있었어?"

사랑하는 남동생이자 아들. 멈춰.

"그럼, 당연하지. 오늘, 오늘 아침에도 봤어. 왜? 걔한테 무슨 일 있니?"

숨이 턱하고 나온다. 일라이의 죽은, 멎어버린 가슴의 이미지는 끌어 올려지듯 사라진다.

"내 문자를 씹고 있어서." 숨을 헐떡이며, 나는 설명한다. "걔가 죽은 줄 알고 걱정했었어."

"오, 세상에, 길다!" 엄마가 소리친다. "무슨 끔찍한 얘길 하는 거니. 너 도대체 왜 그래?"

신자들이 성당을 빠져나간다. 바니와 뒷문 근처에 서서 천천히 건물을 빠져나가는 인파를 지켜보고 있다.

"그레이스 관련해서 들어온 소식 있어요?"

"아니." 그는 팔짱을 끼고서 마치 용의자라도 찾아내려는 듯 연로한 교구 신자들의 주름진 얼굴을 샅샅이 훑고 있다.

"그레이스에게 무슨 일이 일어났던 걸까요?"

"글쎄, 누군가가 죽였겠지."

"그러게요. 문제는 누가 그랬느냐는 거겠죠."

"아니지." 그가 고개를 흔든다. "문제는 왜 그랬느냐지. 동기를 알아내면, 누가 그랬는지도 알게 되니까."

"아하. 그럼, 짐작 가는 범행 동기가 있어요?"

"대개 돈 때문이지 않나."

"그레이스가 부자였어요?"

"모르겠어."

"보통은 면식범의 소행이야. 무작위로 살해당하는 경우는 드물지."

"그레이스가 결혼했었나요?"

"아니었던 것 같은데."

"무작위로 걸렸을 수도 있지. 최근 몇 년 동안 뉴스에 사이코패스들이 여간 나왔어야지. 어떤 미친놈이 나이 든 여자를 공격했대도 놀랄 일은 아니야."

팍스 경관이 신부님 사무실에 있다.

대화가 한 시간 넘게 이어지는 중이다.

문에 귀를 대고 엿듣고 싶은 충동이 인다.

나는 검색창에 '그레이스 모펫'을 입력하고 그녀의 부고를 찾아 검색 결과를 훑었다. 이름을 발견하고선 링크를 클릭한다. 링크와 함께 그녀의 사진이 떠서 잠시 멈췄다. 그레이스는 곱슬곱슬한 백발이었다. 분홍색 립스틱을 바르고 커다란 금테 안경을 썼다. 아주 사랑스러운 사람, 그러니까 사탕 그릇을 항상 채워놓고 가게에서는 점원들과 수다를 떠는, 그런 부류의 사람으로 보인다.

그녀의 눈이 내 눈과 마주친다.

안녕하세요. 조그맣게 인사하며, 혹여 그녀가 반겨주는지 본다.

사진에서는 아무런 답이 없고, 안도와 실망이 교차한다.

스크롤을 내려 내용을 읽는다.

세인트토마스 출신의 그레이스 모펫이 2019년 10월 11일 목요일에 86세를 일기로 눈을 감았습니다. 그녀는 고 리처드 '딕' 모펫의 사랑스러운 아내였고, 매튜와 크리스티나 스미스 부부의 소중한 딸이었습니다. 그레이스는 1933년 10월 1일에 태어났습니다. 세인트 리고버츠 성당의 일원으로서 10년간 행정 보조로 일했습니다. 이전에는 엘긴 상점에서 수년간 점원으로 일했습니다. 10대 시절 아버지 매튜와 어머니 크리스티나를 잃은 뒤, 여동생 메리, 페이스, 엘리자베스에게는 언니이자 어머니 같은 존재였습니다. 일요일 오후

1시부터 3시까지 세인트토마스 엘긴 스트리트 60번지 써니 장례식장에서 조문을 받습니다.

나는 거듭 부고를 읽으며 그레이스의 죽음에 대한 단서를 찾아본다.

남편에 대한 부분을 다시 읽는다. 그는 고인이다. 그레이스보다 먼저 세상을 떴다. 그러므로 용의선상에서 제외.

그녀는 이 성당에서 일했고, 동네 상점에서 점원으로도 일했다. 여동생들에게는 '어머니 같은 존재'였던 소녀 가장이었다. 이런 정황을 고려하면, 그녀가 부유했을 것 같진 않다. 즉, 누군가 그녀의 유산을 노리고 죽였을 가능성은 지극히 낮다.

바니의 논리대로라면, 오직 한 가지 가능성이 남는다. 사이코패스의 범행. 사이코패스가 그녀를 죽였을까?

"길다?" 바니의 목소리가 덜컥 끼어든다.

나는 고개를 든다.

"부탁 하나 해도 될까?"

망설인다. "그럼요."

그는 몸을 기울이고는 누군가 엿듣는지 확인하려는 듯이 주위를 둘러본다. "온라인에서 쇼핑할 수 있어?"

나는 멈칫한다. "네, 어… 뭐 사려고요?"

"책을 한 권 사야 하는데," 그가 목소리를 낮춰 말한다. "『살인자를 잡는 법』이라는 책이야."

불을 끈 채로 침대에 누워 있다. 창문 아래로 지나가는 사이렌 소리가 들린다. 문을 잠갔었나.

살인자가 아파트 밖을 어슬렁거리는 모습을 상상한다. 우리 집 현관 손잡이를 향해 손을 뻗는 살인자의 실루엣이 떠오른다. 이불을 턱까지 끌어 올린다. 푹신한 담요가 잠재적 살인자로부터 날 보호해주길.

복도에서 들리는 부스럭 소리에 내 팔에 난 털들이 쓸모없는 작은 병정들처럼 오소소 곤두선다. 눈을 감고 폭발을 상상한다. 총격. 폭탄. 목을 조르는 손과 얼굴을 짓누르는 베개. 유리잔에 부은 독극물과 인파로 가득 찬 도보로 뛰어드는 차량. 목을 칭칭 감은 밧줄과 휘발유, 성냥, 그리고….

멈춰.

다른 것 좀 생각해봐.

그레이스와 부패하고 있는 그녀의 시신을 떠올린다.

그만.

이거 말고 다른 거.

"당신 만트라가 뭐예요?" 주세페가 묻는다.

"내 뭐요?"

"만트라요. 제 경우는, '나를 사랑하고, 나를 믿으며, 나를 응원한다'예요."

나는 입을 다문다.

"길다의 만트라를 하나 생각해볼까요. '나는 능력 있고 가치 있다'. 이건 어때요?"

나는 찌푸린다. "능력 있고 가치 있다니, 무슨 뜻이에요? 무엇에 대한 능력이고 가치인데요?"

그가 웃는다. "알았어요, 다른 걸 찾아보죠. 그럼 이건 어때요…."

"주변에 살해당한 사람 있어요?" 내가 그의 말을 끊고 이 끔찍한 대화를 좀 더 흥미로운 방향으로 돌려보고자 한다.

"네? 아뇨. 왜요?"

"사람들이 살해당한다는 거 정말 말도 안 되지 않아요? 그러니까 살인이라는 개념 자체가요. 이상하지 않아요?"

"그런 것 같네요." 그가 주저하며 대답한다. "좀 어두운 주제 같은데요. 안 그래요? 그런 음울한 에너지를 당신 삶에 들이면 안 돼요. 대신 삶이나 생기 같은 것들을 생각해봐요."

"알았어요." 내가 대답한다. 머릿속엔 죽음과 무력함에 대한 생각을 잔뜩 품고서.

* * *

"주변에 살해당한 사람 있어?" 얼음이 가득 찬 유리잔에 탄산음료 한 캔을 쏟아부으며 부모님에게 묻는다. 쏴아, 하는 소리와 함께 얼음 조각이 톡톡 부딪치는 소리가 엄마의 대답을 묻어버린다.

일라이는 방에 처박혀서 내려오지 않는다.

엄마가 말한다. "뭐? 아니."

"아, 나는 있지." 아빠가 말한다. "전에 우리 집 정원 손질 맡겼던 남자가 동네 여자 셋을 살해했어. 완전 또라이였지. 그 사람 이름이 뭐였더라, 여보? 아서였나?"

"아, 아서 얘기 꺼내지 마!" 엄마가 손을 휘젓는다.

우리 아파트 외벽에 붙어 있던 '고양이를 찾습니다' 전단지가 반쯤 헤져 있다. 이제 미튼즈의 이름도 알아볼 수 없다. 나는 그 앞에 멈춰 서서 잿빛으로 바래고 벗겨진 사진을 물끄러미 바라본다.

해가 지고 있고, 하늘은 핑크빛이다.

미튼즈의 가족이 새 고양이를 데려왔을지 궁금하다.

"어려서부터 나는 행복에 몰두했어요. 행복한 사람들의 비밀을 알고 싶었거든요. 행복한 사람과 불행한 사람을 가르는 게 뭔지 궁금했죠."

주세페는 매일 밤 전화를 걸어온다. 그만하게 하려면 어떻게 해야 할지 모르겠다.

"그게 뭐였는데요?" 나는 무심하게 내뱉으며, 그가 내 말투를 듣고 이런 주제에는 그다지 흥미가 없다는 걸 알아차리길 바란다.

엘리노어는 지금 뭘 하고 있을까.

"행복한 사람들은 감사하는 마음을 키워요. 공동체의 활발한 구성원으로 활동하고, 지구와 자기 주변 사람들과 깊이 연결되어 있다고 느끼죠. 영적인 사람들도 많고요."

한동안 정적이 흐른 뒤에 주세페가 묻는다. "행복해요, 길다?"

나는 욕실 바닥에 누워 천장 팬 주변에 번진 곰팡이를 바라보고 있다.

"보통은 아니에요." 별생각 없이 대답한다.

"뭐라고요?"

"엇." 배역에 맞지 않는 말실수를 한 것 같다.

"제 말은, 그러니까… 행복하다고요." 내가 정정한다. "정말 행복하죠. 제게 주어진 모든 행복에 대해 매일 주님께 감사하고 있어요."

“살인자들은 눈에 잘 띄는 곳에 숨어 있다는군.” 바니가 말한다. 그는 내가 주문해준 책에 코를 박고서 내 책상에 기대고 있다.

“최악의 범죄자들은 오히려 평범해 보인대.” 계속 읽어나간다.

나는 컴퓨터 화면을 응시한다.

“‘범죄자는 언제나 범죄 현장으로 돌아온다’는 말, 들어본 적 있어?”

나는 고개를 끄덕인다.

“그레이스를 죽인 사람이 누구든 매주 우리 성당에 올 게 분명해.”

“여기서 돌아가신 건 아니잖아요?”

“모르지.” 그가 건성으로 대답한다. “살인자 가운데 많은 이들이 어린 시절 이불에 실수했다는 걸 아나? 또 어렸을 때 머리를 다친 경우도 많대. 아, 그리고 트로피라는 거 들어본 적 있어? 자기가 죽인 희생자들이 지니고 있던 걸 작은 기념품 삼아 수집한다는 거야.”

신부님이 내게 서류 더미를 건넨다. 건네받는 순간 신부님 손가락의 반지가 빛을 반사한다. 가슴이 조여온다.

“여기 색인표 좀 붙여줄래요?” 신부님이 묻는다.

“그거 그레이스의 반지 맞죠?” 내가 손가락을 가리킨다.

신부님이 반지를 내려다본다. “그래요, 그녀를 기억하려고 끼고 있지요."

"그레이스가 신부님께 준 거예요?"

"음, 책상에 두고 떠났죠. 걱정 마요, 장식용 보석일 뿐이니까. 값진 거라면 여동생들에게 주었을 거예요. 그냥 작은 기념품일 뿐이랍니다."

나는 구글 검색창에 '사제' 키워드를 입력하고 충격적인 검색 결과를 훑어본다.

양 떼를 노리는 목자들

타락한 남성은 왜 가톨릭 교회에 끌리는가

왜곡된 사제의 심리 분석

하느님 아버지. 약탈 본능이 강한 남성이 사제가 되고자 하는 건, 취약한 이들에게 힘을 행사하는 지위에 오를 수 있기 때문이라고 설명하는 기사를 읽으며 탄식한다. 모니터에서 눈을 떼고 신부님 사무실 문을 올려다본다. 불길한 예감이 나를 덮친다.

"왜 사제가 되고 싶으셨어요?" 나는 신부님에게 넌지시 물으며, 은근한 심문을 시작한다.

"아, 부름을 느꼈다고 해야 할까요." 신부님은 콧노래하듯 답한다. "마치 부모나 의사, 아니면 예술가가 되기 위해 태어났다고 느끼는 사람들처럼 말이에요. 이렇게 말하면 이해되려나?"

신부님은 도자기 머그잔을 들고 사무실 주전자 옆에 서 있다. 나는 머그잔을 유심히 쳐다보며, 일상적인 물건도 무기가 될 수 있다는 사실을 염두에 둔다. 예를 들면, 도자기 머그잔으로도 얼마든지 사람을 팰 수 있는 법이다.

그레이스의 죽음이 의문스럽다는 사실이 밝혀졌을 때, 신부님이 얼마나 분개했던가? 그러고서는 울기까지 했었지. 살인자도 눈물을 흘릴까? 신부님이 제대로 연기하고 있는 거라면?

"결혼하거나 아이를 갖고 싶었던 적은 없으셨어요?" 나는 질문의 방향을 세심하게 돌려가며 조금 더 추궁한다.

물이 끓으면서 주전자가 휘파람 소리를 낸다. 신부님은 뒤돌아 뜨거운 물을 머그잔에 붓는다. "글쎄, 아니요, 설령 그런 생각이 있었더라도… 하느님이 나를 선택해서 성직의 길로 이끄셨던 것 같군요. 차 좀 들겠어요, 길다?"

나는 고개를 젓는다. "감사하지만 됐어요."

온라인 토론장을 둘러보고 있다. 사제들은 남편이나 아버지가 될 생각이 없기에 더 방탕한 경향이 있다는 주장이 펼쳐진다. 동의하는 댓글 수백 개가 달린다. "짝을 찾아 번식하는 것이 인간의 본능이거늘, 내재적 욕구를 따르지 않는 사제들이 수상쩍긴 해."

제프 신부님이 남편이나 아버지가 되길 원치 않는다는 사실이 내겐 대수롭지 않다. 나 역시 아내나 엄마가 되고 싶은 생각은 없으니까. 전통적인 성 역할에 얽매이지 않는 사람을 이해하는 게 어려운 일은 아니다.

말이 되는 통찰 같아서, 토론장에 내 의견을 보태기로 한다.

솔직히 남편이나 아버지가 되고 싶지 않아서 사제가 되었다는 사람보다, 무언가가 되라는 부름을 받아서 사제가 되었다는 사람이 더 이해 안 돼.

의견을 올리자마자 댓글이 달린다. 뭔 개소리임?

내 글을 바로 삭제한다.

커튼 틈으로 스며든 한 줄기 빛이 레이저 포인터처럼 눈을 찌른다.

나는 눈을 감은 채로 일어나 앉는다.

"여기가 어디야?" 당황한 채로 어둠 속에 대고 묻는다.

돌아오는 응답은 없지만 시야가 조금씩 회복된다. 소파와 테이블 그림자가 눈에 들어오고, 곧 내가 부모님 집 거실 소파에 있다는 사실을 알아차린다.

부엌에서 설거지하는 소리가 들린다.

"나 여기 어떻게 온 거야?"

"뭐라고?" 흐르는 물소리 너머로 엄마가 소리친다.

"내가 여기 어떻게 왔느냐고."

"무슨 소리 하는 거니? 내가 어떻게 알아. 버스 타고 왔겠지. 얘가 지금 무슨 말을 하는 거야?"

식료품 가게 앞 벤치에 앉아 주차장을 오가는 사람들을 쳐다보고 있다. 어떤 여자의 장바구니가 터진다. 토마토소스가 담긴 유리병이 콘크리트 바닥에서 박살난다. 여자의 얼굴을 쳐다본다. 잔뜩 짜증이 난 표정이다.

눈을 깜박인다.

카트 하나가 미끄러져 자동차 문으로 돌진한다.

쾅.

가게 안으로 걸어 들어갈 힘을 모아야 하는데.

일어나.

일어나봐.

좀 일어나보라고.

사람들이 물건을 집어 들며 자꾸 내 팔을 스치고 간다. 가게는 무척 붐빈다. 아기를 품에 안고 띠를 동여맨 여자가 마지막 남은 반값 레토르트 카레를 향해 나를 밀치고 돌진한다.

형광등 불빛에 눈이 따갑다.

“길다?”

나를 부르는 소리에 돌아서서, 이름이 기억나지 않는 고교 동창생과 마주친다.

“오, 안녕.” 이름이 뭐더라. 일단 인사한다.

케이틀린?

커스틴?

“어떻게 지내?” 이름 모를 동창생이 활짝 웃는다.

“잘 지내지!” 나도 활기차게 응답해본다. 여전히 이름은 떠오르지 않고. “넌 어때?”

타라?

사라?

미셸?

“와, 요즘 최고야.” 그녀가 손가락에 낀 약혼반지를 내보이며 씩 웃는다. “데번 커닝스 기억하지?”

기억은 안 나지만 고개를 끄덕인다.

심지어 너도 기억 안 나, 라고 말하고 싶다.

“대학에서 사귀기 시작했거든.” 그녀가 손가락을 내려다보며 미소 짓는다. “고등학교 때는 서로 관심도 없었어. 기억나?

난 그때 폴이랑 사귀고 있었잖아. 업타운에 집을 샀어, 체리 스트리트에. 침실이 많아서 좋아. 벌써 아이를 생각하고 있거든."

"어쩌다 그렇게 된 거야?" 이번엔 내 팔을 가리키며 묻는다.

"아, 어떤 꼬맹이가 내 깁스에 사인을 하겠다더니 페니스를 그렸어. 그래서 내 동생이 그 위에 덧칠한다고…."

그녀가 웃는다. "아니, 내 말은, 어쩌다 다쳤느냐고."

"아, 작은 교통사고가 있었어."

"어머, 저런!"

"뭐, 괜찮아."

그 애가 날 진짜로 걱정하는 것 같진 않다. 그저 자기 남편과 집, 앞으로의 계획을 이야기하고 싶어 할 뿐이다. 잘 살고 있다고 인정받고 안심하고 싶은 것이다. 자기 존재의 무게를 내게 증명하고 싶어 한다. 어떻게 해야 그녀의 삶이 순항하고 있다는 신호를 줄 수 있을까.

어떤 식으로든, 내가 그녀를 인정해줄 수 있다는 게 이상하다. 내가 쟤한테 뭐라고? 왜 쟤는 내가 자길 어떻게 생각하는지 신경 쓰는 걸까? 난 누군지 기억도 못 하는데. 그 애가 어떤 말로 날 인정해줄 수 있을지는 짐작도 가지 않는다. 자기가 이렇게 측은하게 쳐다본 사람 중에서는 그나마 내가 가장 흥미롭고 중요하고 아름답고 성공한 사람이라고 말해줄지도 모르겠다. 그래봤자 내겐 다단계 사기에 끌어들이려는 사람의 사탕발림 그 이상도 이하도 아니다.

제인?

클라라?

"정말 잘 지내고 있는 것 같네." 마침내 이렇게 말해주자, 그 애 눈빛이 반짝 빛난다. 한마디 더 해준다. "진짜 잘됐다. 어쩐지 너 너무 예쁘더라."

이름 모를 동창생은 활짝 웃는다.

유통기한이 이틀 이상 남은 우유는 하나도 없고, 깨끗해 보이는 것도 없다. 그나마 사람들 손이 덜 닿았기를 바라며, 선반 맨 뒤에 있는 우유를 집어 든다.

"유통기한이 이틀밖에 안 남았네!" 우유를 건네자, 엄마가 짜증을 낸다.

가게를 다녀온 건 엄마 심부름이었다.

"미안해."

"왜 유통기한 더 남은 걸 안 찾은 거야?"

"생각 못 했어." 내가 거짓말한다.

땀 냄새에 술 냄새까지 섞여 덮친다. 나는 코를 움켜쥐고 냄새의 출처를 노려본다.

일라이이가 막 방에 들어왔다.

“여기서 뭐 하고 있어?” 문간에 서서 내게 묻는다.

“그냥 왔어.” 동생이 신발 벗는 걸 지켜본다. 부모님은 뒷방에서 TV를 보고 있다. 일라이는 스니커즈를 벗다 실수로 양말 한 짝도 같이 벗어버린다.

“야, 너 크리스마스 이후로 내 문자에 답장 한 번도 안 하더라.” 내가 따지고 든다.

일라이는 다른 쪽 신발을 벗느라 비틀거리다 눈을 굴린다.

“죽은 줄 알았잖아.”

내 말에 코웃음을 친다. “그랬으면 좋겠네.”

속에서 부글부글 화가 치밀어 오른다. 벌떡 일어난다.

“그 말 취소해.” 전류가 온몸을 타고 흐르는 것 같다.

“내가 죽었으면 좋겠어.” 일라이는 히죽거리며 반복한다.

일라이의 어깨를 주먹으로 친다. 뒤로 넘어간다.

일라이는 웃으면서 계속 말한다. “내가 죽었으면 좋겠어. 내가 죽었으면 좋겠어.”

내가 구석으로 몰아넣는 동안 일라이는 계속한다. “내가 죽었으면 좋겠어.”

주먹으로 때린다. “그 말 그만해! 그만하라고!”

“뭣들 하는 거야?” 아빠가 버럭한다.

나는 일라이를 계속 때리고, 일라이는 덤비지 않는다.

"그만 싸워!" 아빠가 소리친다.

아빠가 나를 일라이에게서 떼어내려고 하자 내가 발로 찬다. 아빠 안경이 부서진다.

엄마가 소리 지른다. 커피 테이블이 뒤집힌다. 장식 접시들이 와장창 깨진다.

"도대체 왜 이러는 거야, 길다?" 엄마가 울먹인다.

멍든 눈에 대고 있던 봉지에서 냉동 방울양배추 한 알이 굴러떨어진다. 데굴데굴 굴러 어린 시절 쓰던 내 침대 밑으로 들어간다. 양배추가 거기 영원히 머무는 걸 상상한다. 곰팡이가 피고 썩어가면서.

내 방에는 환풍구가 있어서 아래층에서 소리가 올라온다. 부모님이 낮게 주고받는 얘기를 들을 수 있다.

"도대체 쟤가 왜 저러는지 모르겠어." 엄마가 말한다.

"다 큰 성인이잖아."

"왜 동생이랑 싸우고 있는지 모르겠네."

"자기 앞가림을 좀 해야 할 텐데."

이 방은 내가 열여덟 살이 되기 전에 겪었던 거의 모든 정신붕괴의 현장이다. 여기서 숨을 헐떡이던 날들을 기억한다.

내 생각을 처리하기가 어렵다. 뭔가를 제대로 분석해보기도 전에 나를 붙잡고는 이렇게 자문한다. *어째서?* 어째서 내가 이렇게 신경을 쓰는 거지? 그런 게 왜 중요해. 그러니까 내 동생이 알코올 의존증이 있다는 문제 같은 거 말이야. 죽고 싶다고 말하는 게 뭐가 대수냐고? 그 말을 내가 왜 이렇게 신경 쓰는 걸까?

어떻게 해도 기분이 나아지지 않는다. 생각 좀 해보려고 해도 내 의식이 몸에서 떨어져나와 나를 바라보기 시작하면 곧 멈춰 서고 만다.

저기 내가 있네.

일라이가 알코올 의존증에서 벗어났으면 하고 생각하는 날 좀 봐.

나 좀 봐, 이제 울잖아.

바보 같기는.

야, 그만 울어.

하나도 안 중요해.

광활한 우주를 생각해봐.

"내가 뭘 올리든 내 마음이야! 예술이라고, 바보들아!" 일라이가 이렇게 소리쳤던 기억이 난다.

일라이는 인터넷에 올린 그림 때문에 아빠한테 외출 금지를 당했다. 일라이는 열다섯 살이었고, 그즈음 성기를 매우 가까이에서, 기이한 앵글로 잡은 일련의 작품을 그렸다.

부모님은 이 작품이 단순히 주목받기 위해, 그리고 가족을 쪽팔리게 할 의도로 그려졌다고 해석했다. 난 괜찮은 작품이라고 생각했다. 집에 걸어두고 싶었을 정도다.

"이 집에서는 안 돼!" 아빠가 버럭 소리 질렀다.

"이 집에서 올린 거 아니거든. 학교에서 올렸어." 일라이가 능청스럽게 대꾸했다.

"너 도대체 뭐가 문제냐?" 아빠가 말했다. 부엌에서 주전자가 끓으며 휘파람 소리를 냈다.

엄마가 중재에 나섰다. "그만, 여기서 그만해. 그림들 다 내리면 되잖아."

일라이가 말했다. "꺼져. 안 내릴 거야."

아빠가 일라이의 팔을 잡았다. "너 말조심해."

일라이가 뿌리쳤다. "지금 나랑 싸우려고? 큰아버지랑 싸운 것처럼?"

어느 날 밤 일라이와 나는 내 방 환풍구에 대고 부모님 대화를 엿들었다. 아빠는 엄마에게 10대 시절 형과 싸우곤 했던 얘기를 털어놓고 있었다. 그 얘길 하면서 아빠는 울었다. 그렇게 싸운 게 형이 망가진 이유 중 하나일지도 모르겠다고 걱정했었다. 나는 그럴 리 없다고 생각했고, 일라이 역시 그렇게 생각하지 않았다는 걸 안다. 아빠가 일라이의 뺨을 때렸다.

우리 가족이 다툴 때마다 나는 멀리 떠나 다시는 식구들과 말도 섞지 않고 사는 걸 상상했다. 새로운 대륙에서 새로운 삶을 시작하는 걸 생각했다. 그러나 침대에 누워 잠들기를 기다릴 즈음이면, 죄책감이 몰려오곤 했다.

아침에 잠에서 깨면, 우리는 서로를 못 본 척한다. 그러다 며칠이 지나고, 결국에 우린 아무 일도 없었던 척한다. 누군가 실없는 농담을 하고, 엄마는 차를 끓여 내올 것이고, 아빠는 날씨나 옆집 사람들 이야기를 하는 식으로.

부모님 집 밖에 서 있는 나무들은 내 기억 속에서보다 크다. 나는 집 앞 보도에 앉아 멍하니 주변을 보고 있다.

유년 시절의 어떤 기억들은 어제 일보다도 생생하다. 예를 들면, 어느 날 밤 이 거리에서 동네 아이들과 했던 숨바꼭질. 그때 같이 놀던 애들 얼굴이 하나하나 다 기억난다. 해 질 무렵이었고, 검은 아스팔트 도로가 가로등의 오렌지빛을 반사하고 있었다. 그림자는 도로 위로 길게 늘어져, 우리를 따라 움직이고 달리고 있었다. 우리는 이웃집 울타리를 뛰어넘어 모르는 집 뒷마당을 가로질러 달렸고, 남의 집 수영장에 뛰어들거나 강아지를 쓰다듬었다. 그중에 하나는 포메라니안, 다른 하나는 골든 리트리버였다. 이 보도에 앉아 슬러시를 마셨다. 내가 마시던 건 빨간색과 파란색 맛이 섞인 거였는데, 혀끝에 닿던

맛과 그때 내 기분을 정확히 기억한다.

지금의 나는 그때의 나와 같은 사람일까?

그보다 더 어렸을 때, 나는 집 앞 도로가 바다라고 상상했다. 분필로 도로 위에 불가사리와 고래, 뗏목을 그렸다. 손가락에 반창고를 감고 있었는데, 반창고의 끈적한 부분에 분필 가루가 묻었다. 나는 분필로 그린 뗏목 위에 누워 눈을 감았다. 상어에 대해, 물속에서 상어 지느러미가 내 주위를 빙빙 맴돌면 어떤 기분일지에 대해 상상했다.

도로에 누워 있으면 차에 치일 수도 있겠다고 생각했지만 그대로 누운 채 일어나지 않았다. 부모님 둘 다 나를 보고는 달려 나왔고, 거기 누워 있다고 심하게 혼을 냈다. 당장 방으로 들어가라고 했다. 아빠가 소리 질렀다. “그러다 죽을 수도 있어! 그다음엔 어쩔 건데?”

그다음엔?

그날 남은 하루 내내 창가에 앉아 도로에 그린 바다를 바라보면서 내가 정말 죽었다면 어떻게 됐을지 생각했다. 그리고 그다음엔? 그다음엔? 그다음엔 뭐지? 유리창 뒤에 나와 함께 갇힌 거미가 있었다. 가까이에서 들여다봤다. 가느다란 다리의 매듭진 부분과 조그만 괴물 같은 얼굴을.

또 다른 밤에는 부모님 차를 훔쳐 타고 가다가 길 건너 가로등 기둥을 들이받았다. 열여섯 살 때였다. 기둥에 손을 댔더니 매끄럽고 차가운 느낌이 들었던 걸 기억한다. 차가 부딪친 곳을 만졌을 땐 거칠고 울퉁불퉁했다. 해변으로 차를 몰고 가 거기서 목숨을 끊을 생각을 했다. 사고를 내서가 아니라, 오랫동안 우울했기 때문이다. 하지만 그 대신 맥도날드에 가서 감자튀김 한 봉지를 주문하기로 했다. 맥도날드 직원이 내 주문을 확인하려고 다시 물었고, 나는 되풀이했다. "감자튀김 한 봉지 주세요."

집에 돌아와서 일라이에게 말없이 감자튀김을 건넸다.

"어… 고마워." 갑작스러운 호의에 당황한 일라이가 조심스럽게 말했다.

원래는 내가 먹으려고 산 감자튀김이었다. 스스로에게 "지금 당장 먹고 싶은 게 있나?"라고 묻고, "감자튀김"이라고 답했다. 그래서 목숨을 끊는 대신 감자튀김을 사러 가기로 했다. 그 편이 더 논리적인 것 같았으니까. 아직 먹고 싶은 게 남아 있을 때는 목숨을 끊어선 안 된다.

그러고 나서야 차를 훔친 일, 가로등 기둥을 박은 일, 자살 생각을 한 것에 대해 곰곰이 생각해보았다. 그다음엔? 그다음엔? 그다음엔? 문득 떠올랐다. 일라이가 감자튀김을 먹고 싶어 할지도 몰라.

* * *

벽 하나를 사이에 두고 일라이 방에서 우는 소리가 들린다.

그 소리에 신경을 쓰지 않으려고 스마트폰을 들여다보고 있다. 인스타그램 피드를 스크롤한다. 내 계정에는 사진이 두 장뿐이다. 하나는 '나'라는 캡션이 달린 쓰레기통 사진, 다른 하나는 지나가다 본 고양이 사진. 지난 4년 동안 아무것도 올리지 않았다.

다른 사람들이 올린 게시물을 잘 보진 않지만, 오늘은 보고 있다. 초등학교 때 날 괴롭혔던 애들과 그냥 아는 사람들의 늙어가는 얼굴을 본다. 생후 몇 개월이라고 적힌 작은 칠판 옆에 그들의 아기가 누워 있는 사진을 본다. 남자애들은 멜빵 바지를 입고 있고, 여자애들은 커다란 리본이 달린 머리띠를 하고 있다. 솜털만 난 조그만 머리와 당황한 듯 동그랗게 뜬 눈이 카메라를 응시하며 이렇게 말하는 것 같다. *엥, 이게 뭐야? 나 왜 칠판 옆에 눕혀놨어? 왜 안 안아주는 거야?*

내 또래 남자들은 머리가 벗겨지고 술배가 나오기 시작했다. 스크롤을 내리며 지나친 거의 모든 사진마다 여자들이 꽃무늬 여름 드레스를 입고 베이비샤워나 브라이덜샤워 파티에 참석해 있다. 한 번씩 거시기 모양의 흉악한 장식품과 음식이 등장하는 총각 파티 사진도 나온다. 인정 욕구를 채우려고 올리는, 암울하고 끝없고 어색한 사진들. 그리고 그 속에서 조금이나마 돋보이겠다는 시도들.

잠시나마, 이 사람들보다 내가 우월하다고 느낀다. 내가 찍은 쓰레기통 사진이 이 사람들 모두 나를 질투해 마땅하다고 느끼게 만든다. 나는 이들 위에 있다. 내 의식 수준은 이보다 높다. 이 사람들은 나는 끼지도 않을 게임에서 지는 중이다. 하지만 다음 순간 벽 너머에서 일라이가 흐느끼는 소리를 들으며, 나는 이들 모두가 진정으로 중요한 존재라는 느낌, 인정받고 있다는 기분을 느끼길 바라고 있다. 이 끔찍한 사진들이 그들의 존재에 대한 진정성 있고 의미 있는 흔적을 조금이라도 담고 있었으면 좋겠다.

내 머리카락은 보라색이고, 피부는 잿빛이다. 나는 연못에 둥둥 떠 있다.

"넌 다 큰 성인이잖니." 엄마 목소리가 내 의식 속으로 헤엄쳐 들어온다.

꽁꽁 언 방울양배추가 하늘에서 후드득 떨어진다.

"왜 동생이랑 싸우려 드는 거야?"

나는 물속에서 발차기한다.

"자기 앞가림을 좀 해야 할 텐데!"

확대경에 비친 내 모습을 들여다보고 있다. 내 모공, 그리고 뺨을 뒤덮은 작은 금빛 털. 눈꺼풀을 가로지르는 선과 눈 밑 주름의 기묘한 무늬들. 내 속눈썹은 자라면서 색이 바뀐다. 뿌리는 검은색이고 끝으로 가면 금발이다. 눈에는 가느다랗고 붉은 혈관이 있고 동공 주위는 노랗다.

눈을 깜박인다.

옷을 입은 채로 얼음장 같은 욕조 안에 누워 있다. 발로 수도꼭지를 조종한다. 수도꼭지를 밀어 차가운 물이 욕조 안에 흐르게 두었다가, 잠그고, 다시 튼다.

틀었다가.

잠근다.

화장실에 서 있다가 복부 깊은 곳에서 공황의 낌새를 챘다. 가만히 누워서 받아들이고 싶지 않아서, 말하자면, 막아보겠다는 결심을 했다. 무엇을 해야 할지 몰랐고 차가운 물에 몸을 담그면 도움이 될지 모르겠다고 생각했다. 그래서 이러고 있는 거다. 옷을 다 입은 채로, 차가운 욕조에 누워서.

더러운 접시와 빈 머그잔을 침대 옆 탁자에 올려둔다.

버스에서 10대 여자애가 내 옆자리에 앉아 있다. 스마트폰에 대고 뭐라고 속삭이고 있다. 열세 살쯤 되었을까. 여드름이 심하고, 손톱에 칠한 파란색 매니큐어는 벗겨져 있다.

여자애는 계속 폰에 대고 어색하게 킥킥대며 "내 말이"라고 말하고 있다.

그 애 입을 쳐다본다.

몹시 긴장한 모양이다.

"내 말이."

"하하, 내 말이."

"아, 내 말이!"

전화를 끊는다.

여자애가 숨을 토해낸다.

초조해하는가 싶더니, 다른 번호를 누른다.

"엄마? 무슨 일 있었게? 라라가 나한테 전화했어." 아이는 흥분한 목소리로 속삭인다.

"응, 나랑 친해지고 싶은가 봐." 조그맣게 말한다.

내 심장이 철렁 내려앉는다.

"알아. 나도 걔가 나 놀리거나 그런 거 아니었으면 좋겠어." 여자애가 계속 말한다.

심장이 뱃속 깊숙이 쑥 가라앉는 바람에 그대로 몸 밖으로 튀어나와 버스 바닥에 떨어지지 않을까 싶다.

여자애가 티셔츠 밑단을 잡아당기고 있다. 옷이 너무 작아서 부드러운 뱃살을 내보인 채 말려 올라가 있다.

눈을 감고 아이의 대화를 듣지 않으려고 노력한다.

"알아, 너무 기대 안 할게." 아이의 조그만 목소리가 내 머릿속으로 흘러들어온다.

"괜찮아요?" 버스에서 도망치듯 뛰어내리자 모르는 사람이 묻는다.

"아, 네. 감사합니다. 괜찮아요." 나는 울면서 대답한다. "알레르기 반응이에요."

"느낌이 이상해요." 응급실 의사한테 호소한다.

"뭐가 문제예요?"

"이상하게 들리겠지만요," 나도 안다. "도무지 제 몸 안에 뼈가 있는 것 같지 않아요."

"몸 안에 뼈가 있는 것 같지 않다니, 무슨 뜻이에요?"

"그냥 그런 것 같아요." 목소리를 낮춰 되풀이한다.

코트 아래로 내 팔을 꼭 붙잡고 있다. 일부러 팔뚝의 피부를 깊게 베었다. 의사에게 사실대로 말하지는 않았다. 베인 곳을 꿰매러 온 거지만, 대기하고 있는 동안 의료진이 나를 입원시키거나 아예 가둬둘 수도 있겠다는 생각이 들었다.

어쩌면 사고였다고 말해야 할지 모른다.

"사고였어요."

"뭐가요?" 의사가 혼란스러운 얼굴로 되묻는다.

"아니에요, 죄송해요." 나는 중얼거린다. "그냥 몸이 안 좋아서요."

"우울해요?"

나는 그렇다고 대답한다. 팔에서 피가 흘러 손으로 떨어지는 게 느껴진다.

"처음 우울하다고 느끼기 시작한 게 언제예요?"

잠시 생각해본다. "열한 살 때였던 것 같아요."

"열한 살이요? 그렇게 오랫동안이나요? 열한 살 때 무슨 일 있었어요?"

"아뇨, 딱히 그렇진 않았어요." 나는 대답하며 흘러내린 피를 짙은 색 청바지에 몰래 문질러 닦는다.

열한 살 때의 나를 똑똑히 기억한다. 때는 여름이었고, 나는 길게 자란 노란 풀밭에 누워 있었다. 무당벌레들이 붕붕 날고, 하늘에서는 흰 뭉게구름이 빠르게 흐르고 있었다. 마치 하나의 실험처럼, 그 순간을 기억하자고 다짐했던 걸 기억한다. 그 순간이 특별히 잊을 수 없을 만했던 건 아니었다. 그저 혼자서 생각에 잠겨 있었고, 무언가를 자발적으로 선택해서 기억하기로 결심했을 뿐이다.

열한 살 이전의 기억들은 희미해지기 시작했다. 열한 살처럼 느껴지지 않았다. 사람들이 나이를 물어보면, 종종 실수로 열 살이라고 대답했다. 시간이 빨리 흐르는 것 같았다. 유년에 대한 향수를 느꼈고 무언가를 잊었다는 사실이 속상했다. 1학년 때 선생님 이름이 뭐였지? 부모님이 거실 벽을 새로 칠하기 전에는 무슨 색이었더라? 유치원에서 제일 친한 친구가 누구였지? 내가 현재에 온전히 머무르지 못하는 사람처럼 느껴졌다. 나는 언제나 과거를 돌아보거나 미래를 걱정했다. 그날 바람이 불었고 풀이 흔들렸다. 무당벌레들은 흔들리는 풀잎에 매달리거나 멀리 날아가고 있었다. 나는 엄청나게 슬펐고, 그렇게나 밝고 쾌적한 환경에서 그토록 슬퍼한다는 것이 얼마나 이상한 일인지 잘 알고 있었다.

그리고 그때, 모든 순간은 기억과 무관하게 영원히 존재한다는 사실을 깨달았다. 일어난 일은 일어난 일이다. 시간 속에서 한순간을 영원히 차지하고 있다. 나는 어느 여름날 풀밭에 누워 있는 열한 살짜리 여자애였다. 그 순간만큼은 그것이 진실이었고, 남은 생의 매 순간, 일어난 일들을 잊고 나이 들어가며 성냥처럼 타버리리란 사실을 인식했다. 결국 모든 게 재가 될 때까지. 그래서 그 순간만큼은 기억하기로 다짐함으로써 나 자신을 위로해주었다.

우울증 환자로서의 악전고투 끝에 마침내 선택적 세로토닌 재흡수 억제제를 처방받는 영광을 누리게 됐다. 약사가 처방전에 따라 내게 메달을 수여하기를 기다리는 중이다. 영광의 자리에 나를 지명해준 챈 박사님과 이런 짐을 안겨준 나의 뇌에 감사를 전한다.

약사는 약국 구석으로 나를 손짓해 부른다. 내가 그쪽으로 걸어가는 동안 다른 손님들이 힐끔거린다.

약사는 이 약이 메스꺼움과 위 불편감, 성 기능 장애, 피로, 어지러움, 불면증, 체중 변화, 두통을 유발할 수 있다고 설명하고 나는 고개를 끄덕인다. 약사는 내게 자살 충동이 생기면 곧장 의사에게 연락하라는 말도 덧붙인다.

"안녕하세요, 의사 선생님?"

"저희는 의사가 아니고요, 원격 의료센터입니다. 환자분 건강 상태에 따라 진료 예약을 권할 수는 있어요. 오늘 어떤 문제가 있으신가요?"

"아, 아무것도 아네요."

* * *

이틀 동안 출근하지 않았다. 내 방에 그릇이 다시 쌓이기 시작했다.

엘리노어가 새 한 마리 사진을 보냈다.

새에 관한 책을 읽고 있는데, 얘는 분홍가슴파랑새야.

예쁘다. 내가 답장한다.

네가 좋아할 것 같아서.

사진을 확대해본다. 보라와 파랑 깃털, 작고 검은 부리를 들여다본다.

요즘 다시 조용해졌네. 엘리노어가 다시 메시지를 보낸다. 괜찮지 않을 땐 말해줘야 해, 알았지?

응. 거짓말한다.

내가 덧붙인다. 새 사진 더 보내주라.

이 고가도로 아래로 지나가는 차들은 엄청나게 빨리 달린다. 아무도 제한 속도를 지키지 않는다. 저마다의 목적지를 향해 돌진할 뿐이다. 나는 난간 밖으로 다리를 흔들고 있다. 여기에서 땅으로 떨어지기까지 얼마나 걸릴지 궁금하다. 콘크리트 위에 짓눌린 내 허벅지가 얼마나 거대하게 보일까 생각하면서, 동시에 이 광활한 세상 속에서 내가 얼마나 조그만 존재인가 생각하고 있다.

나는 또 제프 신부님에게 살해당한 그레이스에 대해, 철창 안에서 혼자 죽어버린 플롭에 대해, 불타 죽은 미튼즈에 대해, 술에 취한 일라이와 슬픈 10대 소녀들, 겨울의 노숙자들, 그리고 핵폭탄에 대해서도 생각하고 있다.

가끔 운전하다가 방향을 틀어 다른 차들과 뒤섞이는 생각을 한다.

무언가의 모서리 가까이 서 있으면, 한 발짝 내딛는 생각을 한다.

약을 먹거나 표백제로 청소할 때, 아니면 칼을 사용할 때마다, 그걸로 다 끝내버릴 수도 있다는 생각이 파고든다.

밤하늘에 빛나는 작은 점들이 박혀 있다. 밤하늘에 거대한 불덩어리들이 박혀 있다. 내 크기는 개미 천만 마리를 모아놓은 것만하고, 무게는 딛고 선 바위의 백분의 일도 나가지 않는다. 모든 게 너무나 중요하면서 동시에 사소하다. 토할 것 같다.

한쪽 신발 끈이 풀렸다. 신발이 떨어져 저 아래를 지나가는 운전자가 다치게 되면 끔찍하겠지.

나는 다리를 모아 웅크린다.

응급실 접수처 앞에 가 선다. 뭔가 하는 것처럼 보이려고 팸플릿을 읽는 척한다. 팸플릿 제목은 야뇨증이다. 읽는 척하기 전에 미처 제목을 보지 못했다.

"길다, 오늘은 어떻게 도와드릴까요?" 접수처 직원이 서류에서 눈을 떼고 나를 올려다본다.

“또 왔어요.” 내가 손을 흔든다. 직원은 내가 들고 있는 팸플릿을 본다. 나는 팸플릿을 원래 자리에 돌려놓으려다가 다른 팸플릿까지 다 떨어뜨리고 만다.

“제가 좀 끈질기죠?” 떨어진 팸플릿 몇 장을 긁어모으면서 내가 웃는다.

직원이 가식적으로나마 웃어준다. “오늘은 어떤 문제로 오셨나요?”

“그냥 불안 증세가 도진 것 같은데요.”

내가 인정한다.

“그렇지만 제 아파트에서 죽고 싶지는 않아서요. 왜냐하면 제가 고양이 한 마리를 키우는데, 걔가 제 얼굴을 먹을 거라고 어디서 읽었거든요. 아, 저는 상관없는데, 가족들도 있고, 가족들이 아마도 개방형 관을 쓸 거라서…”

“앉아서 기다려주세요.” 그녀가 대기실 쪽으로 고개를 까딱한다.

“감사합니다.” 내가 끄덕인다.

사실 나는 고양이를 키우지 않는다. 집에서 혼자 죽고 싶지 않은 이유를 구체적으로 대야 한다는 압박감 탓에 그렇게 말했다. 진짜 이유는 콕 집어 말하기 어렵다.

"사업을 시작하기 전에는 저한테도 어두운 시절이 있었죠." 주세페가 말한다.

드라이브스루를 지나가는 중이었다. 나는 햄버거 두 개와 밀크셰이크 하나를 주문했다.

옆에 있는 사람이 엘리노어라면 좋았을 텐데.

"길을 잃은 느낌이었어요. 절망적이었고요. 제 고객들에게서도 늘 그런 걸 봅니다."

"어떻게 빠져나왔어요?"

"아, 그게 바로 시크릿이죠." 그가 웃는다. "사실은 정말이지 간단해요. 행복을 선택하기만 하면 되니까요."

"행복을 선택하라고요?"

"되게 쉽죠?"

그는 돈을 건네고 음식을 받아 내가 주문한 것들을 건네준다. 그리고 차를 주차하더니 내 쪽으로 돌아서 묻는다. "그래서, 남자랑 키스해본 적 있어요?"

사레가 들리는 바람에 컥컥거린다. 방금 비단뱀처럼 턱을 한껏 내리고는 햄버거를 최대한 크게 한 입 베어 문 참이었다. 그가 내 등을 두드려준다. 지나온 인생이 눈앞을 스쳐 지나간다. 내가 레즈비언인 걸 눈치챈 걸까? 감쪽같이 속였다고 생각했는데. 어떻게 알았지?

"제가 자연스럽게 물어보질 못했네요. 당신이 독실한 신자라는 걸 아니까 물어본 거예요." 그가 웃으며 설명한다. "신앙 때문에 순결에 대한 기준 같은 게 있는지 궁금해서요. 그동안 몇 번 만났지만, 스킨십에 적극적이진 않은 것 같아서…."

"아. 네, 맞아요. 바로 그거예요."

나는 방금 행복을 선택했다. 테이블 위에 펼쳐놓은 모든 감정 가운데 그걸 골랐다. 단연코 최고의 선택이다. 이전까지 내 손으로 쓰레기 같은 감정들만 골라왔다니, 정말이지 말도 안 된다. 반짝반짝 빛나는 무지갯빛 행복을 앞에 두고서 말이다.

우주여, 나는 행복해질 준비가 되었어. 이제 내게 맡겨줘.

* * *

여전히 내가 고른 행복을 기다리는 중이다.

사흘 만에 처음으로 출근했다. 집을 나서기 전에 그릇 두 개를 싱크대에 넣었다. 한 번에 두 개씩 처리하겠다고 나 자신과 약속했다. 그러면 결국엔 그릇을 전부 옮기게 되니까.

"어디 있었어?" 바니가 묻는다. "다들 걱정했다고."

"전화했어요." 나는 거짓말한다. "메시지 남겼는데. 못 받으셨어요? 몸이 안 좋았거든요."

제프 신부님이 내 뒤에서 들어오며 말을 건다. "저런, 아팠다니 안됐군요. 이제 좀 나아졌나요?"

"네." 내가 퉁명스럽게 대답한다.

바니가 부모들에게 보낼 동성애 경고 전단을 다시 인쇄했다. 나는 프린터에서 갓 나온 따끈따끈한 전단 한 장을 집어 든다. 아무 말도 하지 말아야지. 다짐해놓고 뭐에 홀린 것처럼 묻고 만다. "이게 다 뭐예요?"

바니는 내가 들고 있던 걸 거둬간다. "10대 자녀를 둔 부모들을 대상으로 한 인식 제고 프로그램이야."

이 성당 신자 대부분이 65세 이상이다. 10대 자녀를 둔 사람이 많을 것 같진 않은데.

"세상에 망조가 들었어, 길다." 바니가 한숨을 쉬며 말을 이어간다. "모든 젊은이가 자네처럼 주님 가까이 있지는 않아. 분명한 건 동성애가 죄라는 거지. 진보적인 요즘 젊은이들이 아니라고 해도, 그건 혐오스러운 거라고. 우리 아이들을 지켜야 해."

나는 입을 앙다문다.

바니가 목소리를 낮춘다. "사실 누가 자기 침대에서 뭘 하든 내 귀에만 안 들리면 그만이야. 하지만 요즘에는 온통 그런 얘기만 듣게 되지 않나."

바니의 얼굴을 들여다본다. 주름진 하얀 피부와 잿빛 눈썹을.

이 아저씨는 대체 어떤 세상에 살고 있길래 동성애 얘기만 듣는다는 거지? 누구랑 어울리는 거야?

"어떤 것들은 혼자 알고 있는 게 나아. 남들 침실 일은 내 알 바 아니지."

나는 실눈을 뜬다. 어떤 이성애자가 내게 자기 반려자에 대해 말할 때, 나는 그들이 자기네 침실 이야기를 하고 있다고는 생각하지 않는다. 그들 커플이 함께 살고, 같이 청구서를 계산하고, 어쩌면 아이들도 키우고 있겠다고 생각할 뿐이지. 선거 때면 아마도 같은 후보에게 투표할 거고, 죽으면 같은 묘지에 묻히지 않겠느냐고 생각하는 게 전부다. 그들이 어떻게 섹스하는지는 생각하지 않는다.

"난 그냥 그런 이야기는 듣고 싶지 않아." 바니가 덧붙인다.

내가 처음 사귄 여자애 이름은 카미 앤서니였다. 나보다 한 살 많았다. 카미는 11학년 미적분학에서 낙제해 우리 반에서 수업을 다시 들어야 했다.

누군가에게 반했을 때 우리 몸에서 분비되는 화학물질은 노르에피네프린과 도파민, 내인성 오피오이드라고 한다.

영화관에서 카미가 내 손을 잡으려 했던 순간을 기억한다. 공포 영화를 보러 갔었는데, 그저 친구끼리 노는 건지, 데이트를 하는 건지 모호했다.

노르에피네프린이 분비되면 손바닥이 땀으로 축축해지고 심장 박동이 빨라진다. 나는 침대에 누워 카미와 문자를 주고받으며 새벽 3시까지 깨어 있었다. 도파민은 에너지를 불어넣는다. 동기를 부여하고 집중하게 만든다. 카미에게서 온 문자가 핸드폰을 울릴 때마다 행복해졌다.

내인성 오피오이드는 우리 몸의 보상 시스템의 일부다. 누군가에게 반하는 일이 고통스럽기보다 즐겁게 느껴지는 건 바로 이 물질 덕분이다.

옥시토신과 바소프레신은 장기적인 파트너와 함께일 때 안정감과 안전함, 편안함, 정서적 유대감을 느끼게 해준다.

나는 행복을 느끼는 일이 좀처럼 없다. 행복한 화학물질을 전달하도록 내 뇌를 자극하는 장치가 고장이 난 것 같다. 최근 들어 행복을 느낀 유일한 순간은 엘리노어와 영화를 보고 있을 때였다. 그녀가 웃고 있었을 때.

가톨릭을 비롯한, 우리가 일반적으로 이야기하는 대다수 종교는 결국 모두 인간의 실존적 공포에 대한 해결책으로서 등장했다는 게 내 생각이다. 죽은 이들이 다 함께 옆방에서 우리를 기다리고 있다는 상상은 퍽 위안이 된다. 우리를 내려다보는 전지전능한 아버지가 있고, 그분께서 우리를 사랑하신다는 생각으로도 위안을 얻을 수 있다. 이 모든 게 우리 삶에 어떤 신성한 의미를 부여해주는 듯하다. 우리가 행복을 느낄 수 있게 말이다. 이론적으로는 안전하고 의미 있는 삶을 선사하기 위해 만들어진 이런 믿음 체계가, 내게 삶의 가치를 부여하는 몇 안 되는 것 중 하나를 빼앗아 간다는 건 아이러니하다.

엘리노어의 이름을 검색창에 입력하고 검색 결과를 스크롤한다.

엘리노어는 방문한 모든 호텔과 레스토랑, 사업장에 리뷰를 남겨두었다. 일일이 읽어본 결과 부정적인 리뷰는 단 한 개도 없었다. 어떤 카페에는 주문을 잘못 받았다고 언급하고도 별 다섯 개를 줬다. 엘리노어는 이렇게 썼다. “말차라떼 정말 맛있어요. 원래 마키아토를 주문하긴 했지만, 엉뚱한 메뉴가 나온 게 오히려 좋았어요. 새로운 최애 음료를 찾았으니까요!”

이제 아무도 쓰지 않는 사진 공유 플랫폼에서는 그녀의 학창 시절 흔적이 담긴 유물이 나온다. 나는 버킷햇을 쓰고 스머노프 아이스를 마시고 있는 열세 살의 엘리노어를 바라본다. 카메라를 향해 엷은 미소를 짓는 사진도 한 장 있다. 치아에 교정기를 끼고 있고, 피부는 얼룩덜룩하다. 나는 계속 페이지를 넘겨 앨범 마지막 사진에 이른다. 웃고 있는 엘리노어와 친구들의 모습이다. 살짝 찡그린 그녀의 눈을 확대해 들여다보고, 그녀의 웃음소리가 얼마나 웃긴지 떠올린다. 내 콧구멍에서 따뜻한 숨이 나온다.

엘리노어가 졸업한 대학의 학보 기사도 발견한다. 직접 쓴 단편 소설로 상을 받았던 모양이다. 상패를 들고 미소 띤 여성과 악수하는 엘리노어의 사진이 실려 있다. 그녀의 단편 소설은 마지막으로 살아남은 벌에 관한 이야기였다. 소설에서 발췌한 문장들이 기사 곳곳에 실려 있다.

"이제 뭘 할 거니?" 달팽이가 벌에게 묻는다. "네겐 무기가 있잖아. 넌 복수할 수 있어. 그걸로 누군가를 쏴버릴 수 있다고."

"아냐." 벌이 대답한다. "그보다는 마지막 꿀 한 방울을 만들겠어."

"엘리자가 임신했어!" 바니가 외친다. "이리 와봐, 길다! 믿어져? 여기 와서 사진 좀 보라고!"

나는 무심하게 그를 바라본다.

"빨리!"

"저는 엘리자가 누군지도 모르는데요."

"내 딸이야! 이리 와봐." 그가 내게 와보라고 손짓한다. "이제 할아버지가 되신 몸이라고. 믿을 수 있겠어?"

나는 일어서서 그의 어깨 너머로 넘겨본다. 바니는 스마트폰을 열고 대머리 남자와 함께 옥수수밭에 서 있는 젊은 여자의 사진을 한 장씩 넘기고 있다. 여자는 분홍색 카디건에 카우

보이 부츠 차림이다. 어떤 사진 속에서는 그녀와 남편이 함께 그녀의 배를 감싸안고 있다.

바니는 싱글벙글 사진을 넘긴다. 여자가 입고 있는 옷은 몇 번 바뀌지만, 남편은 사진마다 똑같은 체크무늬 셔츠 차림이다. 여자는 옥수수밭 어딘가에서 옷을 갈아입어야 했을 것이고, 그동안 남자는 뻘쭘하게 서서 기다리고 있었을 것이다. 바니가 95장이나 되는 사진을 계속 넘기는 동안 나는 들판에 발가벗고 서 있었을 임신부와 그녀의 옷을 들고 있는 남편의 이미지를 그려보고 있다.

"이런 사진 보면 결혼해서 애 낳고 싶지 않아?"

바니가 나를 쿡 찌르며 헤벌쭉 웃는다.

나도 웃어준다.

전혀요.

* * *

우리 엄마는 아이를 낳았고, 엄마의 엄마도 아이를 낳았고, 엄마의 엄마의 엄마도 아이를 낳았다. 나보다 앞서 태어난 우리 집안의 모든 여성이 아이를 낳았다. 그래서 그 아이가 자라 또 다른 아이를 낳을 수 있도록. 만약 내가 아이를 낳지 않는다면, 이 여성들은 단지 나를 세상에 내놓기 위해 아이를 낳아온

셈이 된다. 내가 최종 생산물이다. 내가 마지막 아이다.

내 방 접시의 탑에서 두 개를 더 끄집어내려 했지만, 하필 무게 중심을 잡고 있던 걸 손대는 바람에 와장창 무너지고 말았다. 나는 젠가 게임의 마지막 순간처럼 그릇들이 쏟아지는 것을 지켜보았다. 모조리 산산조각 났다. 파편들이 바닥으로 흩어졌다. 나는 붕괴 직전 꺼낸 컵 두 개를 손에 들고 서서 되돌릴 수 없는 잔해를 멍하니 바라보았다.

항우울제는 효과가 없는 것 같다. 오히려 몸이 떨리는 부작용만 생긴 것 같다. 몸이 달달 떨린다. 입이 마른다. 평소보다 땀이 많이 나고, 무엇보다 곤란하게도, 자살 생각에서 벗어날 수 없다.

가로등 불빛이 차창을 흐릿하게 스쳐 지나간다. 주세페가 드라이브하자며 차에 태웠다. 별로 가고 싶지 않다고 말했지만, 그가 고집을 꺾지 않았다.

나는 그의 차에 인질로 잡혀서는 후회에 대한 그의 횡설수설을 들어주어야 한다.

"라디오 좀 들을 수 있을까요?"

"난 후회라는 걸 믿지 않아요." 그가 내 요청을 무시하고 말한다. "내 삶에서 일어난 모든 일들이 지금의 나를 만든 거죠. 뭔가를 후회했다면, 지금의 나도 없을 거예요. 그래서 누구도 어떤 일에 대해서든 후회해선 안 된다고 생각하는 거예요."

주세페는 너무나 무지하고 오만해서, 세상에는 자기 인생이나 자기 자신에 대해 만족하지 못하는 사람도 있다는 사실을 이해하지 못한다.

"후회하는 거 있어요, 길다?"

"그럼요." 배역을 집어 던지고 내가 대답한다.

"뭐라고요?" 그가 놀라서 묻는다. 내가 그의 말 한마디 한마디에 고개를 끄덕이길 기대했으리라. "아뇨, 아니잖아요. 그렇게 말하지 말아요."

"당연히 후회하죠. 많은 것들을 후회해요."

주세페는 나라는 사람을 모른다. 날 식인종으로 알고 있대도 놀랍지 않다.

"식인종도 사람들을 잡아먹은 걸 후회해선 안 된다고 생각해요?"

"네?"

"이 차에 탄 걸 후회해요. 가끔은 태어난 것 자체가 후회되고, 후회하지 않는 것보다 후회하는 게 더 많아."

"무슨 얘길 하는 거예요?" 그가 혼란스러운 얼굴로 나를 돌아본다.

"넌 멍청이야." 내 목소리가 들린다. 멈춰. "자기가 멍청하다는 걸 모른다는 점에서 최악의 멍청이고."

그가 놀라서 입을 쩍 벌린다.

나는 멈추지 않는다. "나는 내가 얼마나 하찮고 어리석은지를 알아서 여기 쪼그라져 있는데, 너는 모르는 게 없는 사람이라도 되는 것처럼 무의미하고 비논리적인 생각들만 지껄이고 있잖아."

멈춰.

"내가 뭘 모른다는 건 잘 알고 있고, 너보다 더 모르지 않는다는 것도 확실히 알아. 자, 새로운 거 하나 알려줄 테니 잘 들어, 주세페. 넌 아무것도 몰라. 넌 사기꾼이야. 현실에 대한 자각이라고는 조금도 없어. 남들이 모르는 무언가를 깨달았다고 착각하는 모양인데, 너도 아는 거 없잖아. 누군가 삶의 진리를 깨친대도, 그게 너는 아닐걸. 그렇게 잘난 척하고 자기중심적인 데다 멍청하기까지 하니까, 인생의 모든 걸 이해했다고 느끼는 것도 당연하지."

멈추라고.

"네가 이제껏 한 말 중에 그럴싸하게 들린 건 정말 단 한 마디도 없었어. 넌 어떤 식으로도 삶에 관해 이야기할 자격이 없어. 네가 이만큼이라도 성공한 건 네가 다른 사람들의 순진함과 절박함을 이용했기 때문이야."

그만.

“무지는 은총이야, 주세페. 이런 말 들어본 적 있는지 모르겠다. 네가 특별히 복이 많은 사람 같다면, 그건 네가 놀랄 만큼 멍청해서 그런 거니까 네 어리석음에 감사하도록 해.”

“뭐, 이 망할 레즈비언 년이!” 주세페가 꽥 소리친다.

깜짝 놀라 말을 더듬는다. “어떻게 알았…”

“이 멍청한 쌍년이!” 그가 고함친다. “엿이나 먹어!”

주세페가 온갖 모욕을 쏟아내는 동안, 나는 그가 머릿속에 떠오르는 욕설을 되는대로 내뱉고 있을 뿐, 실제로 내가 동성애자라는 사실을 알고 말한 건 아니라는 걸 깨닫는다.

“야, 내 차에서 꺼져!”

인도가 없는 어스름한 도로를 걷고 있다. 나를 둘러싼 소나무의 어둑한 실루엣이 흔들리는 걸 본다. 나뭇가지가 삐걱거리는 소리만 들릴 뿐, 주위는 온통 고요하다. 잠시 무서웠지만, 곧 내게 무슨 일이 생기든 사실 별 상관없다는 걸 깨닫는다. 우연히 차에 치일 수도 있고, 연쇄살인범에게 납치당할 수도 있고, 아니면 길을 잃을 수도 있지만, 이 모든 발생 가능한 파국이 가져다주는 슬픔은 결국 집에 돌아가 잠들어야 한다는 생각이 주는 슬픔과 별반 다르지 않다.

나는 도로 한가운데서 걷기 시작한다.

"괜찮아요?" 제프 신부님이 묻는다.

나는 손에서 시선을 들어 신부님을 쳐다본다.

"괜찮아요."

"마음속에 고민이 있어 보여요."

"괜찮아요." 나는 같은 말을 되풀이하며 신부님이 손가락에 낀 그 수상한 반지를 흘끗 본다.

"고해성사를 보면 좀 나아지려나?" 신부님이 제안한다.

"아뇨, 괜찮아요."

신부님이 끄덕이더니 방을 나가려고 돌아선다.

"잠깐만요!" 내가 고민 끝에 소리친다. "신부님은 누구한테 고해해요?"

"뭐라고요?" 신부님이 돌아선다.

"신부님은 누구한테 죄를 털어놓느냐고요." 내가 다시, 더 큰 소리로 묻는다. "마음에 뭔가 짐이 있을 때요, 누구한테 고해하세요?"

"아, 보통은 다른 신부들에게 하죠. 다른 성당을 방문합니다. 왜요?"

슬픔에 잠긴, 돌로 만들어진 여인이 나를 응시하고 있다. 동네 맞은편에 있는 슬픔의 성모 성당을 지키는 조각상이다. 성당에 들어가기 전에 망설인다. 성당 이름은 방문객을 전혀 환영하는 것 같지 않고, 입구에 놓인 불행한 여인상 역시 날 밀어내는 듯하다. 하지만 슬픈 여인들을 위해 지어진 건물을 피한다면 나는 노숙자가 될 판이다. 그러니, 내 본능의 만류에도 불구하고 나는 정이 안 가는 성당으로 들어간다.

건물은 어둡고 음침하다. 내 걸음 소리가 울려 퍼진다. 바닥은 자주색 카펫으로 덮여 있고, 붉은 스테인드글라스를 통과한 핏빛이 신자석을 온통 적시고 있다. 인간의 몸속을 이동하는 부스러기가 된 기분이다.

신자석 주변을 맴돌다가 고해성사실을 발견한다. 검은 커튼을 밀고 들어가 고해자 자리에 앉는다.

"안녕하세요." 기다리던 사제에게 인사한다.

"안녕하시오." 나이 든 남자의 퉁명스러운 목소리가 돌아온다. "전화하신 분인가?"

"네." 내가 대답한다. 오기 전에 예약을 해놨다.

"전에 고해성사를 본 적은 있으시고?"

"네."

"그럼 해보시오."

나는 목을 가다듬는다. "궁금한 게 있는데, 만약 누군가 끔찍한 일을 신부님께 고백하면요…."

"그렇게 시작하는 게 아니지요." 신부님이 바로잡는다.

"그렇죠, 죄송해요." 나는 다시 목을 가다듬는다. "성부와 성자와 성령의 이름으로. 궁금해서 그러는데, 고해 내용을 경찰에 신고하기도 하나요?"

"아뇨. 어떤 것도 밝혀서는 안 된다는 의무가 있어요. 고해성사의 비밀 엄수라고 부르지요."

"끔찍한 일이라도요?" 내가 강조한다.

"절대 밝혀선 안 돼요."

"경찰이 알아야 할 만한 내용을 들으신 적도 있나요?"

"그렇소. 하지만 경찰에 신고하지는 않아요."

"흥미롭군요." 나는 그 말을 곱씹어본다.

"고백할 게 있는 거요?" 잠시 정적이 흐른 뒤, 신부님이 묻는다.

"아, 아니요."

"후회하는 일도 없고?" 신부님은 집요하다.

"후회하는 일은 많죠." 내가 인정한다.

"예를 들자면?"

후회하는 일들에 대해 말하고 싶진 않지만, 이 사람은 나의 죄를 사해주려 이 작은 방에 들어온 것이니 실망을 안기고 싶진 않다.

"거짓말한 걸 후회해요." 내가 고백한다.

신부님은 내 말을 듣고 있다는 듯이 흠, 하고 반응한다.

"말하자면, 제가 아닌 다른 사람인 척하고 있어요. 그러지 않았더라면 좋았겠지만, 지금은 제가 놓은 덫에 걸린 셈이에요."

“벗어날 수 있기를 기도하겠소.”

“감사합니다.”

“하느님은 용서하실 겁니다.” 그가 덧붙인다. “또 어떤 것을 용서받고 싶으신가?”

나는 잠시 생각해본다. 마음속에 저장해둔 두툼한 후회의 카탈로그를 한 장씩 넘겨본다.

“제 동생 방에 몰래 들어가곤 했어요.” 나도 모르게 고백한다. “가끔 걔가 제 물건을 훔쳐갔거든요. 잃어버린 물건들을 찾으려고 방을 뒤졌죠.”

이건 내가 생각하지 않으려고 했던 일이다. 의식의 뒷방 구석에 밀어 넣어둔 기억 가운데 하나다.

“절대 그 애 방에 들어가지 말았어야 했어요. 걔가 제 물건을 훔쳤더라도 사생활을 존중했어야 했죠. 들어가지 말았어야 했어요.”

흠, 신부님은 또 한 번 콧소리로 듣고 있다고 알려준다.

“이게 용서받고 싶은 일이에요. 마음이 편치 않거든요.”

일라이의 침대 밑에는 폴라로이드 사진으로 가득한 신발 상자가 있었다. 잃어버린 휴대폰 충전기를 찾다가 그 상자를 발견했다. 여자 옷을 입고 있는 일라이의 사진이 넘칠 만큼 가득했다. 입고 있는 옷 중에 내 것도 있었다.

나는 일라이의 침대 가장자리에 앉아 상자를 들여다봤다.

처음 그 사진들을 봤을 때는 웃음이 나왔다. 이게 뭐야, 어이가 없네. 그러고서 일라이가 입은 옷 대부분이 내 것이라는 걸 알아챘고, 내 옷을 훔쳐갔다는 사실에 화가 치밀었다. 내 분노는 일라이 얼굴에 가득한 만족을 보고서, 그리고 내 블라우스에 액세서리를 아주 멋들어지게 매치한 것을 보고서 슬슬 가라앉았다. 사진을 들여다볼수록 웃을 일이 아니라는 게 분명해졌고, 더 이상 화가 나지 않았다.

"그 일을 용서받을 수 있을까요?"

"물론이지요."

"확실히 살인자들은 뭔가 다르다니까." 내가 주문해준 책을 들고서 바니가 말한다. "정신적으로 아픈 사람들은 사회에서 격리되어야 해." 그가 혀를 찬다. "이런 정신병자들이 아무렇지 않게 거리를 활보하는 세상에 살고 있다니 믿을 수가 없구먼. 개중에 선생들도 있다니까! 보육교사도 있고!"

"정신적으로 아픈 사람들을 어떻게 구별할 건데요?"

"음." 그가 책을 펼치며 말한다. "이 책에 사이코패스들에게 공통으로 나타나는 특징이 나와 있어. 이 기준에 해당하는 사람들은 감시해야지."

"그 기준이 뭐예요?"

"보통은 어렸을 때 괴롭힘을 당했다는군."

"사소한 범죄에 연루되어 있어, 절도라든가. 직장을 꾸준히 다니는 걸 힘들어하기도 하고."

* * *

오늘은 내 생일이다. 세상에 존재한 지 28년째. 다시 말해 336개월, 혹은 10,220일을 살았다. 커트 코베인과 재니스 조플린이 살았던 기간보다 1년 더 길고, 내가 태어났을 때의 엄마 나이보다 다섯 살 더 많다.

내가 수성에 살았다면, 116세일 것이다. 그만큼 태양을 돌았을 것이다. 금성에서는 45세, 화성에서는 14세다. 토성과 천왕성, 해왕성, 명왕성에서는 채 한 살도 되기 전이다.

나는 늦게 태어났다. 당장 태어나도 될 만큼 완전히 자라서도 남들보다 족히 2주는 더 오래 엄마 뱃속에 머물렀다. 그러니까 아마도 10,234일을 살았다고 보는 게 맞다.

내가 만약 그레이스처럼 오래 산다면, 31,390일가량을 살게 된다. 큰 틀에서는 그다지 길게 느껴지지 않는다. 작은 틀로 봐도 짧아 보인다.

어디선가 여자들은 평생 생산할 모든 난자를 가지고 태어난다고 읽은 적이 있다. 나를 형성한 난자가 우리 엄마만큼 나이 들었다는 의미이다. 그런 관점에서 보자면, 내 일부는 쉰한 살이다.

부모님과 일라이이가 생일 축하 노래를 불러주고 있다. 엄마는 초콜릿케이크를 구웠다. 케이크 위에 노란색 아이싱으로 커다랗게 G를 그렸고, 얇은 분홍색 초들로 케이크를 뒤덮었다.

"소원 빌어야지!" 엄마가 촛불을 가리키며 말한다.

나는 반짝이는 불꽃들을 응시하며 소원을 빈다.

내 존재의 무의미함과 무관한 다른 생각들이 내 마음을 사로잡기를, 아니면 가능한 우리 가족에게 방해되지 않는 방식으로 죽을 수 있기를.

나는 촛불을 불어서 끈다.

"소원을 말하지 마!" 엄마가 말한다. "말해버리면 이루어지지 않을 거야!"

"케이크 만들어줘서 고마워." 환하게 웃고 있는 엄마 얼굴을 바라본다.

엄마의 입가를, 엄마의 미소를 본다.

"네가 태어난 지 벌써 28년이 흘렀다니 믿기지 않아."

엄마가 웃는다.

"그냥 시시한 거야." 일라이이가 미리 경고한다.

싸우고 있던 중에도 일라이이는 내게 생일 선물을 줬다.

반짝이는 포장지를 찢어내자, 캔버스에 그린 그림이 나온다.

"와." 엄마가 내 뒤에서 감탄한다.

"이야, 그림 잘 그렸다!" 아빠도 칭찬한다.

일라이는 내게 플롭을 그려주었다.

"시시하지 않은데." 나는 그림을 보고 미소 짓는다.

남은 케이크를 꾹 눌러 담은 플라스틱 용기를 건네며 엄마가 말한다. "직장에서 점심으로 먹으면 되겠네!"

나는 웃으면서 끄덕인다. "좋은 생각이야."

집에 도착하자마자 옷을 벗고 굴속에 웅크린 벌거벗은 쥐처럼 침대로 기어들어간다.

전화가 울린다.

"여보세요?"

"길다! 오늘 밤에 뭐 해?" 잉그리드가 묻는다.

나는 케이크가 담긴 용기를 내려다본다.

"폭스에서 만나자! 한잔하자, 응?"

"아, 나는 좀…."

"너무하네!"

잉그리드는 생일 선물로 봉제 인형을 주었다.

내게 건네면서 씩 웃는다.

"기억했구나." 인형을 받으며 말한다.

돼지 인형이다.

"당연히 기억하지! 우리 전통이잖아!"

잉그리드의 제스처에 마음이 아프지만 웃어 보인다.

"감동이야." 눈물이 차오른다.

"너 취했구나?" 잉그리드가 내 어깨를 잡으며 놀린다.

"완전 취했어." 나는 거짓말한다.

밴드가 연주하고 있다. 조명이 음악에 맞춰 움직이고 있다. 드럼 비트에 맞춰 파란 조명이 켜졌다가 꺼진다. 붉은 조명은 베이스에 맞춰 깜박거린다. 보컬이 고음을 지를 땐, 모든 조명이 그녀를 향한다.

"오늘 밤 다들 어때요!" 보컬이 관중을 향해 외친다.

사람들이 환호로 답하는 동안, 나도 큰 소리로 말해본다. "사실 요즘 기분 별로예요."

뒤를 돌아보니 온통 사람들로 가득 차 있다. 만약 다른 동물들이 사람들이 하는 행동을 한다면 얼마나 이상해 보일까 생각한다. 새들이 콘서트를 연다면? 작은 새 한 마리가 노래하는 동안 수백 마리 새 떼가 둘러싸고 있는 장면을 상상해본다. 지금 우리 모습이 그렇다. 소리 지르는 다른 동물을 보고 있는 한 무리의 짐승들이다.

“엘리노어.” 취기 어린 목소리로 스마트폰에 대고 말한다. “새들이 사람 같다면 어떨까?”

“새들이 콘서트를 연다면, 이상하지 않을까?”

“새들이 결혼식을 한다면?”

“서로 선물을 주고받는다면?”

내가 엘리노어의 배 가까이 손을 가져갈 때마다 엘리노어는 내 손을 들어 옮긴다. 대놓고 만지지 말라고 말한 적은 없지만, 그녀가 내 손을 잡아 자기 엉덩이나 갈비뼈로 옮기는 걸 보면, 배를 만지는 걸 좋아하지 않는 것 같다. 그녀는 나보다 말랐지만, 그건 별로 중요하지 않은가 보다. 자기 배에 문제가 있다고 생각한다.

“난 네 뱃살 좋은데.” 내가 은근하게 말한다.

“꺼져.” 그녀가 웃으며 대답한다.

이상하게도 사람들은 남들이 자기 몸을 보는 걸 좋아하지 않는다. 피부가 뼈 위에 늘어지고 지방이 불어난 걸 걱정하는 데 시간을 허비하는 것도 이상하다.

“너 정말 예뻐.”

엘리노어는 큰 소리로 깔깔 웃는다. “꺼지라고.”

제프 신부님은 임종을 앞둔 입원 환자들에게 병자성사를 주러 갔다. 나는 책상 앞에 앉아 내 바로 앞을, 그러니까 열려 있는 신부님 사무실을 노려보고 있다. 사무실 안에는 또 다른 문이 있는데, 신부님 거처인 사제관으로 곧장 이어진다.

나는 벌떡 일어나 두 개의 문을 잽싸게 통과한다. 내가 뭘 하고 있는지 미처 생각하지도 않는다. 내 뒤로 문을 닫고선 잠시 숨을 고른다.

이제 신부님의 집 안에 있다. 시나몬과 세탁실 냄새가 난다. 방을 한 바퀴 둘러본다. 갈색 소파와 신부님이 협탁에 모아둔 장식품이 있다. 신부님은 새 모양의 도자기 장식품을 많이 가지고 있다. 구식 텔레비전 위에는 정원 풍경을 담은 유화가 걸려 있고, 마룻바닥에 책이 쌓여 있다.

거실을 지나 주방으로 들어간다. 주방 식탁 위에 서류가 쌓여 있다. 뒤적거려보니 대부분 청구서다. 가족에게서 온 엽서 한 장이 있다. 인도에서 멋진 시간을 보내고 있다는 내용이다. 코끼리를 봤고, 탄두리 치킨을 먹었다고.

서랍을 열어 사진 묶음을 꺼낸다. 사진 속 신부님을 들여다본다. 지금보다 훨씬 젊은 시절이다. 머리카락은 갈색이다. 나는 식탁에 앉아 사진을 계속 넘겨보다가 마침내 그레이스를 발견한다.

사진을 꼼꼼히 들여다본다. 그레이스와 신부님은 함께 야외에 서 있다. 피크닉 중이다. 둘 다 하얀 종이 접시를 들고 있다.

옥수수와 햄버거를 먹고 있다. 신부님은 환하게 웃고 있고, 그레이스는 웃음을 터트리는 중이다. 아마 신부님이 농담한 모양이다.

그 순간 현관에서 열쇠 소리가 난다.

헉.

나는 사진을 도로 서랍에 넣고 닫는다. 내가 들어온 뒷문으로 달려가 열어보려 하지만, 바깥쪽에서 잠겨 있다.

아, 망할.

내가 왜 들어왔지?

문에서 물러나 숨을 곳을 찾아본다. 침실로 뛰어들어 신부님의 침대 밑으로 몸을 던져 굴러들어간다. 내가 숨어 있기엔 비좁은 곳이고, 매트리스 스프링이 등을 짓누른다. 눈을 꽉 감고서 애써 나는 여기 없다고 상상해본다.

나는 지금 여기에 없어.

문 닫히는 소리가 들린다.

발소리가 점점 가까워진다.

나는 지금 여기 없는 거야.

발소리가 멈춘다.

눈을 뜨자 신부님의 갈색 로퍼가 내 눈앞에 있다.

제기랄.

손으로 입을 가리고서 내가 지금까지 들어본 모든 신에게 발각되지 않게 해달라고 기도한다. 제발요, 예수님, 주피터, 엘로힘, 제우스, 그리고 라 신이시여. 자비를 베풀어주세요. 도무지 이 상황을 설명할 도리가 없다. 신부님 침대 밑에 숨어 있어야 할 타당한 이유 같은 게 있을 리 없다. 만약 신부님이 살인범이라면 나는 죽은 목숨이다. 아니라면, 차라리 죽고 싶다.

신부님이 내 옆에서 무릎을 꿇자, 이제 발각될 일만 남았다는 끔찍한 현실에 눈물이 뺨을 타고 흐른다. 신부님이 보기 전에 내가 죽어버렸으면.

죽어라, 몸뚱어리야, 제발.

나는 눈을 감고 죽거나 발각되기를 기다리지만, 둘 다 일어나지 않는다.

그 대신 신부님 목소리가 들린다. "성부와 성자와 성령의 이름으로…"

심장 박동이 차츰 가라앉는다. 신부님은 기도하고 있다. 나를 발견하지 못했다. 단지 기도하기 위해 침대 옆에 무릎을 꿇은 것이다.

"주여, 다른 이들을 절망으로 이끄는 일들을 이해하도록 저를 도와주소서. 제 친구 그레이스가 당신 곁에서 안식을 찾았으니, 그녀에게 정의를 가져다줄 수 있도록 도와주소서. 누구든 이런 일을 저지른 사람을 용서할 수 있도록 도와주소서. 또한 제가 덜 슬퍼하도록, 주님께서 죽은 이들에게 주시는 평화

속에서 안식을 찾을 수 있도록 도와주소서. 아멘."

그 후로 네 시간 동안 신부님은 〈월튼네 사람들〉[11]을 내리 시청하고, 나는 침대 밑에서 몸이 시체보다 무감각해지는 고통을 맛본 끝에 마침내 천사의 음성을 듣는다. 신부님이 코를 곤다. 나는 바위 밑에서 기어나오는 벌레처럼, 가능한 한 느릿느릿 조용히 침대 밑에서 빠져나온다. 발끝으로 잠든 신부님을 지나, 문을 지나, 바깥세상으로 나온다.

바깥세상이다. 오랜 수감 생활 끝에 사면된 죄수처럼 숨을 내쉰다.

그 끔찍한 곤경에서 빠져나온 안도감이 너무나 강렬해 눈물이 날 것 같다. 제프 신부님이 냉혈한 노부인 킬러가 아니라는 사실을 알게 되어 엄청난 안도감을 느낀다. 신부님은 그저 슬픈 노인일 따름이었다.

내 고용주는 살인자가 아니고, 나는 들키지 않았다. 한숨 돌린 것도 잠시, 불안감이 다시 스멀스멀 솟아오른다.

어이, 잠깐만. 불안이 손을 든다.

피할 수 없다.

신부님이 그레이스를 죽인 게 아니라면, 누가 죽였지?

11 1971년부터 1981년까지 미국 CBS에서 인기리에 방영된 가족 드라마.

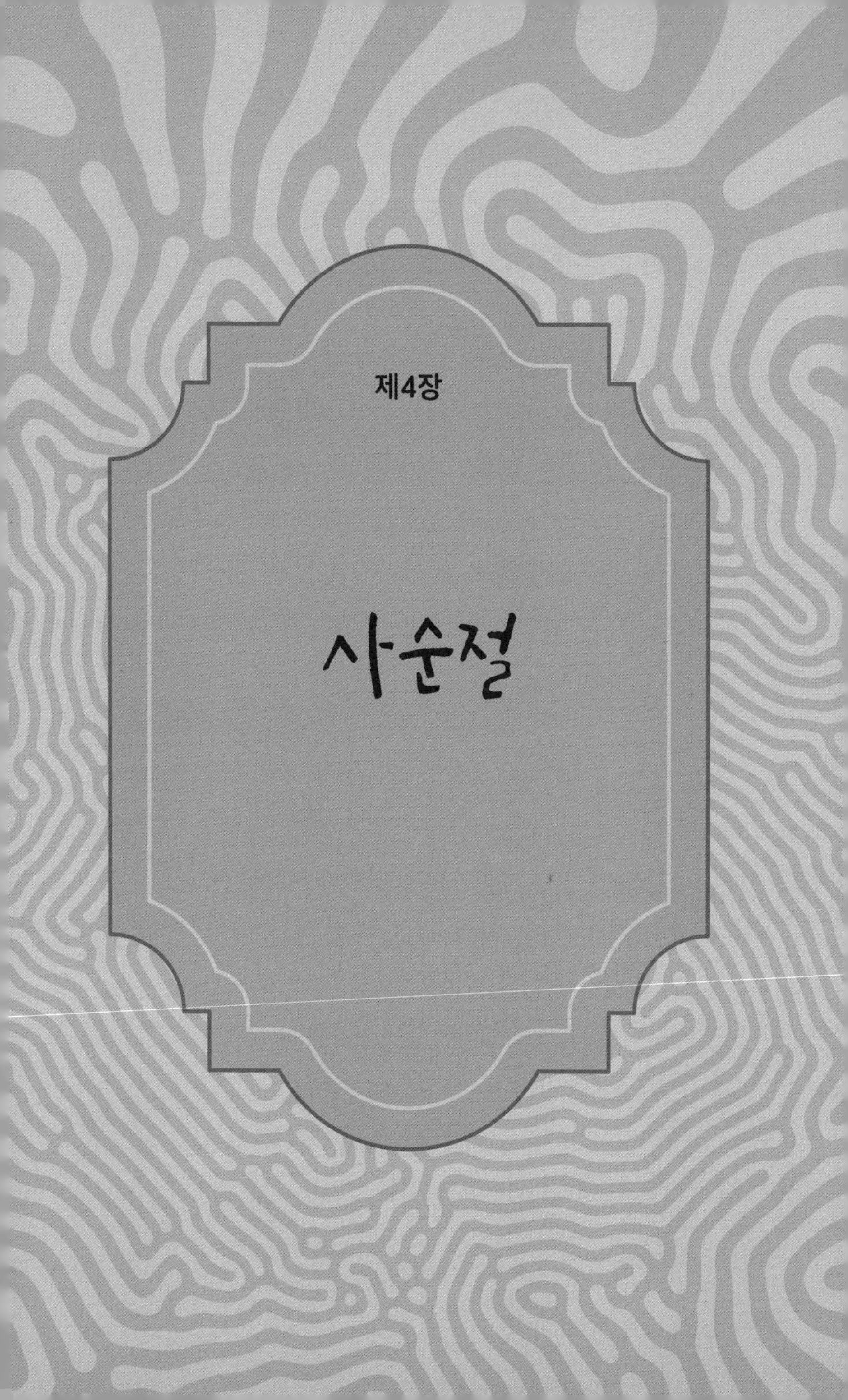

제4장

사순절

이제 난 미쳐버린 것 같다.

"무슨 생각을 하고 있어요?" 경찰관이 묻는다.

"코뿔소요." 나는 흐느끼며 대답한다.

"구약성경의 유대인들은 인간의 삶은 짧고, 그래서 결국에는 모두 병들고 나이 들어 죽게 된다는 것을 알고 있었습니다. 유대인들이 하느님을 거역했을 때, 그들은 회개하고 죄악으로부터 돌아서라는 명을 받았죠. 사람들은 거친 천으로 만든 옷을 입고, 머리에 재를 뒤집어쓴 채 곡기를 끊고 하느님의 자비를 간구했습니다."

신부님이 잠시 말을 멈춘다.

"사랑하는 형제 여러분," 잠깐의 침묵 후에 신부님이 이어간다. "하느님 아버지께서 넘치는 은총을 베푸시어 참회의 뜻으로 우리 머리에 얹는 이 재에 강복해주시도록 간청합시다."

신자들이 응답한다. "아멘."

신부님이 재 위에 성수를 뿌린다.

사람들이 일어서기 시작한다. 나도 함께 앞으로 나아간다.

내 차례가 되자, 신부님이 미소 짓고는 내 이마에 재를 문지르며 말한다. "사람아, 너는 먼지이니, 먼지로 돌아갈 것을 생각하여라."

바니는 여전히 살인자들에 관한 책에 몰두해 있다. 바니를 의심해야 할지 슬슬 고민이 된다. 이 책을 들고 다니면서 연기하는 걸까? 사람들 의심을 피하려고?

"바니에 대해 어떻게 생각하세요?" 혹시 신부님도 바니를 의심하고 있진 않을까 싶어, 넌지시 물어본다.

신부님은 내 책상 옆에서 커피를 마시고 있다.

"바니요? 좋은 사람이지, 안 그래요?" 신부님이 미소 짓는다.

바니는 매일 걸어서 출퇴근한다. 성당에서 몇 블록 떨어진 곳에 산다. 방금 그의 뒤를 밟아 집까지 따라왔기 때문에 안다.

바니가 나를 알아차리지 못할 만큼 멀찍이 떨어져서 따라갔다. 혹여 그가 뒤를 돌아보면 숨을 수 있도록 덤불 쪽 인도를 따라 살금살금 움직였다. 그는 돌아보지 않았다.

이제 바니의 집 측면에 서서 부엌 창문을 몰래 들여다보고 있다. 주방 벽지는 노란색이다. 두 달째 넘기지 않은 달력이 벽에 걸려 있다. 조리대 위에는 온갖 잡동사니가 널려 있다. 여러 겹 쌓인 지저분한 접시와 냄비, 프라이팬. 더러운 양동이며 생수병 묶음, 개봉한 시리얼 상자, 갈변한 바나나, 그리고 죽은 화분 하나.

그는 파스타를 요리하고 있었다. 냄비 앞에 서서 물이 끓기를 기다리고 있다. 계속 한숨을 쉰다.

텅 빈 집에서 냄비째 마카로니를 퍼먹으며 홀로 음울한 저녁 시간을 보내는 바니를 지켜본 뒤, 그만 자리를 뜨기로 한다. 집 외벽을 돌아 진입로 쪽으로 살금살금 빠져나온다.

막 진입로에 들어서자마자, 차 한 대가 들어온다. 헤드라이트가 나를 환히 비춘다.

심장이 덜컹 멈춘다.

"안녕하세요?" 운전자가 말을 건다. 어떤 여자다.

여자가 차에서 내리는 걸 못 본 척한다. 곁눈으로 봐도 배가 불러 있다. 바니의 딸이 분명하다. 나는 재빨리 앞으로, 보도 쪽으로 걸음을 옮긴다.

"저기요?" 그녀가 뒤에서 나를 다시 부른다. "우리 집 주변에서 뭘 하고 있던 거예요?"

나는 뛰기 시작한다.

그녀가 뒤에서 소리친다. "이봐요! 뭐야? 뭘 하고 있었냐고!"

죽어라 달린다. 거리를 질주한다. 차가운 바람이 귀를 때린다. 공원을 가로질러 울타리로 둘러싸인 보도를 따라 달린다. 뒷마당을 가로지른다. 인도를 따라 뛴다. 가슴이 아플 때까지 계속 뛴다. 모퉁이 가게 쪽으로 꺾는다. 가게 안에 숨기로 한다. 헐떡이며 가게 문을 열어젖힌다.

모퉁이 가게의 형광등 불빛 아래 들어서자마자, 점원이 나를 부른다.

"저기요! 거기 손님!" 그녀가 소리친다.

다시 심장이 덜컹한다. 그새 바니의 딸이 경찰에 신고해서, 가게 점원에게 경고가 들어간 걸까? 나를 눈여겨보라고?

점원을 돌아본다. "왜요?"

"얼굴에 뭐가 묻었어요." 그녀가 말한다.

"네?"

"얼굴에 얼룩이 있다고요. 손님 이마에요. 알려드려야겠다 싶어서요. 제 얼굴에 뭐가 묻어 있다면, 누군가 말해줬으면 좋겠거든요." 그녀가 미소 짓는다.

"아." 나는 숨을 내쉬며, 오늘 신부님이 묻혀준 재를 닦아낸다. "고맙습니다."

그러고 보니 가게에서는 그릇을 팔고 있었다. 깨진 그릇들이 떠올라 공기 두 개, 접시 두 개, 그리고 유리잔 두 개를 산다.

집으로 가는 버스에 올라, 스마트폰으로 살인자들에 관한 기사를 읽고 있다.

프로레슬러 후아나 바라자는 나이 든 여성 40여 명을 살해했다. 목을 조르거나 둔기로 때려죽였다. 오랫동안 어머니에게 품어온 원망 탓이라는 게 그녀의 진술이었다. 어머니가 자기를 남자들에게 넘기고 술을 얻어 마시곤 했다는 것이다.

티에리 폴랭은 대략 20명의 할머니들을 살해했다. 그중 한 명에게는 배수구 클리너를 강제로 마시게 했다. 다른 할머니들은 비닐봉지로 머리를 감싸 죽였다. 자기를 살갑게 대하지 않은 여성들을 표적으로 삼았다고 말하는 기사도 있었다. 그는 강도 목적으로 살해했다고 진술했다.

에드 게인은 어머니의 시신을 파헤쳤고, 두 명의 여성을 살해했으며, 죽은 여자들의 뼈와 피부로 끔찍한 트로피를 만들었다.

에드 게인의 사진을 찾아보다가 내릴 곳을 지나쳤다는 걸 알아차린다. 벨을 누르고 버스 뒷문으로 걸어간다.

버스가 멈춰 서길 기다리는 동안 내 주위에서 숨을 쉬고 있는 승객들을 바라본다. 누군가의 삶을 끝장낼 수 있다는 것이 얼마나 기이한지 생각한다. 누군가를 살아 있지 않은 존재로 바꿔버리다니, 불길한 마력 같다.

토론토 동물원에서 코뿔소가 나뭇가지를 씹는 모습을 본 적이 있다. 5학년 현장학습 날이었다. 코뿔소들을 보고, 그것들이 이빨로 잔가지와 나무를 부러뜨리는 소리를 들으며 이렇게 생각했다. 꼭 공룡 같네. 그리고 공룡은 드래곤 같잖아. 나는 코뿔소들은 마법의 생물체라고 결론지었다. 사람들이 코뿔소가 마법의 동물이라고 생각하지 않는 건 코뿔소가 진짜로 존재하기 때문이다.

수돗물을 한 잔 받아 항우울제를 삼킨다. 입은 여전히 건조하고 평소보다 땀이 많이 난다. 그렇지만 지금 칼을 쓰고 있는데도 그 칼로 나를 해칠 수 있다는 생각은 아주 조금만 들 뿐이다. 그보다는 지금 썰고 있는 사과가 내 관심의 대상이고, 과일이 얼마나 마법 같은지에 대해 생각하고 있다.

이 세상에는 그것이 현실이 아니라면 마법으로 여겨질 만한 것들이 정말 많다. 예를 들면 꿈 같은 것. 아기들이 여자들의 몸 안에서 나온다는 사실. 수정과 착상이라는 개념. 궁전과 나무. 고래. 사자. 새. 무지개. 물. 오로라. 화산. 번개. 불.

살인은 마치 흑마술 같다. 만일 우리가 살인이라는 행위가 있다는 걸 몰랐다가 알게 되었다면, 그건 아마 뱀파이어나 지옥, 침대 밑 괴물이 진짜로 있다는 사실을 발견하는 것과 같았을 거다. 살인범들은 살인을 발견했고, 그것이 자신이 휘두를 수 있는 진짜 힘이라는 사실도 깨달았다. 그들은 우주의 자갈 위에 선 하찮은 동물에 불과함에도, 손끝에서 탁 하고 불꽃을 일으키는 것과 가장 흡사한 힘을 찾아냈고, 타인을 제물 삼아 그 마법을 갈고닦고자 한다. 강력해지고 싶은 것이다.

"어젯밤 누가 내 집에 침입을 시도했어!" 바니가 성당 출입문을 벌컥 열고 들어오며 외친다.

나는 멈칫한다. 입구 옆에 있는 양치식물에 물을 주던 참이었다. 그게 나였다는 걸 알고 있을까. 몸이 그대로 굳는다.

"이 동네는 엉망이라니까!" 그가 고함친다. "범죄자들 속에서 살고 있다고! 집에서조차 안전이 담보되질 않으니!" 그가 날 쳐다본다. "길다, 호신용 스프레이 가지고 있어?"

"뭐라고요?"

"후추 스프레이 같은 거 말이야. 곰 퇴치용 스프레이라든가, 무기 말이지! 호신용으로 뭔가 가지고 다니느냐고?"

아니라고 말하기 전에 망설인다. 혹시 내가 취약한지 확인차 묻는 건가. 걱정하는 척 물어보면서 실제로는 공격할 만한 상대인지 찔러보는 거 아닐까.

거짓말을 하기로 한다. "가지고 있어요."

"잘했어." 그가 흡족한 듯 고개를 끄덕인다.

워드 문서에 아무 말이나 두드려 넣으며 바니가 성당 여기저기를 서성이는 걸 관찰한다. 바니는 주드 수녀님과 이야기하고 있다. 그가 침입 시도가 있었다고 말하자, 수녀님이 어깨를 토닥여준다.

"끔찍한 일이네요. 그런 일을 겪다니 정말 안 됐어요, 바니."

그는 이제 신자 몇 명에게 이야기한다. 거의 강도를 당할 뻔했다는 말에 다들 걱정하고 염려하는 모습이다. 바니는 딸이 범인을 목격했다고 말한다. 어떤 '젊은 여자'였다고.

"젊은 여자?" 노인 중 한 사람이 충격받은 듯 되묻는다.

"세상에 원. 요즘에는 범죄자를 알아보기도 점점 더 어려워지는구먼. 누구랑 있어야 안전한지 당최 어떻게 알겠느냐고?"

바니의 얼굴을 응시한다. 그가 주변에 모여든 사람들에게 경건하게 고개를 끄덕이는 걸 의심의 눈초리로 지켜본다.

나는 이 성당이 신원 조회 같은 걸 하지 않는다는 걸 안다. 나 역시 그런 절차를 밟지 않았으니까. 제프 신부님은 날 고용하기 전에 이력서조차 요구하지 않았다. 어쩌면 바니가 탈옥수일지도 모른다. 연쇄살인범일 수도 있다.

오늘은 혼인성사가 있는 날이다. 신부는 금발이고, 곧 시어머니가 될 여자가 복도에서 뭐라고 말하는데도 괘념치 않고 하얀 웨딩드레스를 입고 있다.

나는 본당 뒤쪽에 서서 앞에 있는 커플을 바라본다. 신랑 신부는 손을 맞잡은 채로 얼굴을 마주보고 있다.

본당을, 예식을 지켜보는 하객들을 둘러본다. 하객들 모두 신랑 신부를 향해 흡족한 미소를 짓고 있다. 어떤 사람들은 눈가를 훔친다.

우리는 왜 이런 예식을 할까? 우리는 서로에게 반지를 끼워주고, 비싼 옷을 입고서 둘 중 하나가 죽을 때까지 곁에 있겠다는 서류에 서명한다. 행정기관도 개입한다.

나는 본당을, 신자석에 앉은 사람들의 행복한 얼굴을 다시 둘러본다. 하객들은 두 사람의 혼인 서약에 푹 빠져 있다.

신랑 신부가 마주보며 활짝 웃는다.

내 마음속에서 뭔가 딸깍 켜진다. 예식은 사람들을 행복하게 해주는구나. 사람들은 값비싼 옷을 사고 행정기관을 끌어들인다. 이 모든 절차가 행복을 주기 때문에.

날카로운 칼로 생닭의 차가운 가슴살을 자른다. 분홍색 속살을 들여다본다. 잘린 조각 안에 붉은 핏줄 자국이 있다.

"이거 정상이야?" 엘리노어에게 묻는다.

그녀가 끄덕인다.

엘리노어의 집에서 같이 저녁을 요리하고 있다. 성당에서 훔친 와인 한 병을 가져왔다.

나는 요리를 못하고 별 도움도 되지 않는다.

엘리노어는 핫소스와 흑설탕, 고춧가루를 넣은 소스 팬을 젓고 있다. 내가 가져온 와인을 팬에 몇 바퀴 뿌린다.

닭고기에 간을 하고는 그 위에 방금 만든 붉은 소스를 붓는다. 나는 피처럼 붉고 선명한 닭고기를 보며 생각한다. 인육은 어떤 모습일까?

"배고프지 않아?" 엘리노어가 고기 한 점을 집어 먹으며 묻는다.

그녀가 애써 만든 요리를 밀어내 기분을 상하게 하긴 싫다.

치킨 한 조각을 잘라, 입에 넣고, 씹는다.

"맛있어?" 엘리노어가 묻는다.

고개를 끄덕인다.

베개에 누운 엘리노어의 얼굴을 들여다보고 있다.

눈이 갈색이다.

"눈이 갈색이네."

"알아." 그녀가 미소 지으며 대답한다.

"너도 언젠가 결혼이 하고 싶어질 것 같아?"

그녀가 코웃음 친다. "와, 넌 진짜 알다가도 모르겠다!"

"무슨 뜻이야?"

그녀가 웃는다. "내 문자 절반은 답장도 안 하면서, 지금 나한테 결혼 이야길 하는 거야? 길다, 그런 질문 하기엔 조금 이르지 않니?"

"그냥 궁금해서. 일반적으로, 언젠가 누구하고든 결혼하고 싶을 것 같냐고."

"글쎄." 그녀가 등을 대고 누우며 대답한다. "잘 모르겠어."

얼굴에 주근깨가 있다.

"너 얼굴에 주근깨 있다."

"알아." 그녀가 미소 지으며 대답한다.

꿈에서 바니가 내 목에 벨트를 감아 조이고 있다.

내 머리에 비닐봉지를 씌운다.

내 입에 배수구 세정제를 들이붓는다.

내 얼굴을 베개로 덮고 목에 칼을 들이댄다.

내 목에 밧줄을 감고 관자놀이에 총을 가져다 댄다.

내 방에 폭탄을 설치한다.

나는 비명을 지른다. "제발 멈춰요! 제발요!"

몸부림치며 발길질한다. "차라리 그냥 죽여줘!"

속이 뒤틀리는 느낌에 눈을 뜬다.

엘리노어의 침대에 누워 있는데, 속이 메스껍다.

다시 잠들면 괜찮아질지도 몰라. 다짐하듯 혼잣말한다.

눈을 감는다.

다시 속이 뒤틀린다. 어두운 천장을 올려다본다. 이마에서 식은땀이 흘러내린다.

일어나서 조용히 화장실로 걸어간다.

불을 켜고 변기를 본다. 변기가 눈에 들어온 순간, 이제 토해도 된다는 신호가 위장으로 전달되고, 내 무릎이 꺾인다.

조용히 해보려고 하지만 어쩔 수 없이 구역질 소리가 계속 난다.

멈춰. 내 몸에 사정한다.

우웩.

멈추라고.

내가 내는 소리도, 토할 때마다 목과 등이 비틀리는 것도 멈출 수가 없다. 내 몸을 통제할 수 없다. 고장 난 몸에 갇혀버린 기분이다.

우웩.

침실에서 움직이는 소리가 들린다.

"길다?" 화장실 밖 복도에서 엘리노어가 부른다. "아파?"

괜찮다고, 돌아가서 자라고 대답하려 하지만, 입을 열자마자 위장이 내용물을 분출하고 만다. 화장실 바닥에 토해버렸다. 젠장.

화장실을 둘러본다. 엘리노어의 수건은 전부 흰색이다. 이걸 어떻게 치워야 하지.

우웩.

그녀가 맨발로 마룻바닥을 걸어오는 소리가 들린다.

그만 좀 토해. 내 몸에게 사정해보지만, 또 올라온다.

문이 열린다.

"어떡해, 너 아프구나."

"괜찮아, 괜찮아, 걱정하지 마. 가서 자. 나 괜찮아."

엘리노어가 수도꼭지를 열고 차가운 물 한 잔을 받아 내게 건넨다.

고맙다고 말하려 하지만, 할 수 있는 거라곤 토하는 것뿐이다.

엘리노어가 자기 머리를 묶고 있던 고무줄을 풀어 내 머리를 뒤로 넘기고 묶어준다.

나는 계속 괜찮아, 진짜 괜찮아, 걱정하지 마, 라고 말하려고 하지만, 입을 열 때마다 토하고 만다.

변기를 끌어안고는 반쯤 소화되다 만 붉은 닭고기를 물속에 토해낸다.

눈이 뻑뻑해지고, 속은 계속 뒤틀리고, 위산 때문에 목이 타들어간다. 엘리노어가 바구니에서 깨끗하게 개어둔 흰 수건 한 장을 꺼내 내 구토물을 닦아내는 걸 보고야 만다.

"남자였을까, 아니면 여자였을까?" 바니가 묻는다. 어김없이 내 책상에 걸터앉아 있다.

"무슨 말씀 하시는 거예요?"

나에게 너무 바짝 붙어 앉지 않았으면 좋겠다. 여전히 몸이 좋지 않다.

"그레이스 죽인 사람 말이야. 남자였을 거 같아, 아니면 여자였을 거 같아?"

"남자요." 내가 그를 노려보며 대답한다.

"그래? 왜?"

"그냥 직감이죠." 내가 조용히 말한다.

"모르겠네." 그가 생각에 잠긴다. "나를 털려던 사람이었을지도 몰라."

나는 '살인과 성별'을 검색한다. 살인범의 약 90%가 남성이라고 한다.

"제프 신부님?" 신부님 사무실 문을 두드린다.

신부님이 노트에서 시선을 들어올린다.

"잠깐 시간 괜찮으세요?"

"물론이죠, 들어와요." 신부님이 펜을 내려놓는다.

나는 신부님 책상 맞은편 의자에 앉는다.

"요즘 그레이스에 대해 많이 생각하고 있어요. 그분에 관해 몇 가지 여쭤봐도 될까요?"

"오. 물론이죠. 뭘 알고 싶은가요?"

"그분이 자꾸 제 머릿속에 떠올라요. 그분이 당한 일 때문에 마음이 너무 안 좋아요."

"나도 그래요." 신부님이 끄덕인다. "그래도 그레이스는 지금 천국에 있어요. 그렇게 생각하면 마음이 좀 나아지나요?"

나는 고개를 끄덕이지만, 사실 그렇지 않다.

"그레이스가 여기서 일하기 전에는 무슨 일을 했나요?"

"음, 한동안 작은 가게 점원으로 일했었지요."

"그밖에는요?"

"글쎄…." 신부님이 생각에 잠긴다. "'도서관 친구들'에서 자원봉사를 했죠. 책 읽는 걸 무척 좋아했거든요. 세인트가브리엘 학교에서 쉬는 시간 감독관을 하기도 했고요. 아이들도 정말 좋아했어요. 십자말풀이도 자주 했지요. 굉장히 사교적인 사람이었답니다. 성당 활동에 적극적이었고요. 통조림 기부 프로그램을 운영했었죠. 자선 활동에 열심이었어요."

"좋은 분이었네요? 인기도 많았고요?"

"아, 그럼요." 신부님이 끄덕인다. "그래요, 모두가 그레이스를 좋아했죠. 정말 상냥한 사람이었거든요."

"누군가 그레이스를 죽이고 물건을 훔치려고 했을까요?"

"잘 모르겠군요. 소박한 사람이었으니까요. 만약 그런 이유였다면 놀랄 일이죠."

"주변에 이상한 사람은 없었고요? 약물 문제를 가진 사람과 알고 지냈다거나?"

신부님이 고개를 젓는다. "그런 얘길 내게 한 적은 없어요."

"바니가 그레이스 일에 대한 얘기를 많이 해요." 내가 조용히 말한다. "살인자 추적에 관한 책을 읽고 있어요."

신부님이 고개를 끄덕인다. "그렇겠죠, 바니도 이 사건에 신경을 많이 쓰고 있어요."

나도 끄덕인다.

"누가 죽였을까요?" 내가 불쑥 묻는다.

"흠, 나는 정말 모르겠네요. 그레이스는 정말 상냥하고 조용한 사람이었어요. 누가 왜 그녀에게 해를 끼치려 했을지 상상조차 할 수 없군요. 하지만 나는 그 생각에 마음 쓰지 않고 경찰과 하느님께 맡기기로 했어요. 그런 걱정에 빠져 있다고 해서 달라질 건 없으니까요."

바니의 이름을 구글 검색창에 입력한다. 검색 결과를 쭉 내리다 그의 페이스북 계정을 발견한다.

프로필 사진은 아주 낮은 각도에서 찍은 셀카다. 폭스 뉴스 링크를 많이 게시한다. 관계 상태는 기혼으로 되어 있다. 페이스북 프라이버시 설정에 익숙하지 않은 모양이다. 모든 사진 앨범이 다 공개되어 있다. 3년 전에는 플로리다로 여행을 다녀왔다. 그 이전에는 모터쇼 같은 곳에 참석했었고. 지난여름에는 해변에 가서 흐릿한 비치타월 사진을 많이 찍었다. 앨범의 거의 끝에 다다르자, 딸을 감싸안고 미소 짓고 있는 바니의 사진이 한 장 있다. 나는 그녀의 프로필을 클릭한다.

딸은 임신 경과에 대한 게시글을 많이 올리고 있었다.

"아기가 호두만 해요!"

"아기가 사과 크기래요!"

"아기가 멜론만 해졌어요!"

바니는 모든 게시글에 '좋아요'를 눌렀다.

나는 가짜 페이스북 계정을 만들고 있다.

이름을 고른다. 호머 S. 거스터.

구글 이미지에서 나이 든 남자 사진을 골라 프로필 사진으로 저장한 뒤, 바니 딸의 계정으로 이동해 친구 추가 버튼을 누른다.

책상에 앉아 천장에서 전등이 윙윙거리는 소리를 듣고 있다.

컴퓨터 화면 모서리에 있는 시계가 째깍째깍 지나가는 걸 지켜본다. 2시 41분. 2시 42분. 2시 43분. 내 시선은 화면을 떠돌다 마침내 보낸 메일함에서 멈춘다.

보낸 메일함에 들어가 스크롤을 내리며 그동안 그레이스가 쓰고 보낸 이메일 수백 개를 찾아낸다.

왜 이제서야 이걸 확인할 생각이 들었을까. 나는 자책하면서 모든 이메일을 열어 휙휙 훑어본다.

그레이스는 상실을 겪은 유족들에게 위로 메일을 보냈다.

윌리엄스 가족께,

우리 교구는 귀 가정을 떠올리며, 존의 안식과 가족분들을 위해 매일 기도하고 있습니다.

아래 첨부한 상실에 관한 구절을 읽어주세요.

주님의 은총과 사랑이 함께하길,

세인트리고버츠 성당

그레이스는 전달받은 이메일들을 다른 사람들에게도 전달했다. "재밌는 햄스터 사진들 좀 봐요!" 그녀는 이렇게 적었다. 어떤 이메일 제목은 "성당에서 찾은 웃긴 말들"이었다. 이런 문구가 적힌 사진들이 있었다. 성수를 어떻게 만드느냐고요? 지옥을 끓여서요!

로즈메리에게는 요리 레시피를 보냈다. 초콜릿퍼지 레시피가 있었다. 콤부차와 터키시 딜라이트 만드는 법도 적었다.

로즈,

어젯밤 드럭스토어에서 짐과 똑같이 생긴 남자를 봤다고 그에게 말해주렴. 나는 계속 "짐! 짐!" 하고 소리쳤어. 마침내 그 남자가 돌아보고서야 짐이 아니라는 걸 깨달았고 내가 아직 양로원에 가지 않은 게 기적이구나 싶었단다. 하루 종일 이 일을 떠올리며 웃었어.

사랑을 담아, 네 친구,

그레이스

그녀가 로즈메리에게 가장 최근에 보낸 이메일은 생일 축하 메시지였다.

사랑하는 로즈메리,

늦었지만 생일 축하해! 로지, 내 기억력이 점점 나빠진다. 지난주에 이메일 못 보내서 미안해. 또 한 번 잊고 지나가면, 이 이메일을 영원한 생일 축하 편지로 여겨주렴. 앞으로의 모든 생일과 네 생애 남아 있는 모든 나날이 감당 못 할 만큼 벅찬 행복이길 바랄게!!

이메일 가운데 바니에 대한 언급이 있는지 샅샅이 뒤진다.

그의 이름을 검색하니 하나가 나온다. 이렇게 적혀 있다.

친애하는 바니,

성당 사람들 모두 당신을 그리워하며 당신을 위해 기도해요.

사랑을 담아,

그레이스

그도 답장했다.

고마워요, 그레이스. 주님의 은총이 함께하길. 저는 괜찮아요.

바니

나는 이메일 두 통을 열 번쯤 읽는다.

바니는 왜 성당에 없었지? 사람들은 왜 그를 위해 기도했을까?

오늘 미사에서는 지역 초등학생들이 연극을 한다. 공연 제목은 〈십자가의 길〉이다. 평소보다 많은 교구 사람들이 미사에 참석했다.

주연 배우는 금발의 열 살짜리 남자아이이다. 조그만 금빛 머리 위에 나뭇가지를 엮은 화관을 쓰고 커다란 흰색 목욕 가운을 입고 있다. 가운 벨트를 계속 조이고 있는 아이의 손을 본다. 손가락에 보라색 반창고가 붙어 있다. 아이의 입으로 시선을 옮기니, 점심으로 무얼 먹었는지 윗입술 위에 오렌지색 콧수염 같은 자국이 남아 있다.

이 꼬마에게 정이 들려는 차에, 얼굴에 수염을 그린 열 살짜리 여자아이가 그에게 사형선고를 내린다. 본당이 암전한다.

다시 불이 켜졌을 때, 열 살짜리 남자아이는 자기가 옮겨야 할 나무 십자가를 건네받는다. 십자가는 놀라우리만치 사실적이다. 실제 십자가형을 견딜 만큼 튼튼해 보인다. 하지만 성인용 사이즈는 아니다. 그래서는 이 아이가 옮길 수 없을 테니까. 어린이용 십자가다.

꼬마는 십자가를 옮기다가 주저앉고 만다. 이것도 연출의 일부인가? 주변을 둘러본다. 관객 중 누구도 놀라는 기색이 없다. 연출이거나, 관객의 기대치가 낮은 거겠지.

연파랑 침대 시트를 몸에 두른 예수의 학급 친구 한 명이 그 옆에 무릎을 꿇는다. 아마 어머니 역할인 것 같다. 여자아이는 조그만 손으로 그의 얼굴을 어루만지고 있다. 또 한 번 암전.

다섯 번째 장면에서, 예수의 친구들 중 남자아이 하나가 십자가 옮기는 걸 돕는다. 정말이지 다정하잖아? 지금까지 본 장면 중에 제일 마음에 든다.

어떤 여자아이가 천으로 예수의 얼굴을 닦아준다. 아이는 그 천 조각을 관객 쪽으로 들어 보인다. 천 위에 예수의 얼굴이 그려져 있다. 커다란 수염과 긴 갈색 머리의 성인 남자 얼굴은, 이 금발 소년의 창백한 주근깨투성이 얼굴과 강렬하게 대조된다.

일곱 번째 장면에서 아이는 또 넘어진다. 가운이 너무 길어서 밟은 것 같다. 아빠 목욕 가운을 입은 모양이다.

침대 시트를 두른 한 무리의 여자아이들이 그를 둘러싸고 우는 연기를 한다.

아이가 또 넘어진다. 이번에는 의도적인 장면 같다.

반 친구들이 몰려와 아이의 가운을 찢어버린다. 다행히도 아이는 가운 안에 티셔츠와 반바지를 입고 있다. 그래도 그 장면은 부적절해 보인다.

이제 반 아이들 중 한 명이 그를 십자가에 못 박는 척한다. 아이의 손에서 1인치 정도 떨어진 곳을 진짜 망치로 휘두르고 있다. 거리를 잘못 가늠하고 내리쳐 그 작은 손바닥을 진짜 때리면 어쩌지. 망치를 휘두를 때마다 나는 움찔거린다.

이제 죽음의 순간인 것 같다. 아이는 교회 천장을 올려다보고 있다.

발끝을 내려다본다. 이게 끝인 것 같다.

잠깐만, 다른 배우들이 아이를 십자가에서 내린다.

이제 교회 카펫 위에 눕힌다.

암전.

우레와 같은 박수 소리.

나도 덩달아 손뼉을 친다.

관객이 모두 기립한다. 무대를 향해 환호한다.

"잘했어, 애들아!" 누군가가 외친다.

한 남자가 휘파람을 분다.

"앙코르!"

"올해 십자가의 길 정말 좋았어요. 안 그래요?" 바니가 우리 맞은편에 서 있는 노인에게 말을 건넨다.

노인은 멜빵 아래 엄지손가락을 걸고 있다. 그가 끄덕인다. "마리아 역을 맡은 여자아이가 특히 잘하더구먼."

"저도 그렇게 생각했어요." 바니가 동의한다.

"그래, 길다는 어떻게 봤나?" 노인이 내게 돌아선다.

나는 더듬는다. "십자가가 꽤 무거워 보이던데요."

두 사람 다 고개를 끄덕인다. 바니가 중얼거린다. "맞아, 그래 보였어."

"그레이스 모펫 사건은 어떻게 되어가는 거야?" 노인이 화제를 바꾼다. "새로운 소식이라도 있나? 범인이 누군지 아직도 몰라?"

바니가 고개를 흔든다. "별다른 소식이 없네요. 경찰이 시간을 너무 지체하고 있어요. 저도 나름대로 들여다보고 있지만요. 몇 가지 단서를 찾긴 했어요. 솔직히 경찰을 믿어도 될지 모르겠네요. 우리 집이 거의 털릴 뻔했다고 말했던가요?"

"그런 일이?" 노인이 탄식한다. "아니, 언제?"

"며칠 전날 밤에요. 경찰은 아무것도 하질 않았어요. 증거가 없다더군요. 그 일로 적어도 여덟 번은 전화했는데, 나더러 그만하라는 겁니다. 말이 됩니까? 단순한 강도미수 사건도 해결 못 하는데, 살인 사건은 말할 것도 없죠. 별다른 기대는 안 하고 있어요."

노인이 끌끌 혀를 찬다. "도대체 무슨 놈의 세상인지."

"성당 사람들 중에 이 사건에 연루된 사람이 있을까요?" 제프 신부님에게 묻는다.

그레이스에 관해 물어보려고 신부님 사무실을 다시 찾았다.

"아뇨, 그럴 거 같진 않군요. 그럴 사람은 없어요."

나는 물끄러미 손을 내려다본다. 내 손가락뼈와 해골에 대해 생각하기 시작한다.

"길다, 나와 함께 그레이스를 위해 기도할래요?" 신부님이 제안한다.

"좋아요." 나는 내 해골 같은 뼈를 무릎 위에 포개며 대답한다.

신부님이 고개를 숙이고 낭송한다. "하늘의 성인들이여, 그레이스를 도와주소서! 주님의 천사들이여, 그녀를 보러 오소서! 그녀의 영혼을 지극히 높으신 하느님께 인도하소서. 그리스도께서 부르셨으니, 그리스도 곁으로 데려가소서. 천사들이 아브라함의 곁으로 인도할지니. 주님, 그녀에게 영원한 안식을 주시고, 당신의 빛을 영원히 비춰주소서."

누구시죠? 바니의 딸이 메시지를 보낸다.

내 친구 요청을 수락했다.

안녕하신가. 호머일세.

우리 아는 사이인가요? 곧바로 답장이 온다.

아버지의 오랜 친구라네. 자네 어릴 때 본 적이 있지. 바니 영감은 요즘 어떻게 지내나?

아, 죄송해요, 기억이 안 나서요. 아버지는 잘 지내세요. 작년에 저희 어머니가 돌아가셨다는 얘기는 들으셨나요? 저희 모두 그 일로 힘들어하고 있어요. 그래도 제가 곧 아기를 낳을 거라서, 아버지도 할아버지가 되는 걸 기대하고 계세요.

아내와 사별했다고?

어머니 소식은 유감일세.

바니가 연쇄살인범이라고 상상하기 시작한다. 그의 아내를 죽였을지도 모른다고.

갑작스럽게 돌아가셨나?

암으로 오랫동안 투병하셨어요. 저희 어머니를 아세요?

아냐. 바니가 힘들었겠군, 어떻게 이겨내고 있나?

아버진 괜찮아요. 어머니가 늘 집에 계셨던 터라, 요리하고 청소하는 걸 어려워하시지만요. 제가 빨래하는 법을 가르쳐드려야 했고요. 그래도 애쓰고 계세요. 옛 친구 소식 듣고 싶어 하실 거예요. 안부 전하셨다고 말씀드릴게요.

바니는 밀폐 용기에 가득 담긴 마카로니를 먹고 있다. 그가 포크를 계속 입으로 가져가는 걸 지켜본다. 그는 유리잔에 수돗물을 한 잔 따라 마셨다.

그의 손을 본다. 손가락 마디에 자라고 있는 회색 털과 그의 닳아버린, 퉁퉁한 손가락을.

손가락에 금색 결혼반지를 끼고 있다.

울적한 점심을 한 숟갈 넘기며 그가 약간 기침한다.

나는 그의 가늘어진 머리카락과 눈가의 주름, 덥수룩하게 자란 전형적인 노인의 눈썹을 본다. 그의 눈을 보고, 그 눈이 항상 그 자리에 있었으리란 사실을 생각해본다. 어린 소년이었을 때도 그의 눈은 지금과 같이 보였으리라.

"이제껏 한 일 중에 가장 나쁜 일이 뭐예요?" 내가 그에게 넌지시 묻는다.

"뭐라고?" 마카로니가 목에 걸린 듯 그가 켁켁거린다.

"지금까지 한 제일 나쁜 일이 뭐였냐고요." 내가 다시 묻는다.

그가 식사를 내려다본다. "심오한 질문이구먼. 그건 왜?"

"그냥, 살면서 크게 후회하는 일이 있는지 궁금해서요."

흠, 하고 그는 생각에 잠기더니 손가락을 튕긴다. "그래, 맞아. 치아 관리를 더 잘했으면 하지. 치과에 돈을 갖다 부었거든. 자네 치아 관리 잘하고 있나?"

나는 고개를 끄덕인다. 사실이 아니지만.

"좋아." 그가 음식을 더 집어넣으며 말한다.

식탁 위로 작은 개미 한 마리가 바니 앞을 부지런히 지나간다.

"개미잖아!" 그가 소리친다. 주먹 쥔 손으로 개미를 죽이려고 한다. 식탁을 세 번이나 내리쳤지만, 개미는 매번 다치지 않고 살아남아 계속 도망간다.

나는 바니가 셔츠 위에 흘린 마카로니 자국을 바라본다. 다림질하지 않은 셔츠를 바지에 반쯤 쑤셔넣어 입은 것을, 위아래 옷을 제대로 맞춰 입지 않은 것도.

개미를 잡으려고 계속 시도하지만, 번번이 실패하는 걸 본다.

이 남자는 자기 점심 도시락 하나 만들 줄 모른다. 집을 청소하는 법도 모른다. 자기 옷을 다려 입을 줄도 모르고, 말 그대로 개미 한 마리 죽이지 못한다.

바니가 그레이스를 죽인 게 아니라면, 범인은 누구지?

내 머리 꼭대기가 보인다. 이런 감각은 불편하긴 하지만, 어쩌면 감사해야 할지도 모른다. 내 몸에서 빠져나와 떠다니는 것은 일종의 초능력일 테니까. 마치 하늘을 나는 것 같다. 사람들은 공중에서 세상을 내려다보겠다고 돈을 쓰기도 하지 않나. 그래서 전망대마다 돈을 넣어야 볼 수 있는 망원경이 설치되어 있는 거다. 사람들은 전망을 보겠다고 산을 오른다. 비행기는 창가석이 먼저 팔린다. 내가 이런 감각을 불편하다고 여기는 것도 비관적인 태도일지 모르겠다. 내 몸의 관점이 나에게 생각의 관점을 바꾸라고 말하고 있는 건지도 모른다.

어쩌면 누가 그레이스를 죽였는지를 그만 신경 써야 하는지도 모른다.

어쩌면 일라이의 술 문제도 그만 걱정하고, 엄마 아빠가 그 문제를 모르는 척하는 것도 신경 쓰지 말아야 하는지도 모른다.

어쩌면 이 모든 부정적인 것들을 그만 생각해야 하는지도 모른다.

어쩌면 세상의 밝은 면을 봐야 하는지도 모른다.

"야, 밝은 면을 봐." 내가 나에게 말한다.

안녕, 그레이스.

통 소식이 없구나. 별일 없이 잘 지내고 있길 바라.

여긴 조용하단다. 나는 주로 뜨개질을 하거나 루를 돌보면서 시간을 보내.

지난 일요일에는 우리 언니 준을 보러 갔어. 최근에 요양원에 들어갔거든. 조카가 자기 집에 모시고 싶어 했지만, 이제는 언니가 도움이 많이 필요해. 언니는 시설에서 편안하게 지내는 것 같긴 하지만, 조금 혼란스러운가 봐. 자기가 거기서 무얼 하고 있는지 모르겠대. 계속 자기가 스물여덟 살이라고 해. 아니라고 말해도 소용없더라. 자기가 이제 막 스물여덟 살이 됐다고 철석같이 믿고 있어.

내가 몇 년 동안 들어보지도 못했던 장소와 이름을 이야기하곤 해. 같이 자동차 극장 자주 갔던 거 기억하니? 엘름 스트리트에 있는 오래된 백화점 기억나? 더 이상 존재하지 않는 것들에 대해 계속 묻고 있어. 탭[12]을 마시고 싶어 해. 우리가 80년대에 지냈던 오두막집에 가고 싶어 하고. 프레디 윌킨스 얘기도 하더라. 프레디 윌킨스 기억나니? 어떻게 변했는지 궁금하긴 하네.

있는지도 몰랐던 기억들이 머릿속에 저장돼 있다니 참 희한해. 내가 10년 전에 언니에게 물었더라면, 언니는 프레디가 누구인지 기억하지 못했을 거야. 하지만 어째서인지 지금은 기억에 선명하게 남아 있더라고.

언니는 레베카 퍼스트도 얘기했어. 기억하지? 언니가 레베카 이름을 말하는 순간 내 가슴이 철렁했잖아. 언니는 레베카의 인생이

12 코카콜라 컴퍼니에서 생산하던 다이어트 콜라로, 1963년 출시돼 2020년에 단종되었다.

어떻게 됐는지 기억하지 못했어. 그녀가 마지막으로 만난 그 끔찍한 학대남 기억하지? 그 남자 때문에 애들을 전부 잃었잖아. 그리고 젊은 나이에 암으로 죽었지. 기억나니? 정말 슬픈 일이었어. 어렸을 땐 정말 사랑스러운 애였는데. 우리 삶의 행로가 어떻게 바뀌는지 생각하면 정말 이상해.

내가 짐을 만나기 전에 사귀었던 남자 기억해? 코스타리카에 자리 잡고 산대. 내가 그 사람이랑 계속 함께였다면 내 인생이 얼마나 달라졌을지 상상이나 가니? 너는 수녀가 되고 싶다고 말하곤 했잖아! 상상이나 돼?

지나간 일을 회상하는 건 참 재미있지. 그래도 나는 과거로 돌아가고 싶다는 생각은 안 해. 옛 인연이 그립긴 해도, 다시 20대 시절로 돌아가고 싶진 않아. 내가 좀 이상한가? 아마도 여기까지의 여정에 만족하고 있고 모든 걸 흐트러뜨리고 싶지 않아서인 것 같아.

사실 언니는 일요일에 날 알아보지 못했어. "안녕, 언니. 나 로즈메리야"라고 말했는데, 어리둥절한 표정으로 보더라. 마침내 나를 알아봤을 땐, 이렇게 외쳤어. "너 왜 이렇게 늙어 보여?" 방에 있던 간호사가 깜짝 놀라길래, 웃으면서 말해줬지. "나 늙은 거 맞아!"

그레이스, 잘 지내고 있길 바라.

사랑을 담아,

로즈메리

별다른 이유도 없이 심장이 고동치고 숨쉬기가 어렵다.

마음챙김 연습을 해보자. 나는 혼잣말한다.

주위를 둘러보고 뭐가 보이는지 말해봐.

서랍 위에 먼지가 보여.

마룻바닥에 양말이 보여.

옷장에 걸려 있는 옷이 보여.

똑같은 초록색 후드티가 여섯 벌 있네. 도대체 내가 왜 초록색 후드티를 여섯 벌이나 샀는지 모르겠다. 딱히 후드티를 좋아하는 것도, 초록색을 좋아하는 것도 아닌데. 그리고 청바지는 왜 죄다 회색이야? 눈이 그려진 티셔츠가 한 장 있다. 나무 그루터기가 그려진 또 다른 티셔츠도 있고. 어째서? 이런 게 내 스타일인가? 스타일이라는 개념은 왜 존재하는 거지? 내가 천을 몸에 휘감는 건 거북이가 등껍질을 갖고 있는 것과 같은 이유에서인가? 내가 새고, 이것들이 내 깃털이 되는 건가? 다른 이유가 있을까? 왜 이런 색들을 골랐지? 이것들에 쓴 돈이 얼마야? 내가 죽으면 이것들은 다 어디로 갈까. 전부 어딘가에 기부되어 나와 일면식도 없는 사람들이 입게 될까? 내가 만난 적 있는 사람이 입는다면? 그 사람들이 까맣게 모른 채 죽은 지인의 초록색 후드티를 입고 돌아다닌다면? 이 중에 중고 가게에서 산 게 뭐더라? 이 옷 중에 하나를 입고 죽은 사람도 있을까?

나는 침대 옆 탁자에 올려둔 더러운 접시를 본다.

창문을 통해 빛이 들어오는 걸 본다.

내 스마트폰에 불이 들어오는 걸 본다.

내려다본다. 엘리노어의 메시지다.

오늘 아침 옷을 입을 때 제정신이 아니었다. 뭘 입을까 지나치게 고민한 나머지, 말도 안 되는 결론에 이르고 말았다. 어째서인지 남성용 회색 트레이닝 바지에 엑스라지 사이즈의 회색 티셔츠를 맞춰 입은 것이다. 뇌가 곡예를 펼치며 이것들이 내가 가진, 유일하게 봐줄 만한 옷이라고 합리화했다. 알 수 없는 악마의 영혼이 나를 사로잡아 이밖에 뭘 입어도 우스꽝스럽게 보일 거라고 속삭였다. 엘리노어와 영화관에 가는 건 곧 데이트를 위해 차려입어야 한다는 것이란 생각을 하지 못했고, 가엾은 엘리노어가 커다란 회색 덩어리로 나타난 나를 혐오할지 모른다는 생각도 하지 못했다.

영화관 화장실에서 손을 씻고 있다. 이미 비누 거품이 씻겨나갔는데도 나는 계속 수도꼭지 센서에 손을 가져다 대고 재차 씻는다. 부끄러워해야 한다는 사실이 퍼뜩 떠올랐기 때문이다.

화장실 밖으로 나와 참을성 있게 기다려준 엘리노어를 향해 물에 불어터진 손을 흔든다. 세련되게 잘 갖춰 입은 그녀와 내가 얼마나 극명하게 대조되는지 느낄수록 겸허해진다. 그녀는 청바지에 깨끗하고 몸에 꼭 맞는 티셔츠를 입고 있다. 그녀의 얼굴을 흘깃 본다. 마스카라도 한 건가?

"왜 그렇게 쳐다봐?"

"미안해." 내가 시선을 돌리며 얼버무린다.

사람들은 아마도 나를 그녀의 괴짜 친척이라고 생각할 거다. 누가 봐도 이상하고 볼품없지만, 자비로운 그녀가 영화관에 데리고 나온 것처럼 보이겠지.

영화관 직원이 우리 티켓을 뜯는다. 멋진 엘리노어를 향해서는 따뜻하게 미소 짓지만, 그의 얼굴에 어려 있던 온기는 내게 닿자마자 식는다.

우리 좌석 통로에 도착한다. 나는 엘리노어에게 팝콘 봉지를 건네며 말한다. "이거 잠깐만 들어줄래?" 그러고선 무릎을 굽히고 성호를 긋는다. 엘리노어가 킥킥댄다. "뭐야, 도대체 뭘 하고 있는 거야?"

헐, 나 뭐 하는 거지?

우리가 고른 영화가 마음에 들진 않지만, 커다란 스크린을 향해 계속 미소 짓고 있다. 엘리노어는 영화가 재밌나 보다. 계속 킥킥거리면서 자기 무릎을 친다. 그녀의 우스꽝스러운 웃음소리를 들을 때면 행복의 전율이 나에게 밀려온다.

“재밌었어?” 그녀가 극장을 나서며 묻는다.

나는 빈 팝콘 봉지를 쓰레기통에 던진다.

“응.” 그녀를 향해 미소 짓는다.

“너네 집에 있는 건 다 고장 났네.” 엘리노어가 말한다. “거울은 금이 갔고, 찬장은 부서졌고, TV 리모컨도 부서졌어. 옷장문은 닫히지도 않고. 깡통 따개조차 들질 않아. 창문도 안 잠겨. 왜 아무것도 고치지 않는 거야? 내가 고치는 거 도와줄까?”

“아, 아니야. 고마워. 내가 할게.” 내가 거짓말한다.

“너 또 조용해졌어. 괜찮은 거 맞니?”

그녀의 얼굴을 바라본다.

“괜찮아.”

난데없이 현관을 두드리는 소리에 놀라 잠에서 깬다. 정신없이 일어나 앉아 더듬더듬 스마트폰을 찾아 시간을 확인한다.

“누구야?” 엘리노어가 묻는다.

“모르겠어.” 내가 눈을 비비며 대답한다.

문 앞에 선 사람이 다시 두드린다.

비틀비틀 문가로 간다. 화장실 앞을 지나가다가 열린 문틈으로 깨진 거울에 비친 내 모습을 얼핏 본다. 뒤통수는 납작하게 눌려 있고, 뺨에는 베갯잇 자국이 주욱 그어져 있다.

문을 열어보니, 경찰관 한 명이 문틀에 기대 서 있다.

옆집 여자가 문을 열어둔 게 보인다. 무슨 일인지 엿보고 있다.

"안녕하세요." 경찰관이 내 얼굴을 훑으며 인사한다.

"안녕하세요."

나는 경찰서의 텅 빈, 회색 방에 앉아 있다. 경찰관 두 명이 테이블 건너편에 앉아 있다. 오렌지 소다 캔 하나를 건네받았다.

내가 왜 여기 불려온 건지 잘 모르겠다. 오라고 하기에 알았다고 했다. 내가 여기 온 이유를 추측하려는 머릿속 대화를 애써 억누르는 중이다.

마음속에서 다양한 가능성이 떠오르면서 내 심장이 점점 빨리 뛰는 것이 느껴진다. 신경을 돌려보려고 방 안을 둘러본다. 방은 텅 비어 있다시피 해서 눈을 둘 만한 게 거의 없다. 방 안에 시계가 하나 있다. 똑딱거리는 소리가 들린다.

똑딱, 똑딱, 똑딱 소리에 집중할수록 더 불안해진다.

나는 숨을 깊이 들이쉬고 손을 내려다본다. 똑딱, 똑딱, 똑딱. 손가락 관절 주름에 집중한다. 똑딱, 똑딱, 똑딱. 손톱 모양에 집중한다.

집으로 찾아왔던 경찰관은 서류에 무언가를 적어 넣고 있다. 그대로 고개를 들지 않고 내게 묻는다. "아파트 밖에 꽤 망가진 차가 한 대 있던데요. 당신 겁니까?"

“네.” 내가 고개를 끄덕이며 대답한다.

그날 신호등 앞에서 들이받힌 이후에 차를 고치지 않았다.

“어쩌다 차가 그렇게 망가졌어요?” 그가 여전히 고개를 숙인 채로 묻는다.

“교통사고가 났어요. 어떤 여자가 신호 앞에서 제 차를 들이받았거든요.”

“신고는 하셨어요?”

나는 고개를 젓는다.

“왜 안 했죠?”

나는 더듬거린다. “잘… 잘 모르겠어요.”

신고할 의욕이 없어서 신고하지 않았다. 이런 이유는 일상의 기본적인 과제를 수행할 동기가 있는 사람들에게는 이해하기 어려울 것이므로, 굳이 얘기하지 않는 편이 낫다. 경찰서에 가고, 서류를 작성하고, 보험회사와 이야기하느니 문제를 무시하는 편을 택하고 싶었을 뿐이다. 교통사고를 신고하는 일이 차를 잃은 셈 치는 것보다 더 버겁게 느껴진다.

경찰관은 고개를 들어올린다. “그러니까 당신 말은, 빨간불에 멈춰 섰는데, 교통법규에 따라서 말이죠. 누군가 당신 차를 뒤에서 쳐서 차가 완전히 망가졌고, 그런데도 보험회사에 신고도 하지 않았다는 거네요?”

“네, 그러니까, 그런 것 같아요. 아직 못한 거예요.” 내가 거짓말한다.

“좀 마십니까, 길다?”

“술 말인가요?” 왜 이렇게 되물었지. 내가 살아 있는 인간으로서 존재한다는 사실은 물과 다른 음료들을 마신다는 걸 포함한다.

재빨리 수습해본다. “아뇨, 아, 안 마셔요.”

“전혀 안 마신다고요?”

“가끔 마시긴 하지만요, 애주가라고 할 수는 없어요. 아니에요.”

“사고 직전에 많이 마셨나요?”

“아뇨.”

“그날 아무것도 마시지 않았어요?”

“아뇨, 안 마셨던 것 같아요. 아침 8시였거든요.”

“그러면 기억이 안 난다는 겁니까?”

“제가 뭔가 의심받고 있는 건가요? 제가 뭔가 저질렀다고 생각하시는 건지…”

그들은 대답하기 전에 잠시 머뭇거린다.

“그레이스 모펫을 잘 알았나요?”

“그레이스를 잘 알았느냐고요?” 내가 질문을 소화하며 되묻는다. “아뇨, 저는, 저는 그레이스를 전혀 몰랐어요.”

“한 번도 만난 적이 없어요?”

"없어요. 그분이 돌아가신 후에 성당에서 일을 시작했거든요."

"지금이 솔직하게 털어놓을 기회입니다, 길다."

"뭘 말이에요? 저는 솔직하게 말하고 있어요."

"그럼 이렇게 물어보죠." 경찰관이 목소리를 부드럽게 낮춘다. "그렇다면 왜 이렇게 긴장하고 있는 거죠?" 그가 앞으로 몸을 기울인다. "여기 들어올 때부터 말을 더듬고 안절부절못하고 있잖아요. 창백해져서는 숨도 제대로 못 쉬고…"

"저는 원래 이래요." 손가락으로 테이블을 탁 치며 잘라 말한다.

경찰관들은 나를 이 황량한 방에 남겨두고 나갔다.

나는 다시 시계의 똑딱, 똑딱, 똑딱 소리를 듣고 있다.

내 몸 바깥으로 미끄러져 나온 기분이다. 천장에서 나를 내려다보고 있는 것 같다. 내 머리 꼭대기에서 내려다보고 있다.

엉망진창이다. 옷은 구겨져 있고 나는 구부정히 앉아 있다.

왜 그렇게 쪼그라져 있는 거야?

똑바로 앉아.

지금 진짜 범죄자처럼 보인다고.

똑바로 앉으란 말이야!

경찰관 한 명이 다시 방으로 들어온다.

나는 허리를 펴고 앉는다.

그는 나를 쳐다보지 않는다. 내가 눈을 맞춰보려 하지만, 그가 피하고 있다. 얼굴이 분홍빛이다. 얼굴을 붉힌 건가? 심문하는 경찰관이 부끄러워하는 것처럼 보이는 게 정상인가?

"당신 동성애자인가요, 길다?"

"네?" 전혀 예상치 못한 질문이다.

그가 내 대답을 기다린다.

"네."

그가 내 눈을 들여다본다. "그거 좀 이상하죠, 안 그래요? 동성애자가 성당에서 일하는 거요."

"누가 뭘 해야 하는데요?"

그가 눈썹을 찌푸린다. "뭐라고요?"

나는 입을 다문다.

내가 다시 몸 밖으로 빠져나와 천장으로 올라가는 기분을 느낀다.

그가 말을 잇는다. "동성애자가 성당에서 일한다는 건 말이 안 돼요. 그렇지 않습니까? 당신이 교통사고 신고를 안 한 것도 이상하고요. 뭔가 이상하다고요, 알겠어요? 걱정스러운데요. 당신은 갈수록 이상하게 행동하고 있어요."

나는 그의 입이 열리고 닫히는 것을 쳐다본다. 열리고 닫히고. 열리고 닫히고.

그가 내게 이상해 보인다고 계속 말하는 동안 나는 내 몸 위를 둥둥 떠다니고 있다.

정말 이상해 보이네.

내 이상함을 과장해서 드러내지 않으려고 애써 표정 관리하는 나를 본다. 이런 상황에서 이상하지 않은 표정을 짓기란 정말 어려운 일이다. 예컨대, 나는 웃어선 안 된다. 그게 더 이상할 테니까. 아마도 끄덕여야 하나?

"제가 뭘 걱정하는지 이해합니까?" 그가 다시 눈썹을 찌푸리며 묻는다.

끄덕여라.

끄덕여.

고개 끄덕이라고! 내가 나 자신을 내려다보며 소리친다.

나는 고개를 끄덕인다.

나는 멍한 상태로 경찰서를 나온다. 현실에서 떨어져나온 기분이다. 앞으로 내딛는 걸음걸음이 부자연스럽다. 내가 내 몸을 자동차처럼 조종하고 있는 것 같다. 내가 눈을 깜빡이고, 숨을 들이쉴 때마다 의식하게 된다.

방향을 틀 때 방향키를 찾다가, 내 몸은 차가 아니고 깜빡이가 없다는 걸 생각해낸다. 주변을 돌아본다. 나를 둘러싼 바깥 풍경의 미세한 디테일에 과도하게 민감해진 상태다. 소나무에 달린 바늘 같은 잎을 본다. 지나가는 차량의 조그만 녹슨 자국도.

"주세페가 누구야?" 집에 들어서자마자 엘리노어가 묻는다.

"아직 여기 있었어?" 나는 문가 탁자에 현관 열쇠를 던진다. 그녀가 이미 떠나고 없을 줄 알았다.

그녀는 침대 위에 앉아 내 스마트폰을 무릎에 올려놓고 있다.

내가 멈칫한다. "너 내 폰을 열어본 거야…?"

"너 남자친구 있었어?"

"아니야."

그녀가 아랫입술을 삐죽 내미는가 싶더니 양손에 얼굴을 파묻는다.

"미안해…" 내가 입을 뗀다.

"넌 내 생각은 하나도 안 하는 것 같아!" 그녀의 손가락 틈새로 눈물이 흘러나온다. "뭔가 이상하다는 건 알았는데, 정말 이럴 줄은 몰랐어! 남자친구가 있다는 걸 쭉 숨긴 거야? 나랑 만나는 내내 그랬니?"

"아냐, 엘리노어. 남자친구 없어. 이건 그냥 오해야. 난 정말…"

"네 문자 메시지들 읽었어. 그 남자는 널 애칭으로 부르고, 누가 봐도 넌 그 남자와 내내 데이트 중이었어. 그가 수없이 네게 전화 건 걸 네 통화 목록에서 다 봤다고. 이 남자랑 사귀고 있는 게 분명하잖아."

"정말 아니야." 내가 설명해보려 애쓴다. "사실 좀 우스운 얘긴데, 나는…"

"지금이라도 내게 솔직해져봐, 길다." 그녀가 얼굴에서 손을 뗀다.

"솔직하게 말하고 있는 거야…"

"내가 보낸 문자 절반은 답장도 안 했잖아!" 그녀가 운다. "내 반만큼도, 넌 내게 관심이 없는 것 같았다고. 네가 이렇게 잠깐씩 시간을 내주는 게 더 절망스러워. 날 좋아한다고 믿게 만들면서 네 옆에 붙잡아두려는 거잖아. 살면서 내가 이렇게 불쌍하게 느껴진 건 처음이야. 넌 노력도 하지 않아. 내가 왜 계속 너한테 말을 걸었는지 모르겠다."

"정말 미안해…"

"애초에 나랑 얘기는 왜 한 거야? 너 딱 봐도 나 안 좋아하잖아."

"나 너 좋아해."

"그럼 이건 다 뭔데?"

"내가 문제가 좀 있어."

"네가 나에 대해 좋아하는 걸 하나라도 말해봐. 하나도 못 댈걸."

"난 네가 큰 소리로 웃는 게 좋아." 내가 불쑥 말한다.

그녀가 노려본다. "그게 무슨 바보 같은 말이야."

"바보 같은 거 아냐."

그녀가 머리를 흔들더니 일어선다.

"정말 미안해." 내가 다시 말한다.

그녀가 떠난다.

엘리노어에게 안녕. 하고 문자를 보내지만, 답장이 없다.

안녕.

안녕.

안녕.

우리의 문자 메시지를 되짚어본다. 지나간 대화들을 다시 읽는다. 그녀가 내게 얼마나 자주 문자를 보냈는지, 그리고 내가 얼마나 자주 답장하지 않았는지 알아차린다. 그녀에게 두 마디 이상 한 적이 거의 없었다. 대화를 먼저 시작한 적도 거의 없었다.

안녕. 내가 다시 쓴다.

차가운 바람이 얼굴을 때린다. 기온이 영하로 내려갔고 공기는 살을 에는 듯하다. 냄새도 맡을 수 없고 소리도 잘 들리지 않는다. 몸이 얼어붙은 것처럼 모든 감각이 무뎌졌다. 나는 꽁꽁 언 오른손으로 똑같이 얼어붙은 왼팔을 만져본다. 언젠가 내가 다시는 그 무엇도 느끼지 못하게 되리라는 생각에 깊이 빠져든다.

성당에 네 시간 늦게 출근했다. 호기심에 찬 신자들의 비난 어린 눈초리를 피할 수 있길 기도하며 조심스럽게 성당에 들어갔다.

늦잠을 잤다. 알람이 울렸지만 깨어나지 못했다. 세 시간 동안 알람 소리를 들으며 잤다. 그 여파로 이제 맥박에 맞춰 밀려드는 두통과, 또 무엇을 놓칠지 모른다는 정처 없는 불안에 시달리고 있다.

전화기에 부재중 전화 알림이 깜빡인다. 성당 이메일 수신함에 메일도 두 통 들어와 있다.

이메일부터 열어본다. 둘 다 로즈메리에게서 온 것이다.

첫 번째 이메일에는 헤이즐넛퍼지 레시피가 첨부돼 있다.

네가 좋아할 거야, 그레이스! 그녀가 적었다.

두 번째 이메일에는 가족 모임 사진 여러 장이 첨부돼 있다. 이런 메모와 함께. "옛 친구인 네게 우리 가족들 모습을 보여주고 싶어서."

사진을 살펴본다. 내가 예상했던 대로, 로즈메리는 나이 지긋한 할머니였다. 대부분의 사진 속에서 앞치마를 두르고 있고, 사진마다 활짝 웃고 있다.

로즈메리가 행복하다니 좋다고 생각한다. 누구라도 행복을 느낄 수 있다니 정말 좋아. 인간의 신체가 기쁨을 느끼는 데 필요한 신경전달물질을 생산해낼 수 있다는 건 놀라운 일이다. 내게는 그런 물질이 너무 적게 주어졌다는 게 속상하지만, 그래도 이 노부인은 도파민과 옥시토신, 그 밖에 빛나는 미소를 유지하는 데 필요한 무엇이든 충분히 가지고 있다는 게 다행스럽다. 남편을 잃었고, 치아는 아무래도 심은 것일 테지만. 모든 인간의 삶이란 근본적으로 무의미하다 해도 말이다.

"경찰이 찾아갔던가?" 바니가 제이콥 말리[13]처럼 뒤에서 불쑥 나타나 묻는다.

"네." 재빨리 인터넷 창을 닫으며 대답한다. "여자친구에게 용서 구하는 방법"이라는 제목의 웹페이지를 띄워놓고 있었다.

"왜요? 바니한테도 갔어요?"

"그래."

얼굴에서 피가 쑥 빠져나가는 느낌이다. 바니를 올려다본다. 경찰들이 바니에게 내가 동성애자라고 말했을까?

"아주 멍청한 놈들인 것 같아서 걱정이야."

"왜요?" 손바닥에 땀이 흥건해진다.

13 〈크리스마스 캐럴〉에 등장하는 유령.

내가 동성애자라는 걸 들어서 그렇게 생각하는 걸까?

"내내 너에 대해 묻기만 했어!" 그가 고개를 젓는다. "너를 조사해야 한다고 생각하는 것 같더라고. 넌 그레이스를 알지도 못했잖아. 완전 무능한 놈들이야."

"저에 대해 뭐라고 했는데요?"

"기억이 잘 안 나네. 질문이 많더라고. 네 성격이나 행동에 대해 물었지. 너에 대해 이상한 점을 알아챈 건 없느냐고. 무능하더라니까."

"왜 저를 의심하는지는 얘기 안 하고요?"

"안 했어." 그가 고개를 젓는다. "당최 왜 너를 의심하는지 모르겠네. 너는 알아?"

나는 눈을 크게 뜨고 고개를 흔든다. "아뇨. 모르겠어요. 그래서 혹시나 경찰들이 바니한테 말해줬나 물어본 거예요. 그러니까, 그런 얘긴 없었다는 거죠? 저를 의심하는 이유에 대해서는요? 제가 좀 동성애자 같다든가, 아니면…."

헉, 입을 다문다. 내가 왜 '동성애자 같다'고 했지?

그가 고개를 젓는다. "아냐, 내 생각엔 그냥 지푸라기라도 잡아보는 것 같아. 걱정할 필요 없어."

팔이 떨리기 시작한다.

"걱정 안 해요."

내 토끼의 사체를 발견했을 때, 혹시 나 때문에 죽은 건 아닌가 생각했다. 독이 든 잡초를 먹였거나, 놀라게 했던 게 아닐까. 토끼가 놀라서 죽을 수도 있다는 걸 알고 있었다. 아무래도 나 때문인 것 같았다. 내가 토끼를 죽였을지도 몰라.

오늘은 종일 아무것도 먹지 않았다. 먹을 걸 사러 집을 나설 의욕도 없고 배달원과 마주칠 자신도 없다.

돈 쓰기도 싫다. 머잖아 동성애자라는 사실이 탄로 나 성당에서 해고될 것 같다.

냉장고를 연다. 베이킹소다를 먹을까 잠깐 고민한다.

찬장을 연다. 성찬의 전례용 제병 봉지를 집어 든다. 봉지 뒤로 엘리노어가 준 민트 초코 쿠키 상자가 나타난다. 그걸 보는 순간 슬픔의 파도가 덮친다. 눈물이 흘러내린다.

쿠키를 보지 않으려고 찬장을 세게 닫는다. 너무 세게 닫는 바람에 다른 쪽 경첩이 떨어져나가면서 찬장이 바닥에 쿵 떨어진다. 조리대 위에 있던 그릇도 덩달아 바닥으로 떨어져 깨진다. 찬장은 내 한쪽 발등으로 떨어진다.

나는 비명을 지른다. “악!” 다친 발을 붙잡는다.

또 소리 지른다. “악! 악! 악!” 반복적으로. 하지만 차츰 소리를 줄이며 새로운 부상과 함께 살아가야 하는 현실을 받아들인다.

누군가 문을 두드린다.

나는 절뚝거리며 문 앞으로 간다.

옆집 여자가 문틀에 서서 자기 목욕 가운을 몸에 단단히 여미며 나를 바라보고 있다.

"소리가 나서요." 그녀는 내 방을 기웃거리며 말한다.

"네, 찬장이 경첩에서 떨어졌어요."

그녀는 부서진 찬장을 보고는 화장실의 깨진 거울로 눈길을 돌린다.

"집주인한테 전화해서 고쳐달라고 할 수 있어요, 알죠?" 그녀가 눈썹을 찡그리며 말한다.

"네, 알고 있어요. 감사해요." 내가 대답하며 문을 닫는다.

손에 보습제를 바르고 또 바른다. 손을 볼 때마다 얼마나 늙어 보이는지에 놀란다. 피부가 건조해서 그래. 나는 혼잣말한다. 이 손은 정말 내 손이 아닌 것 같아.

죽는 건 잠드는 기분일까, 아니면 질식하는 것에 가까울까? 전혀 다른 감각일까?

죽음의 실제 감각을 경험하지 않으려면, 오히려 폭력적인 방식으로 죽는 편이 더 나을지도 모르겠다는 생각이 든다.

플롭이 우리 안에서 죽어가는 순간을 떠올려본다. 꽃을 따먹던 토끼가 숨을 쉬지 못하고 토끼 몸속에 피가 흐르지 않으면서 암울하고 불길한 죽음의 그림자에 사로잡히는 동화 같은 순간을.

그레이스를 생각한다. 눈을 크게 뜨고, 심장이 멈추기를 기다리는 그녀를. 그녀가 숨을 들이쉬고 내쉬다가 멈추는 모습을 상상한다. 그만.

나 자신에 관해 생각한다.

"왜 경찰이 우리한테 전화하는 거냐, 길다?" 아빠가 딱딱한 목소리로 남긴 음성 메시지를 듣는다. "왜 경찰에게서 다 큰 딸자식 이야기를 들어야 하느냐고?"

"너에 대해 얘기할 게 있다고 우리를 만나야겠대."

"경찰이 왜 너에 대해 이야기하려는지 알고 있니?"

"엄마랑 나는 걱정이다, 길다."

"다시 전화 다오."

모든 걸 깨달았다. 인간은 암 덩어리다. 우리가 멀리서 지구를 바라본다면, 마치 하얀 백혈구처럼 보일 것이고, 우리의 진화를 지켜보는 것은 암이 전이되는 걸 보는 것과 같을 거다.

"네 엄마랑 나는 오늘 오후에 경찰들을 만날 거야, 길다."

"거기 가기 전에 너랑 얘기 좀 했으면 싶은데. 무슨 일이 벌어지고 있는지 네 입장을 좀 들어보려고."

"괜찮은 거니?"

"뭔가에 연루된 건 아니지?"

"전화 좀 해줘, 알겠지?"

"네가 걱정돼서 그래."

모든 걸 깨달았다. 우리는 기생충이다. 이 지구상의 다른 동물들은 자연과 더불어 살아간다. 우리만 빼고. 우리는 옴과 같다. 작은 진드기가 지구의 외층을 뒤덮고 안으로 파고들어 감염을 일으킨다. 우리는 마치 기생충 같다.

* * *

"경찰을 만났어, 길다. 전화 좀 받아."

"우리한테 다시 전화할 거니?"

"너희 엄마가 어쩔 줄 몰라 한다. 너 범죄라도 저지른 거야?"

"경찰들한테 넌 정신 나간 적이 한 번도 없다고 했어. 정상적이고 건강한 사람이라고."

"왜 전화를 안 받니? 이거 심각한 상황이야."

"경찰들이 너랑 나이 든 여자랑 무슨 관계인지 물어보더라."

"그레이스라는 할머니를 알고 있었니?"
"우리한테 전화해줘."

모든 걸 깨달았다. 우리는 박테리아다. 우주란 아마도 거대한 존재의 속눈썹 한 올에 불과하고, 우리는 그 위에, 마치 미생물이 우리 눈 속에 존재하는 것처럼 존재한다. 우리는 피부에 서식하는 작은 미생물 같다.

"전화 좀 받아, 길다. 아빤 진지해. 네가 걱정된다고."
"이 메시지들 보고 있는 거 맞지?"
"폰을 잃어버린 거야?"
"우리한테 다시 전화 좀 해."
"너 정말 성당에서 일하고 있니?"
"왜 거기서 일하고 있는 거야?"
"약이나 뭐 그런 거 하고 있어?"
"매주 병원에 가고 있다는 게 사실이야? 왜 경찰관들이 네 정신이 이상하다고 생각하는 거야?"
"전화해줘, 알겠니? 전화 꼭 해라."

나는 썰지 않은 빵 한 덩어리를 마치 빵집에서 방치한 염소처럼 뜯어 먹고 있다. 입안 가득 빵을 물고 와인을 들이켜 목구멍 아래 내 몸속 깊은 곳으로 밀어 넣고 있다. 마치 최후의 만찬에 앉은 그리스도처럼. 내가 이해한 바로는 이것이 몸을 성전처럼 대하는 방법이다.

아빠가 계속 전화를 건다. 아빠 전화가 화면을 차지하고 끊임없이 방해하니 폰으로 아무것도 할 수가 없다.

샌드위치 같은 걸 만들려고 사온 빵인데, 집에는 고기나 치즈, 양상추 따위가 하나도 없다. 샌드위치를 만든다 한들 나 혼자 먹어야 하잖아. 왜 나 혼자 먹을 샌드위치에 공을 들여야 하지?

내가 먹는다는 사실이 역겹다. 살아 있는 다른 존재들이 굶주리는 동안 나는 양식을 섭취한다. 나는 포장지와 쓰레기로 매립지를 채운다. 용서받을 수 없는 일이다.

교회에서 와인 한 병을 훔쳤다. 미리 축성된 것인지 아닌지는 모른다. 이 와인이 그리스도의 피라면, 나를 중독시켰으면 좋겠다. 신과 예수가 정말 존재한다면, 이 피의 와인을 이토록 불경스럽게 마시는 나를 지금 이 자리에서 벌주길 바란다.

안녕. 엘리노어에게 문자를 보낸다.

답장은 오지 않는다.

안녕. 다시 보낸다.

거울 속의 나를 바라보고 있다. 가끔 거울을 오래 들여다보면, 내가 동물이라는 사실이 자명해진다. 외계인들이 지구에 와서 인류를 본다면, 그들 눈에 우리는 원숭이처럼 보일 거다. 우리는 털이 없어서 영장류보다 더 못생겼다는 생각이 들 때도 있다. 우리는 꼭 갈기 달린 돼지-원숭이 꼴이다. 반대로 우리가 원숭이보다는 나아 보인다는 생각이 들 때도 있다. 빛나는 머리카락에 커다란 눈을 가진 여자애들은 말처럼 예쁘게 보일 거다. 사람들이 옷을 입지 않는다면, 대체로 더 못생겨질 거라는 생각도 든다. 철학적으로는 모든 신체가 아름답다고 믿는다. 우리 몸이 기능하고, 맛보고, 움직이고, 이 모든 걸 할 수 있다는 자체가 아름답다. 하지만 시각적으로는, 벌거벗은 몸은 대개 보기 흉하다는 사실을 부정할 수 없다. 나도 보기 흉할지도 모르겠다. 때때로 거울을 보면서 내가 못생겼는지, 예쁜지, 아니면 그 사이 어딘가인지 뚫어져라 들여다보기도 한다. 하지만 그러다 보면 내가 동물이라는 사실, 결국 돼지-원숭이처럼 보인다는 결론에 도달한다.

내 손은 정말이지 어릴 적과 똑같아 보인다. 내 손가락은 짧고, 손톱은 다 물어뜯겨 있다. 피부는 더 신선하고 매끈해 보인다. 엄지손가락에 분홍색 반창고가 붙어 있다. 손톱 아래 모래가 끼어 있다. 나는 손가락을 쭉 폈다가, 주먹을 쥔다.

눈을 다시 한번 깜박이고서 오늘은 어떻게 보이나 본다. 길어진 손가락들. 거칠어진 피부. 손목에 난 흉터.

손바닥을 뒤집어 관절을 살펴본다. 내가 더 나이 들면 이 손은 어떻게 보이려나. 반점과 주름들을 떠올린다. 하지만 나이가 더 들더라도 이 손은 언제까지나 정확히 이 손일 것이다. 어떤 끔찍한 훼손이 없는 한, 나는 결국 이 손 그대로 무덤에 들어갈 테지.

내 무릎 위에 놓은 손의 자세가 지나치게 의식된다. 손가락 위치를 계속해서 바꿔본다. 내 옆에 앉은 여자는 자기 손에 신경 하나 쓰지 않는다. 그녀의 손이 계속 내 손을 스친다. 아마 자기도 알고 있고, 개인적인 경계가 없는 사람일 수도 있지만, 그런 것 같진 않다. 이 버스에서 나 아닌 어느 누구도 자기 손에 대해 조금도 신경 쓰는 것 같지 않다.

"당신 손 좀 봐요!" 나도 모르게 낯선 사람에게 큰 소리로 외친다.

"뭐라고요?" 낯선 이는 놀란 눈으로 나를 바라본다. 그녀의 시선과 마주치는 순간, 내가 이상한 행동을 했음을 알아차린다.

내가 이 말도 안 되는 소리에 대한 그럴듯한 설명을 생각해 내려고 애쓰는 동안 그녀는 슬쩍 거리를 두고 앉는다. 하나도 생각이 안 난다. 결국 아무 말도 하지 않는다.

* * *

경찰이 누나 일로 나랑 이야기하고 싶대. 일라이이가 문자를 보낸다.

가야 하나? 무슨 짓 했어? 괜찮은 거야?

엄마 아빠도 완전 겁먹었어. 엄마 아빠한테 전화할 수 있어?

메시지 보고 있는 거 다 보여.

답장해줘.

괜찮아?

경찰이 누나를 살인 용의자로 보는 것 같아.

그레이스라는 할머니 알고 있었어?

어떻게 내가 누군가를 죽일 수 있다고 본 거지? 나는 나 자신조차 못 죽이는데.

눈을 감고 눈꺼풀 뒤의 어둠에 집중한다.

깜깜해.

몸 밖으로 나온 느낌이다.

"도대체 내가 여자를 죽일 이유가 뭐가 있겠어?" 나 자신에게 소리 내어 묻는다.

강과 도로 위를 지나는 다리 위에 서 있다. 내 밑에서 자동차들이 콘크리트 도로 위를 달리는 모습을 보고 있다.

뭐라도 할 만한 의욕이 내게 뭐가 있겠냐고?

뛰어내릴 수도 있다. 저 아래 있는 모든 이들의 하루를 망쳐버릴 수도 있다. 각자 갈 길 가던 운전자들을 완전히 트라우마에 빠트릴 수도 있다.

나는 눈을 더 질끈 감는다.

깜깜해.

손을 봐.

지금까지 네 손으로 했던 일들을 모두 기억하니?

모든 순간은 기억되든 아니든 영원히 존재한다. 일어난 일은 일어난 일이다. 시간 속에서 한순간을 영원히 차지하고 있다. 나는 생의 매 순간, 일어난 일들을 잊고 나이 들어가며 성냥처럼 타버릴 것이다. 결국 모든 게 재가 될 때까지.

나는 내 손을 뚫어져라 쳐다보고 있다. 관절에 잡힌 주름과 피부 아래 혈관에 초점을 맞춘다.

난 이것 말고 다른 손은 절대로 갖지 못할 거야.

조금 전까지 움직이던 몸에서 생명이 영원히 빠져나간다는 게 정말 이상하다.

깜깜해.

우리가 죽으면 우리 몸은 쓰레기다. 인간은 썩는다.

깜깜해.

내가 살아 있다는 게 믿기지 않아.

깜깜해.

내가 믿을 수 있는 게 있다는 게 믿기지 않아.

"뭐 하고 있어요?" 누군가 차 안에서 내게 소리친다.

귀가 울린다. 다리 위에서 검은 물을 내려다본다.

"낚시하는 건가?"

"낚싯대도 안 가지고 있는 것 같아."

"괜찮아요?"

"저기요! 무슨 일이에요?"

"낚시에 대해 생각 중이에요." 내가 대답한다.

낚싯바늘이 뺨에 걸린 채로 더 이상 숨 쉴 수 없는 공간으로 끌려가는 느낌이 어떨지 떠올려본다.

지구 밖에 있는 어떤 존재가 인간들을 물고기로 생각한다면?

머리가 팡, 하고 터져버리는 곳으로 우리를 끌어 올리면 어떡해?

"괜찮은 거 맞아요?" 남자가 다시 묻는다.

차를 들여다본다. 10대 남자애들 둘이 타고 있다.

"이쪽으로 오세요." 그중 한 명이 말한다. "보고 있기 불안해요. 슬퍼서 그래요?"

그들의 얼굴을 자세히 본다. 둘 다 몹시 어리다. 2년 전까지만 해도 어린아이였을 게 분명하다.

"괜찮아요. 그냥 산책하러 나온 거예요. 걱정해줘서 고마워요. 친절하기도 해라. 정말 좋은 분들이네요."

"어디에 전화라도 걸어줄까요?"

"네." 내가 끄덕인다. "119에 전화해주세요."

* * *

"그냥 조금 우울하고 불안한 상태일 뿐이에요." 의사가 말한다. "스스로 해를 끼칠 거란 생각이 들어요?"

네.

"아뇨." 나는 고개를 젓는다. "그냥 기분이 좀 이상해요."

"다들 그럴 때가 있어요. 아마 새로운 항우울제에 적응하는 과정인 것 같아요. 그래도 필요하면 정신과에 진료의뢰서를 보내드릴 수 있어요."

"감사합니다."

"그런데, 이 깁스는 2주 전에 벗겼어야 하는데요." 그가 내 깁스를 두드린다.

"벗으러 오는 걸 잊어버렸어요." 내가 변명하는 동안 의사는 이미 석고를 톱질할 준비를 한다.

일라이가 그려준 풍경이 반으로 갈라지고, 때를 한참 지나서야 알을 깬 통통한 병아리처럼 내 팔이 등장한다.

나는 로봇일지도 몰라. 손이 차갑고, 손가락을 움직이려면 의식적인 노력이 필요하다. 눈을 깜박일 때도 의식하게 된다.

눈을 계속해서 깜박인다.

깜박. 깜박. 깜박.

누군가 현관문을 두드린다.

몸을 돌려 똑, 똑, 똑, 소리를 듣는다.

"누나, 나야. 일라이."

"문 좀 열어줘. 안에 있어? 저기요?"

"진짜 뭔가 저지른 거야? 괜찮아?"

"내가 도와줄까?"

"내 목소리 들려?"

"거기 있어?"

"내가 뭐라고 둘러댈까?" 일라이가 문 사이 틈새로 속삭인다.

"뭐라고 해야 하는지 말해주면 그대로 말할게, 알았지?"

"곤경에 처한 거면 내가 도와줄게, 걱정하지 마."

"거기 있는 거야?"

"누나?"

"누나?"

몇 시간을 침실 바닥에 긴장한 채로 앉아 있다가, 일어나서,

집 안에 있는 그릇을 죄다 모은 다음, 벽에 집어 던졌다. 컵 하나는 깨지지 않아 두 번 던져야 했다.

어렸을 적, 나는 동물에 푹 빠진 아이였다. 도서관에서 동물에 관한 책만 빌려왔다. 개와 말에 관한 잡지를 구독하기도 했다. 어디선가 읽은 동물에 관한 신기한 사실들을 온종일 떠들어댔다.

바센지는 모든 견종 가운데 유일하게 짖지 않는다.

샴고양이의 털은 차가움을 느끼는 신체 부위에서 색이 더 짙어진다.

모든 강아지는 태어날 때 앞을 보지 못한다. 이빨도 없다.

우리 가족은 부엌 식탁에 앉아 있었다. 내가 케이크 위의 촛불 여덟 개를 훅 불어 끄자, 엄마가 물었다. "그래, 뭐라고 빌었니?"

나는 거의 소원을 내뱉을 뻔했다가, 가까스로 삼키고서 말했다. "말하면 안 돼. 그러면 소원이 안 이루어진대."

그때, 아빠가 식탁 아래로 손을 내리더니 하얀 금속 우리를 들어올렸다. 내 앞에 놓인 우리를 보고 나는 얼어붙고 말았다.

입을 떡 벌린 채로 플롭의 실룩이는 코와 솜뭉치 같은 꼬리를 보다가, 헉, 하고 짧은 숨을 토했다. "나 지금 꿈꾸는 거야?"

내가 꿈꾸고 있는 건지 아닌지 모르겠다. 내가 가게 안에 있는 건가? 영화 세트장 안에 있는 기분이다. 모든 게 너무 익숙한데도 뭔가 다르다. 꼭 플라스틱으로 만든 가짜 배경처럼 느껴진다. 모든 게 어색하고 약간 비현실적이다.

"길을 잃었어요?" 흐릿한 여자의 형체가 다가와 묻는다.

내가 쳐다본다.

여자는 주저한다. "괜찮아요, 아가씨? 도와줄까요?"

"괜찮아요." 나는 거짓말을 한다.

세인트리고버츠 성당은 아주 크다. 꼭대기에는 작은 십자가가 달린 첨탑이 있다. 건물 바깥은 작은 괴수들과 가고일 조각상으로 장식돼 있다. 성당만 빼고, 일대는 모두 현대적인 건축물이다. 성당은 학급 단체 사진에 한 명씩 등장하는, 눈밑이 퀭하고 시니컬한 키다리처럼 삐죽 솟아 있다.

며칠 동안 출근하지 않았다.

나는 성당 잔디밭에 서서 커다란 장미 모양의 창문을 올려다본다. 유리창 너머 있는 것들을 생각한다. 예수와 천사들의 조각상. 기도하고 커피를 내리는 제프 신부님, 묵주를 든 채 기도하고, 자기 장례식을 그려보며 신자석을 맴도는 나이 든 사람들. 향냄새와 오르간 소리를 떠올린다.

성당 밖에도 예수상이 있다. 정문 위쪽에 부엉이처럼 자리

잡고 있다. 예수는 왕관을 쓰고 한 손을 펼쳐 들어 보이고 있다. 돌로 된 그의 얼굴을 들여다본다. 맹세컨대 입술이 움직인다.

"왜 안으로 들어가지 않는고?" 조각상이 묻는다. "일하고 있어야 하지 않나?"

"그게 제가 지금 해야 할 일인가요?" 내가 묻는다.

"술을 잘 안 마신다고 하지 않았나요?"

경찰이 추가 조사를 해야 한다며 나를 다시 불러들였다.

나는 숙취에 시달리는 중이다. 내 땀에서 주님의 피 냄새가 난다.

고개를 끄덕인다.

"술 냄새가 나는데요." 경찰관 한 명이 꼬집어 말한다.

"마셨어요." 내 대답에 경찰들이 눈짓을 교환한다.

나는 나에게서 떨어져나와 맞은편으로 가 앉는다. 동물원 우리 속에 있는 괴상한 원숭이를 구경하듯 나를 지켜본다.

"괜찮습니까?" 경찰관 한 명이 묻는다.

"괜찮아요." 내 몸이 반사적으로 대답한다.

"정말요?" 그녀가 찡그리며 되묻는다.

"머리가 좀 아픈 것 같아요."

"그런 것 같아요?" 그녀가 따라 말한다. "머리가 아픈지 아닌지 본인이 모른다고요?"

"지금 제 몸에서 물리적으로 떨어져나온 기분이에요. 머리가 멍하고요. 머리가 아픈지 아닌지 정말 모르겠어요. 제 생각에는 아픈 것 같아요."

그녀가 나를 뚫어져라 본다.

"왜 그렇게 느끼는 것 같아요?" 그녀가 조용히 묻는다.

"잘 모르겠어요."

"어제 뭐 했는지 말해줄 수 있어요?" 경찰관 한 명이 묻는다.

내가 뭘 했는지 기억해보려 애쓴다.

가게에 갔던 것 같다. 빵을 한 덩어리 먹었던 것 같다.

아냐, 잠깐만. 그건 며칠 전 일이야.

"기억이 안 나요."

"기억이 안 난다고요?"

"특별히 뭘 하진 않았어요. 기억할 만한 일이 없었어요."

"기억할 만한 일이 없었다고요? 흥미롭군요. 말해봐요, 기억할 만한 건 어떤 겁니까?"

나는 생각해본다.

"아무것도 없을 것 같아요."

"기억할 가치가 있는 일이 아무것도 없다고요?"

"곰곰이 생각해보면요, 그래요."

그가 고개를 갸웃한다. "최근에 당신에게 일어난 일 중에 뚜

렷하게 기억나는 게 있나요, 길다? 자기가 한 일을 잊어버릴 때가 있습니까?"

나는 생의 매 순간, 일어난 일들을 잊고 나이 들어가며 성냥처럼 타고 있다. 결국 모든 게 재가 될 때까지.

"그레이스를 정말 몰랐어요? 확실해요?"

그는 그레이스의 사진을 탁자 위에 내려놓는다.

"당신은 거짓말에 능하죠, 안 그래요, 길다?"

"가족 중 누구도 당신이 세인트리고버츠 성당에서 일하는 걸 모르더군요."

"성당 사람들 누구도 당신이 가톨릭 신자가 아니라는 걸 몰랐고요."

"길다, 당신 자신에게도 거짓말을 합니까?"

"기억을 억누르고 있는 건 아닌가요?"

탁자 위에 놓인 사진을 내려다본다. 그레이스의 흰머리와 주름진, 웃고 있는 입을 본다.

나는 코뿔소에 대해서, 그리고 진짜 존재한다는 사실을 몰랐더라면 환상이라고 여겼을 세상의 모든 것에 대해 생각한다. 현실과 상상이 어떻게 뒤섞여 있는지에 대해. 왜냐하면 아무것도 중요하지 않고 모든 것이 비논리적이니까. 어쩌면 이 모든 게 꿈일지도 모른다. 어쩌면 나는 아예 존재하지 않을지도 모른다.

내 머릿속 어두컴컴한 웅덩이와 내 몸 어딘가 음침한 동굴에 손을 넣고 더듬어본다. 끔찍한 진실을 잡아 끄집어낸다. 내가 누굴 죽였는지 내가 어떻게 알겠어? 내가 죽였을 수도 있지.

이제 난 미쳐버린 것 같다.

“무슨 생각을 하고 있어요?” 경찰관이 묻는다.

“코뿔소요.” 나는 흐느끼며 대답한다.

아빠가 뒷마당에 구덩이를 파는 걸 내 방 창문에서 지켜봤다. 아빠는 플롭을 묻고 있었다.

내가 창문 너머로 엿보는 걸 보곤 엄마가 말했다. “얘야, 그거 그만 보렴. 가서 동생이랑 만화라도 보든지 해.”

나는 못 들은 척하고 아빠가 신발 상자로 만든 관을 구덩이에 내리고 흙으로 덮을 때까지 계속 지켜봤다.

그날 밤, 가족들이 모두 잠든 뒤에 몰래 아래층으로 내려갔다. 플롭을 덮은 흙더미 옆에 무릎을 꿇고서, 달빛 아래 혼자 울었다.

“저 사람이 누군지 압니까?”

나는 반투명 유리 뒤에 서 있다. 맞은편에 누가 앉아 있다. 실뭉치를 가지고 노는 고양이들이 그려진 연분홍 티셔츠를 입은 노부인이다.

아니요, 라고 말하려는 순간 그녀를 알아본다.

로즈메리.

"로즈메리 리브즈 씨입니다." 경찰이 말한다. "참고인 조사 요청을 받고 여기까지 먼 길을 오셨어요. 우리가 왜 저분을 불렀는지 짐작이 갑니까?"

나는 대답하지 않는다. 로즈메리의 얼굴을 뚫어져라 볼 뿐이다. 주름진 뺨에 블러셔를, 입술에는 연자줏빛 립스틱을 발랐다.

"리브즈 부인은 이제 차를 몰지 않아서, 따님분이 여기까지 모셔와야 했어요. 어머니를 모셔 오려고 하루 휴가까지 냈죠. 대단하지 않아요?"

나는 대답하지 않는다. 로즈메리의 포개어진 손을 본다. 결혼반지를 끼고 있다.

"우리가 저분을 부른 건 말이죠, 성당 컴퓨터를 들여다보다가 당신이 그레이스인 척하면서 저분께 이메일을 보내왔단 사실을 발견했기 때문입니다. 어떻게 된 일인지 말해줄 수 있습니까, 길다? 왜 그랬는지 설명할 수 있어요?"

내 손을 내려다본다. 땀이 흥건하다. 온몸 구석구석의 감각이 느껴진다.

"길다?"

"이상한 점이 많더군요." 다른 경찰관이 말을 잇는다.

"성당 트위터 계정이 부적절한 트윗에 좋아요를 남기는가 하면, 컴퓨터 검색 기록에는 그레이스의 이름과 살인과 관련된 검색어들이 남아 있었어요."

더 이상 경찰관의 말은 들리지 않는다. 친구가 죽었다는 사실을 알게 된 로즈메리의 끔찍한 이미지가 눈앞을 스쳐 지나간다. 그녀의 행복하고 즐거운 표정이 일그러진다.

가슴이 답답해진다. 몸속 깊이 갇힌 듯한 느낌이다.

"당신은 그레이스인 척하면서 노부인을 속였어요. 왜 그랬죠?"

로즈메리가 그레이스의 죽음을 알게 되리란 생각을 도저히 견딜 수 없다.

"저분께 그레이스가 죽었다고 말씀하실 건가요?" 나는 돌아서 경찰들에게 묻는다.

"그럼요. 당연히 알려드려야지요."

"그러지 마세요. 말하지 마세요."

"왜 이 가엾은 할머니에게 거짓말을 했던 겁니까?"

"제발요, 말하지 말아주세요." 눈물이 차오르는 걸 느끼며 거듭 부탁한다.

"계속 속이겠다는 겁니까? 목적이 뭐죠?"

"아뇨. 그냥 모르셨으면 하는 거예요."

"동기가 뭐냐고요, 길다? 뭘 하려는 겁니까?"

"로즈메리를 슬프게 하기 싫어서 그래요." 나는 울음을 터뜨린다.

내면 깊숙한 곳에서 솟아오른 암흑 같은 무엇인가가 나를 집어삼킨다. 절대적인 절망감이 밀려온다. 조사실 불빛이 꺼진다. 누가 나를 쏜 건가? 아무것도 보이지 않는다. 나는 바닥에 쓰러져 있다.

제프 신부님이 사무실에서 울고 있다. 그만.

미튼즈가 불 속에서 타고 있다. 그만.

일라이의 피부가 노랗게 변한다. 그만.

엘리노어가 계속 민트 초코 쿠키를 준다. 그만.

잉그리드가 돼지 인형을 사줬다. 그만.

일라이는 플롭을 그려줬다. 그만.

그 애는 날 위해 경찰에 거짓 진술을 하겠다고 했지. 그만.

나는 내 안에 너무나도 깊숙이 들어와 있는 것 같고, 더 이상 참을 수 없다. 광견병 걸린 개가 갇힌 우리에서 탈출하려는 듯이 살겠다는 의지가 뼛속에서 요동치는 게 느껴진다.

내가 비명을 지르고 있나?

"왜 이러는 거지?"

사람들이 나를 만지고 있다.

"왜 이렇게 흥분하는 거야?"

"뭔가 문제가 있나 봐."

* * *

유치장에 구금됐다. 나는 변기 하나가 딸린 콘크리트 방 안에 앉아 있다. 여기서 할 수 있는 거라곤 눈앞에 있는 회색 벽을, 거친 콘크리트 표면을 바라보는 일뿐이다. 벽을 따라 균열이 나 있다.

잠깐 여기 갇혀 있는 건지, 아니면 진짜로 수감된 건지 모르겠다.

유치장 안에 개미 한 마리가 있다. 개미는 더듬이로 바닥을 훑으며 먹이를 찾고 있다. 나는 개미가 바닥을 지그재그로 가로지르며 먹을 걸 찾아 킁킁대는 모습을 지켜본다.

더러운 바닥에 뺨을 대고 누워 개미를 더 자세히 관찰한다. 가느다란 다리의 휘어진 모양과 작은 괴물 같은 얼굴을 본다. 개미는 어디서든 살 수 있었을 텐데, 어쩌다 경찰서 안에서 살게 됐을까? 밖으로 나갈 수도 있었잖아. 식당이나, 아니면 숲에서 살 수도 있었을 테고.

그걸 몰랐나 보지. 거기까지 가기가 너무 어려운 일일지도 몰라.

개미를 내 호주머니에 넣고 음식을 먹이며 키우는 상상을 한다.

개미는 얼마나 오랫동안 살까.

"난 널 키워줄 수가 없어." 개미에게 속삭인다.

친구를 사귀거나 사람들과 가까워지고 싶지 않은 것과 같은 이유로, 나는 반려동물을 키울 수 없다. 언젠가 죽어 내 곁을 떠날 거란 이유 때문만은 아니다. 내가 좋은 반려인이 아니기 때문이기도 하다. 나는 다른 사람들의 삶에 긍정적인 영향을 주는 데 필요한 에너지를 모을 수 없는 사람이다. 그걸 사과할 힘조차 끌어모을 수 없다.

손을 내려다본다. 개미가 내 손가락 주변을 기어다닌다.

"너에게 줄 게 아무것도 없어. 먹을 게 하나도 없거든. 경찰들이 여기 데려오기 전에 옷을 다 뒤졌단 말이야. 내 호주머니엔 아무것도 없어."

거짓말이 아니라는 걸 개미에게 보여준다. 내 호주머니를 뒤집는다.

툭, 빵 부스러기가 떨어진다.

* * *

"정신과 상담 받고 뭘 알게 됐어?" 내가 엘리노어에게 물었다.

우리가 아직 만나기 전이었다. 데이팅 앱에서 계속 메시지를 주고받고 있었다. 자정이 지난 시각이었다. 스마트폰 화면이 내뿜는 빛이 베개 위에 누운 내 얼굴을 비추고 있었다. 몇 달

동안 어떤 대화에도 그다지 흥미를 느끼지 못했지만, 엘리노어와의 대화는 달랐다. 그녀가 하는 말들이 궁금했다. 그녀에게서 온 메시지 알람이 뜰 때마다 온몸이 팽팽하게 당겨졌다.

"생각과 행동, 감정 사이를 순환하는 연결고리가 있다는 걸 배웠어."

그녀가 말을 이었다. "피드백 고리 같은 거야. 우리가 하는 생각이 우리의 감정과 행동에 영향을 줘. 예를 들어서, 내가 좋은 친구가 아니라는 생각에 기분이 나빠지면 나는 사람들을 피할 거고 그러면 기분이 더 안 좋아지겠지. 만약 사람들을 피하는 대신 친구를 찾아간다면, 그런 행동이 내가 좋은 친구라는 생각을 갖게 하고, 그게 다시 내 감정과 미래의 행동에 영향을 주는 거야."

엘리노어가 나보다 긍정적이고 낙관적이라는 인상을 받았다. 그녀가 정신과 상담 세션 이야기를 하는 동안, 나는 그런 상담은 엘리노어 같은 사람에겐 효과가 있겠지만 내겐 그렇지 않을 거라고 생각했다.

"효과가 있었어?" 그녀에게 물었다.

그녀가 말했다. "그럼."

"그 유리잔에 든 물 마셔요." 경비원이 지시한다.

"전화 한 통 할 수 있나요?" 물은 쳐다도 보지 않고 내가 묻는다.

"그럼요. 원하는 만큼 할 수 있어요."

"딱 한 통만 할 수 있는 줄 알았어요."

"영화에서나 그렇죠."

"엘리노어, 널 귀찮게 하고 싶지 않아. 네가 날 차단한 것도 이해해. 널 화나게 해서 얼마나 미안한지 꼭 말하고 싶었어. 정말 끔찍한 기분이야. 내가 자기중심적이거나 뭐 그런 사람인가 봐. 이상하게 들리겠지만, 나에게 민트 초코 쿠키를 사준 사람을 실망시켰다는 걸 견딜 수가 없어. 바보 같은 말인 거 알아. 나한테 뭔가 문제가 있는 것 같아. 내가 로봇 같은 게 된 기분이야. 무슨 말인지 이해돼? 집중이 안 돼. 이걸 제대로 말할 수가 없어. 가끔은 모든 일에 완전히 무감각해지거나 죽어버리는 게 내 유일한 탈출구 같아. 난 그저 사람들을 화나게 하고 싶지 않은 거야. 역설적인 말인 건 알아. 내가 널 화나게 했으니까. 그리고 아마도 내가 상황을 너무 과장하고 있는 거겠지. 넌 별로 신경 쓰고 있지 않을 테니까. 나는 네가 반쯤 데이트하던 사람, 네게 별로였던 경험만 남긴 사람이겠지. 지금 내가 널 겁주고 있는 것 같아. 이걸 설명해야 할 것 같은 기분이야. 너는 주세페에 대해 알기 전에 나와 대화하길 멈췄어야 했을 거야. 그런데 정말로, 나 그 사람이랑 데이트하는 거 아니야.

하지만 그게 무슨 상관이겠어. 돌이켜보니 난 네게 민트 초코 쿠키를 사준 적이 한 번도 없어. 네가 민트 초코 쿠키를 좋아하는지 안 좋아하는지도 몰라. 내 잘못이야. 너에게 더 잘해줬어야 했어. 미안해."

"제프 신부님, 제가 그동안 거짓말을 했어요. 신부님이 저를 고용했던 날이요, 저는 일자리를 구하러 간 게 아니었어요. 심리상담 전단을 보고 갔던 거죠. 그 사실을 인정하지 않으려고, 그리고 일자리가 정말 필요했기 때문에 가톨릭 신자인 척해왔어요. 그러지 말았어야 했고, 후회하고 있어요. 제가 정말 미안해하고 있다는 걸 알아주세요. 신부님은 신부님이니까 모든 걸 용서하시겠지만, 이번 일까지 용서하실 필요는 없어요."

"주세페, 당신에게 헛된 희망을 주거나 화풀이를 하지 말았어야 했어요. 나는 당신이 생각하는 그런 사람이 아니에요. 당신 옆에 있는 게 힘들었던 건 당신은 행복하고 잘 적응한 사람인 데 반해 나는 지나치게 비판적인 사람이라는 데 화가 났기 때문이에요. 당신이 이해할지 모르겠지만, 요즘 정신을 차려보면 내 손을 뚫어져라 보고 있어요. 이 손 말고 다른 손은 절대 가질 수 없다는 생각이 머릿속에서 떠나질 않아요. 무슨 말인지 알아요? 뭐라고 말해야 할지 모르겠어요. 그냥 이해하지 않는 게 낫겠어요. 이런 생각을 하지 않았다면 좋았을 텐데. 내가 말도 안 되는 소리 한다는 거 알아요. 당신에게 거짓말하고, 당신 기분을 상하게 해서 미안하다고 말하려고 전화했어요. 원래 그 반대로 하려고 했는데, 그게 잘 안 됐어요."

* * *

"바니, 엘리자가 집 밖에서 본 사람이 저예요. 당신 집을 털려던 건 아니었어요. 당신이 그레이스를 죽였을지 모른다고 의심하고 염탐하고 있었던 거예요. 당신이 한 게 아니란 거 알아요. 당신을 의심해서, 그리고 집 주변을 어슬렁거려서 미안해요. 있잖아요, 제가 바니한테 뭘 하라고 요구할 자격 없는 거 알아요. 당신한테 거짓말했고, 무신론자인 데다가, 동성애자거든요. 하지만 저는 정말이지 당신이 달력을 이번 달로 넘겼으면 좋겠어요. 무슨 말인지 알겠어요? 부인이 돌아가셨다는 얘기 들었어요. 아마 그동안은 부인께서 달력을 넘기셨겠죠. 이제 당신이 달력을 넘겨야 해요. 알았어요? 슬프고 쓸쓸한 일이지만, 바니, 그 달력을 스스로 넘길 줄 알아야 해요."

"엄마 아빠, 기억할지 모르겠지만, 나 어렸을 때 우리 집 앞 도로를 바다라고 상상했던 적이 있어. 도로 위에 분필로 불가

사리와 고래, 뗏목을 그렸어. 눈을 감고 분필로 그린 뗏목 위에 누워서 차에 치이길 기다렸어. 엄마 아빠가 소리치며 뛰어나와 날 방으로 보냈잖아. 자꾸 그 일이 생각나. 무슨 말인지 알아요? 아닌 거 알면서도 모든 게 다 괜찮다고, 그렇게 말하고 싶은 거 나도 이해해. 일라이 일에 대해서도 왜 그랬는지 알아요. 그래도 우리 그 문제에 대해 생각해보는 게 좋을 것 같아. 내가 제정신이 아닐까 두려워. 내가 고를 수 있다면, 엄마 아빠가 아무것도 걱정하지 않기를 바랄 거야. 내 말 무슨 뜻인지 알아요?"

"일라이, 들어봐. 술 그만 마셔. 제발. 네가 원하는 대로 살아. 그게 너를 그토록 슬프게 하는 거라면 말이야. 네가 원하는 건 뭐든지 해봐. 입고 싶은 거 입어. 머리도 기르고. 들어봐, 이건 정말 중요한 거야. 우린 다 우주를 떠다니고 있을 뿐이야. 알겠어? 생각해봐, 우리는 단지 해골 안에, 피부 거죽 안에 있는 유령일 뿐이고, 이 모든 건 우주를 떠도는 돌멩이 하나에서 일어나는 일들에 불과해. 널 행복하게 하는 무언가가 있다면, 제발 그걸 해버려."

* * *

"나가도 됩니다." 경찰 한 명이 내가 갇혀 있던 인간 우리의 문을 열어준다.

방금 열 시간 동안 참은 끝에 경비원 앞에서 소변을 봤다.

"나가도 돼요?" 내가 당황해서 되묻는다.

"당신이 죽인 게 아니라는 걸 확인했어요." 그녀가 설명한다.

"네? 어떻게요?"

"성당을 수색했습니다. 당신이 하지 않았다는 증거를 찾았어요."

"뭘 찾았는데요?"

"쪽지였어요. 그레이스의 오래된 책상 서랍 안에 있던 로맨스 소설에 접힌 채로 꽂혀 있었어요."

이 쪽지를 발견하신 분에게

제 어머니는 제가 열여섯 살 때 스스로 생을 마감하셨습니다. 작별 인사도 없었고, 유서도 남기지 않았죠. 저는 어머니가 남긴 쪽지를 너무나 찾고 싶었기 때문에, 언젠가 발견할 수 있을 거란 희망을 놓지 않았어요. 헌책방에서 책을 펼칠 때마다, 어쩌면 이게 어머니가 읽던 책일지도 모른다는, 그 안에 어머니가 몰래 남겨둔 쪽지가 있을 거라는 희망을 품곤 했죠.

제 쪽지를 찾고 있을 누군가를 위해 여기 숨겨둡니다.

스스로 삶을 마감하려 하지만, 어머니가 갔던 길을 따라가는 건 아닙니다. 저는 여든여섯 살이고, 이제 떠날 때가 되었어요. 이생의 다음 여정을 떠날 준비가 되었습니다.

제가 미처 작별 인사를 하지 못했다면, 안녕을 전합니다. 멋진 인생이었어요. 제가 이보다 행복할 수 있었을까요? 살아 있었음에 감사할 따름입니다.

그레이스

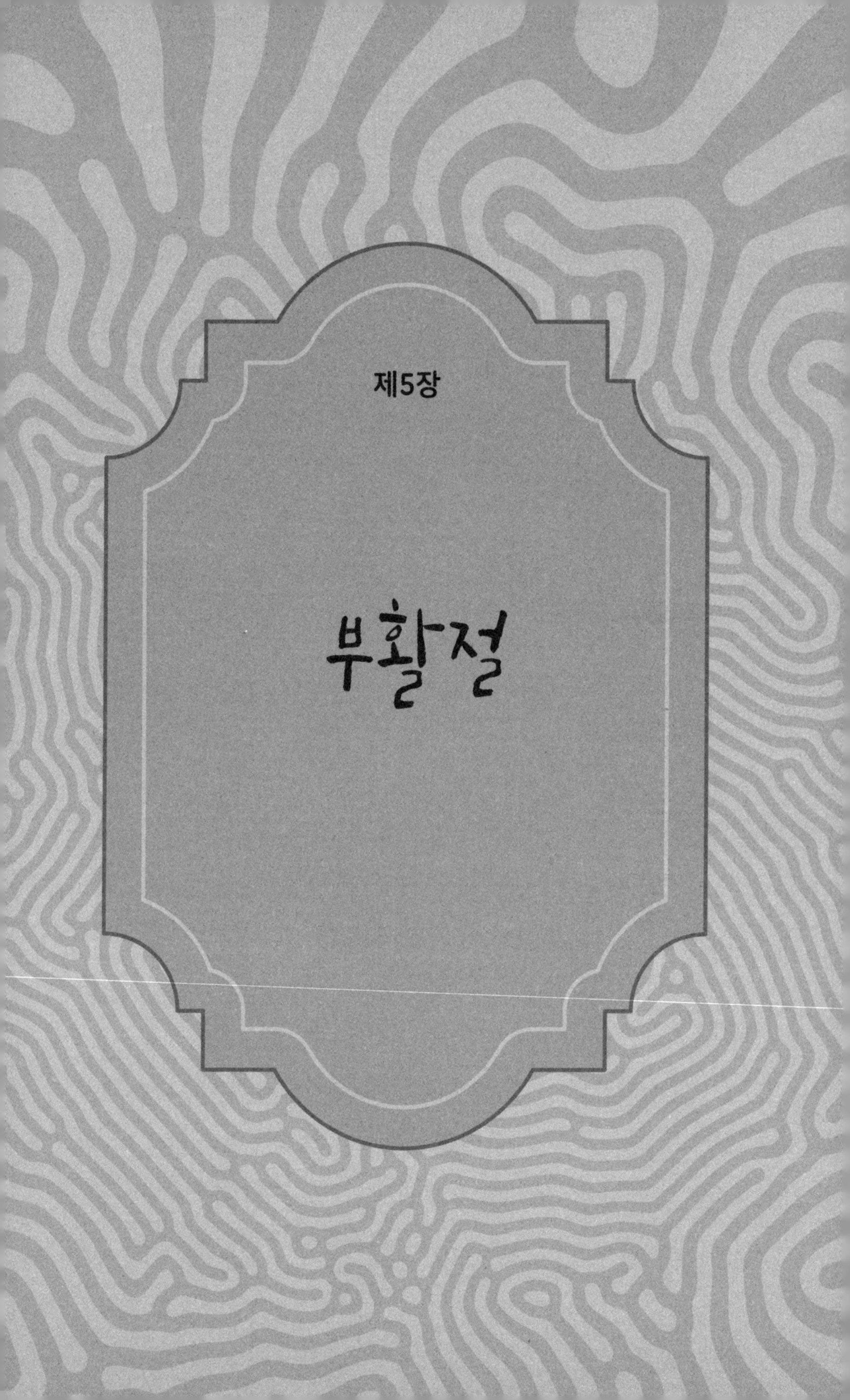

제5장

부활절

"얼마 전부터는 사람들이 행복해하는 거 빼고는 아무것도 의미가 없다는 생각이 들기 시작했어요. 그래서 당신의 슬픔을 조금이라도 줄이고 싶었던 거예요."

나는 이 행성에 사는 75억 3천만 명의 사람들 가운데 하나. 우리가 사는 행성은 100억 개의 별 가운데 하나를 돌고, 100억 개의 별들을 품은 은하는 다른 수십억 개 은하들과 함께 무한대로 뻗어가는 우주에 존재한다.

"저는 길다예요." 내가 말한다.

내가 세균이라든가 기생충, 혹은 암세포라 해도 상관없다. 내 인생이 지극히 사소한, 먼지 한 톨에 불과하다는 걸 받아들이긴 어렵지 않다. 하지만 주변 사람들에 대해서는 그렇지 않다. 내 동생의 인생이 대수롭지 않다거나, 할머니들이 죽는 게 별일 아니라거나, 토끼나 고양이가 어떻게 되든 아무 상관 없다는 생각은 받아들이기 어렵다. 나에 대해서는 극도로 하찮게 느끼는 동시에, 모든 사람이 얼마나 중요한 존재인지 매 순간 절실히 자각하고 있다.

"뭐라고 말씀드려야 할지 모르겠어요." 로즈메리에게 말한다. "죄송해요. 제가 너무 이상하죠. 친구분이 돌아가셨다는 걸 숨기거나 친구분을 가장해 이메일을 보낸 건 해서는 안 될 일이었어요. 제가 왜 이러는지 모르겠어요."

로즈메리가 테이블 너머로 손을 뻗어 내 손등에 얹었다.

그녀의 입을 본다. 미소 짓고 있다.

"그레이스라면 이 모든 일을 정말 재밌어했을 거예요."

그녀가 웃는다. "당신을 용서해요, 길다. 괜찮아요."

이상한, 슬픈 안도감이 나를 덮친다.

"그러셨을까요?" 나는 목이 메어 묻는다.

로즈메리가 끄덕인다.

"그냥 하시는 말씀이에요?"

그녀는 여전히 웃으며 고개를 젓는다. "그레이스는 정말 재밌다고 생각했을 거예요."

나는 머뭇거린다. "제가 미쳤기 때문에 잘해주시는 건가요?"

"당신이 진짜 미친 건 아니죠, 그렇죠?" 그녀가 내 손을 다시 한번 잡으며 묻는다.

"모르겠어요. 그럴지도 몰라요. 요즘 기분이 이상했거든요.

모든 게 아무 의미 없다는 느낌 때문에 힘들었어요."

언젠가 나는 죽을 것이고, 언젠가는 내가 아는 사람들 모두 죽을 것이다. 언젠가는 내가 모르는 모든 사람이 죽겠지. 언젠가 지구상의 모든 동식물이 죽을 거고, 언젠가 지구도 죽고, 언젠가 인류와 우리 삶의 모든 흔적이 사라진다.

"우리가 얼마나 작은지 생각해본 적 있으세요? 우주에 대해서 생각해본 적 있으신가요?" 내가 묻는다. "저는 죽음에 사로잡혀서, 우리가 왜 존재하는지, 이 모든 게 얼마나 슬픈지 생각하는 걸 멈출 수가 없어요. 얼마 전부터는 사람들이 행복해하는 거 빼고는 아무것도 의미가 없다는 생각이 들기 시작했어요. 그래서 당신의 슬픔을 조금이라도 줄이고 싶었던 거예요. 행복하지 않은 사람들이 너무 많이 보였고, 그게 정말이지 마음 아팠어요. 다른 사람들을 볼 때마다 생각하곤 해요. '하느님 제발, 저 사람이 웃게 해주세요.' 사람들 입을 계속 봐요. 무슨 말인지 이해하실 수 있나요? 저는 계속 생각해요. '맙소사, 그냥 웃어요, 웃어줘요.'"

로즈메리는 고개를 끄덕인다. "그래요, 나도 그런 생각을 해본 적이 있지요." 그녀가 내 입을 본다. "그런데, 다른 사람들도 길다를 보면서 그런 마음을 가졌을 거란 생각, 해본 적 있나요?"

경찰 안내에 따라 출구로 향하는데 경찰서가 소란스럽다. 어떤 수사관의 목소리가 들린다. "그녀는 비공식적인 안락사를 수행하고 있었습니다."

방 한쪽에 TV가 켜져 있고, 뉴스가 흘러나온다.

금발 머리 기자가 마이크를 들고 있다. "로리는 혼자 실행한 일이 아니라고 주장합니다. 대다수 병원에서 의료진이 환자들에게 생을 마감할 때가 되었다는 암시와 귀띔을 준다는 겁니다. 그녀는 환자들에게 직설적이고 솔직해지기로 했다고 말합니다. 환자 동의하에 삶을 끝내는 것을 도왔다고 합니다."

"몇몇 환자들에게는 자기 집에서 스스로 생을 마감하는 데 필요한 약물을 제공했다고 자백했습니다. 그레이스 모펫과 리타 데이비스는 스스로 약물을 주입한 것으로 보입니다. 그레이스가 이를 입증할 유서를 남겼다고 전해집니다. 유서에는 '눈감을 준비가 되어 있다'는 내용이 담긴 것으로 파악됐습니다."

TV에는 로리가 군중 앞에서 성명을 발표하는 장면이 나온다.

"그 누구라도 최대한 오래 사는 것을 삶의 목표로 삼아서는 안 된다고 생각합니다." 그녀는 몰려든 마이크에 대고 말한다. "저는 리타, 알프레드, 리, 그레이스, 제럴딘의 삶과 죽음에 관여했다는 사실을 후회하지 않습니다. 이 같은 고백을 통해 죽음을 받아들이는 것이 반드시 나쁜 것만은 아니라는 사실을 알리고 싶습니다."

나는 경찰서를 나선다. 한낮이다. 한동안 실내의 어둑한 조명 아래 있다 나온 터라, 쏟아지는 햇살에 눈을 뜨기 어렵다. 한쪽 눈은 감고, 다른 쪽 눈은 가늘게 뜬다. 눈썹 위로 손을 올려 그늘을 만든다. 눈물에 젖어 나무 밑 응달에 남은 마지막 눈더미와 잔디 속에 피어난 노란 민들레를 바라본다.

어렸을 때, 나는 길에서 민들레를 발견할 때마다 따왔다. 당근 껍질과 사과 속을 모았다. 내 접시에 올라온 산딸기와 오이, 양상추를 몰래 주머니에 넣었다. 이렇게 모은 것들을 큰 그릇에 담아 샐러드를 만들어 플롭에게 먹이곤 했다.

날씨가 화창한 날에는 잔디밭에 플롭의 우리를 놓았다. 플롭은 풀잎과 클로버를 씹다가 옆으로 누웠다. 햇빛 아래서 플롭의 하얗고 보송보송한 배가 오르락내리락하던 것이 기억난다. 플롭이 낮잠에 빠지던 모습도.

종이 상자와 신문지를 모아 플롭의 놀이터를 만들었다. 내가 부르면 달려오도록, 간식을 쥐고 있으면 일어서도록 가르쳤다.

나를 보고선 우리 안에서 동그랗게 뛰어다니던 플롭을 기억한다. 쿡쿡, 가르랑가르랑, 플롭이 내던 조그만 소리도.

눈을 뜬다.

침대를 정리한다.

샤워하고

머리를 빗는다.

이를 닦는다.

치실을 쓴다.

옷을 입고

양말을 신는다.

깨끗한 유리잔에 물을 채우고 얼음을 넣는다.

토스터에 빵을 넣는다.

접시를 놓는다.

사과를 얇게 썬다.

식탁에 앉아 아침을 먹는다.

그릇을 헹구어 제자리에 둔다.

행주로 조리대를 닦는다.

신발을 신는다.

거울을 본다.

집을 나선다.

밖으로 나간다.

엘리노어의 우스꽝스러운 웃음소리를 듣자마자 행복이 밀

물처럼 밀려온다.

우리는 아파트 밖 계단에 앉아 집주인을 기다린다. 그가 우리 집 찬장과 화장실 거울을 고쳐주려고 수리공을 데리고 오는 중이다.

"생각해봐. 지구가 아닌 다른 행성에서 민들레를 발견한다면, 엄청나게 놀라운 일이잖아. 그러니까 민들레가 지구에 존재한다는 것도 놀라운 일이지."

엘리노어는 민들레를 들여다보며 고개를 끄덕인다. "네 말이 맞아."

"다른 행성에서 돼지를 발견한다면, 우리는 그 돼지들을 경이로운 존재로 생각할 거란 말이지. 유인원을 발견한다고 상상해봐. 다른 행성에서 유인원을 발견한다면, 우주에서 가장 뛰어난, 극히 드문 외계 생명체라고 생각하겠지."

"방금 들었어?" 엘리노어가 내 팔을 톡 친다.

나는 말을 멈춘다.

우리가 앉아 있는 자리 아래쪽에서 가늘게 흐느끼는 소리가 들린다.

"뭐지?" 엘리노어가 묻는다. 나는 무릎을 꿇고 엎드려 계단 아래를 들여다본다.

"고양이야." 눈에서 빛이 반사되는 걸 보고서 내가 말한다.

"꺼내봐. 괜찮은 거야?"

나는 손을 아래로 뻗어 고양이를 밖으로 끌어 올린다. 어둠 속에서 먼지와 잔가시에 뒤덮인 고양이가 모습을 드러낸다.

"맙소사." 나는 할 말을 잃는다.

미튼즈잖아.

내가 소리 지른다. "이게 말이 돼? 너 살아 있었구나!"

코리나, 브록, 멜로리, 미치, 에인슬리, 채드, 아론, 그리고 토드, 고마워요. 글로리아, 짐, 조엘을 비롯한 우리 가족 모두에게 감사를 전합니다. 언젠가 제가 가장 좋아하는 책을 써줄 브리짓에게 미리 감사해요. 친구 리즈에게도 고마움을 전합니다. 헤더 카, 당신의 지도와 지원, 도움, 그리고 친절에 감사드려요. 이 책을 준비하고 세상에 내놓을 수 있게 도와준 프리드리히 에이전시의 모든 분께 진심으로 감사드립니다. 다니엘라 웩슬러, 이 소설은 당신의 편집자로서의 재능과 전문성 덕분에 훨씬 더 나아질 수 있었어요. 더 나은 작품으로 만들기 위해 당신이 쏟아준 모든 노력에 감사할 따름입니다. 제 소설을 다듬어 세상에 선보인 제이드 후이, 제나 랜지, 이사벨 다실바, 리즈 바이어, 민 최, 로안 레, 그리고 아트리아 북스의 모든 직원께 진심으로 감사드립니다. 작품을 영국에 소개한 포피 모스틴 오웬과 아틀란틱 북스, 그리고 캐나다에 소개해준 사이먼 앤 슈스터 캐나다에도 깊은 감사를 드립니다. 제 영어와 글쓰기 선생님들, 특히 미스 네딕, 도로시 닐슨, 비디아 나타라잔 선생님께 감사드려요. 밴드 무나의 〈It's Gonna Be Okay, Baby〉와 피비 브릿저스의 〈Funeral〉에도 감사합니다. 제가 글 쓰는 동안 정말 많이 들은 곡들이에요. 마지막으로 로버트 피트와 홀란드 하우스, 루시 카슨, 크리스티나 무어, 캐나다 예술위원회, 제가 기억하지 못한 모든 분과 미처 알아채지 못하게 뒤에서 도와주신 분들께 깊은 감사를 전합니다.

옮긴이의 말

아홉 살 무렵 TV에서 히로시마와 나가사키에 원자폭탄이 떨어지는 장면을 보게 되었다. 3차세계대전이 터진다면 인류는 멸망하리라는(부모님과 내 동생도 죽게 되리라는) 근심에 휩싸인 나는 그날부터 잠들기 전 기도를 하기 시작했다. '하느님, 핵전쟁이 일어나지 않게 해주세요.' 성당 교리 선생님이 하느님께서 어린이들 기도는 꼭 들어주신다고 하셨기 때문이다. 두 달이 지난 어느 날, 미처 기도를 못 했는데 스르륵 잠들어버렸고, 다음 날 아침 느낀 공포와 죄책감을 잊을 수 없다. 내가 하느님과의 약속을 깼기 때문에 전쟁이 터지리라는 공포. 인류의 멸망을 막지 못했다는, 전부 나 때문이라는 죄책감.

여전히 전쟁과 가난과 이상기후와 인류의 운명을 걱정하지만 이제 내 기도로는 아무것도 막을 수 없다는 걸 안다. 그리고 사실 내 앞날이 더 걱정이다. 나이도 먹었는데 언제 방 한 칸 마련하지? 오갈 데 없는 노인이 되면 어떡해? 생존 기술이 부족한 성인으로서 살아남기에 대한 불안이 극에 달하면 이렇게 읊조리고 만다. 집 같은 건 없어도 괜찮아. 소행성이 지구에 충돌할지도 모르잖아. 다 부질없다, 우주에서 내려다보면 우리는 다 먼지야….

우리는 다 먼지야. 2년 전쯤 미국 콜로라도주 로키산맥 초입의 작은 서점에서 나랑 똑같은 말을 하는 어떤 여자에 대한 소설책을 발견했다. 캐나다의 젊은 작가 에밀리 오스틴의 첫 장편소설인 이 작품의 원제는 Everyone in This Room Will Someday Be Dead, 즉 '여기 있는 우리 모두 언젠가는 죽게 됩니다'이다. 소설 속 제프 신부가 미사 강론에서 한 말이지만, 주인공 길다의 세계관을 함축하는 문장이기도 하다.

길다는 레즈비언이자 무신론자인 20대 여성으로, 얼떨결에 성당에 취직해 전임자 할머니의 의문스러운 사망 사건에 뛰어든다. 경찰의 전화를 몰래 엿듣고 동료의 뒤를 밟기도 하지만, 일련의 소동을 일으키는 건 대개 주변 환경이라기보다는 길다 내면의 불안과 엉뚱한 상상력이다. 어린 시절 아끼던 토끼의 죽음을 목격한 길다는 성인이 되어서도 죽음에 관한 강박적인 사고에서 벗어나지 못한다. 생의 유한성에 대한 자각은 살아있는 모든 것의 연약함을 포착하고, 곧 우주를 떠도는 모든 생명에 대한 연민으로 이어진다.

> 고양이들은 불이 난 집에서 산 채로 타들어간다. 나이 든 여자들이 죽어가고, 그 여자들의 친구들은 그 사실을 모르지만, 어쨌든 그들도 곧 죽을 것이다. 노인들은 책상에 반쯤 읽다 만 책을 두고 갈 테고, 젊은 사람들이 그걸 발견하고, 이 젊은이들도 언젠가는 죽을 테고, 순환은 반복되고, 반복되고, 반복된다. 태양이 지구를 삼킬 때까지, 핵 재앙이 벌어질 때까지, 아니면…. (82쪽)

실종된 고양이도, 친구의 부고를 모르는 노부인도, 알코올 의존증 남동생과 그런 동생을 못 본 척하는 부모님도, 좋아하는 쿠키를 기억해주는 여자친구와, 행복의 가면을 뒤집어쓴 소개팅남도 길다에게는 우리 모두 가엾고 연약한 존재들, 지켜줘야 할 중요한 존재들이다. 길다는 이 작고 유한한 세계에서 누구도 상처받지 않기를 바라지만, 이 소망은 이루어질 리 만무하기에 번번이 무력감과 자책으로 돌아온다.

작가가 이런 주인공을 삶의 의미를 찾고 구원을 간구하는 공간인 성당에 배치했다는 점이 흥미롭다. 성당은 또한 보수적이고 규범적인 공동체로서, 허위의 자아를 연기하는 길다로 하여금 자신의 정체성을 끊임없이 재확인하게 만드는 곳이다. 거울 앞에서 숨을 몰아쉬며 길다는 사기꾼, 레즈비언, 무신론자, 현실 부적응자, 위선자로서의 자신을 마주하고 꾸짖는다.

하지만 독자는 거울 속에서 타인의 슬픔에 울음을 그칠 수 없는 사람, 한심하지만 못내 사랑스러운 길다를 발견한다. 길다도 그런 자신을 흘깃 보았을 것이다. 길다 역시 유한한 생을 꿋꿋이 살아가는 인간이므로.

> 또 다른 때에는 인간이란 얼마나 사랑스러운 존재인가 생각한다. 우리는 부드러운 곳에서 잔다. 아늑함을 좋아한다. 베개 위에 몸을 동그랗게 만 고양이들을 보면 너무나 귀여운데, 우리도 마찬가지다. 쿠키를 먹고 꽃향기 맡는 걸 좋아한다. 손모아장갑을 끼고 모자를 눌러쓴다. 나이가 들어서도 가족과 친척을 찾아간다. 개를 쓰다듬는 걸 좋아한다. 우리는 웃는다. 재밌는 걸 보면 자기도 모르게 웃음을 터트린다. 가만히 생각해보면, 웃는다는 건 참 사랑스럽다. (115~116쪽)

불확실성으로 가득한 이 세계에서 유일하게 확실한 것은 나도, 내가 사랑하는 이들도 언젠가 떠나리라는 것. 소멸의 운명을 안고 계속 살아가기 위해 우리는 무엇에 의지해야 할까. 작가는 삶의 유한성을 직시하는 길다라는 인물을 통해 누구나 품고 있는 존재의 불안을 다정하고 유머러스하게 어루만져준다.

어린이의 기도로는 전쟁도 재앙도 막을 수 없겠지만, 기도하는 마음만은 서로를 구원하리라고 믿는다. 네 탓이 아니라

내 탓이라고 말하는 마음. 여기 있는 우리 모두 언젠가 죽을 것이므로 지금 아껴주는 마음. 그렇게 살다 보면 예상치 못한 순간 햇빛이 쏟아질 때가 있다. 가난한 호주머니에서 과자 부스러기가 떨어지고, 실종된 고양이가 우리 집 계단 밑에서 나오듯이.

한국 독자들에게 작가를 소개하고 싶다는 바람에 귀기울여 준 클레이하우스 윤성훈 대표와 지난 몇 달간 함께 길다를 사랑한 김윤하 편집자에게 감사를 전한다. 번역을 마치고 내다보니 여느 해보다 길었던 겨울이 가고 벚꽃이 만개해 있다. 내일이면 흩어지고 말 벚꽃 사이를 사람들이 부지런히 걷고 있다. 찰나여서 찬란한 봄이다.

2025년 4월

나연수

옮긴이 | **나연수**

연세대학교에서 심리학을, 동 대학 언론홍보대학원에서 저널리즘과 뉴미디어를 공부했다. 2010년 YTN에 기자로 입사해 경찰, 국회, 청와대 등을 취재했고 뉴스 앵커와 PD로도 일했다. 미국 미주리대학교 저널리즘스쿨 방문연구원을 지냈다. 내 말이 사실이고 네 말이 거짓이라는 목소리들이 난무하는 세상에서 진실은 문학 속에 담담히 빛나고 있다고 믿는다.

전부 저 때문에 벌어진 일이에요

초판 1쇄 인쇄 2025년 4월 30일
초판 1쇄 발행 2025년 5월 14일

지은이 에밀리 오스틴
옮긴이 나연수

편집 김윤하
디자인 스튜디오 보글
일러스트 박오롬
마케팅 한민지, 신동익
제작 ㈜공간코퍼레이션

펴낸이 윤성훈 **펴낸곳** 클레이하우스㈜
출판등록 2021년 2월 2일 제2021-000015호
주소 경기도 파주시 회동길 363-21, 2층
전화 070-4285-4925 **팩스** 070-7966-4925 **이메일** clayhouse@clayhouse.kr

ISBN 979-11-93235-55-3 (03840)

- 책값은 뒤표지에 있습니다.
- 파본은 구입하신 서점에서 교환해드립니다.

클레이하우스㈜가 더 나은 책을 펴낼 수 있도록 의견을 남겨주시거나 오타를 신고해주세요.
QR코드에 접속해 독자 설문에 참여해주신 분께 추첨을 통해 선물을 드리겠습니다.

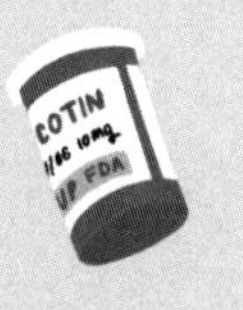
COTIN